Cathia Siggelkow

Borderlinien

Bibliografische Information der Deutschen Nationalbibliothek:
Die Deutsche Nationalbibliothek verzeichnet diese
Publikation in der Deutschen Nationalbibliografie;
detaillierte bibliografische Daten sind im Internet
über http://dnb.dnb.de abrufbar.

© 2014 Cathia Siggelkow
Herstellung und Verlag
BoD - Books on Demand, Norderstedt

ISBN 9783735782939

Inhaltsverzeichnis

Ich glaube an die Kraft der Gedanken mehr als an
die Kraft des geschriebenen oder gesprochenen Wortes.
(Mahatma Gandhi)

1 – Am Ende

Die Plastikdose mit den Tabletten steht auf dem Tisch. Ich schenke mir ein letztes Glas Wein ein und schütte die Pillen aus. Sie bilden ein beruhigendes Muster auf den natürlichen Linien des Holzes. Ich male Bilder mit ihnen: Sonnen, Gesichter, Blumen und eine nie gekannte Ruhe überkommt mich. Für das, was bis jetzt passiert ist und was heute Nacht noch passieren wird, wird mich keiner mehr verantwortlich machen können oder besser gesagt: Sollte irgendjemand das Bedürfnis haben, mein Verhalten für den heutigen Abend zu beanstanden, so werde ich es nicht mehr hören müssen. Ich bin endlich frei, endlich wieder ich. Diesen letzten Egoismus möchte ich mir nun gönnen. Immer wieder zähle ich meine Tabletten. Es sind 42, manchmal mehr, manchmal weniger. Dass sich die Anzahl der Pillen ständig ändert, liegt wohl an den fast zwei Litern Wein, die ich bis jetzt getrunken habe. Ich schiebe die Tabletten - Gott möge mir helfen, dass sie reichen- über die Tischkante in meine linke Hand.

Draußen regnet es und es will nicht aufhören. Dieser Februartag war genauso grau wie alle anderen in diesem Winter, aber diese Nacht ist so dunkel wie nie zuvor. Ich vermisse das Licht, die Sonne, den blauen Himmel... Wärme. Genauso ergraut wie der Himmel, der in diesem Winter die Erde ganz offensichtlich erdrücken will, genauso ergraut fühle ich mich. Mein Leben altert, ohne dass ich jemals in jugendlicher Unbeschwertheit schwelgte. Einem mäßigen Sommer folgt ein dämmeriger Herbst. Und das im Alter von 35 Jahren.

Aus dem Kinderzimmer höre ich nun mein Baby weinen. Meine Tochter ist nicht allein, ihr Vater ist heute Abend bei ihr und will sie übers Wochenende mit zu sich nehmen. Eigentlich wollte ich, dass wenigstens das Leben meines Kindes bunt und schrankenlos wird, aber eine verwelkte Mutter kann einem Kind keine Frische geben. Meine Tochter soll ihn niemals kennen lernen, insbesondere nicht durch mich … diesen chronischen Winterblues. Ich kann sie nur davor schützen, indem ich gehe. Zu tief sitzt das Pathologische in mir. Obwohl nur ein Zimmer, nur wenige Meter entfernt, ist es für mich so, als lägen Lichtjahre zwischen den Räumen. Als sei ich schon jetzt in einer anderen Welt. Es ist an der Zeit, die irdische Bühne nun auch körperlich zu verlassen.

Ich spüle meine Gedanken zusammen mit den 42 Pillen und dem allerletzten Wein hinunter.

»Wir gehen jetzt«, höre ich aus dem Flur. Leicht wankend gehe ich ein letztes Mal zu meinem Baby, küsse es und verabschiede mich.

Langsam schwindet das Kunstlicht und es wird dunkel.

2 - Moralisch verunglückt

»Können Sie mich hören?«

Ich vernehme diese und andere Worte immer wieder, zuerst leise und ohne dass ich den Inhalt begreife, dann immer eindringlicher, lauter. Es ist eine angenehme, männliche Stimme, die ich nie zuvor gehört habe.

Was für eine Stimme! Lasst mich doch einfach noch einen Moment hier liegen und den Klang genießen!

Nur sehr langsam kommt mein Verstand durch die Watte, die mein Gehirn umgibt, zurück an die Oberfläche gekrochen.

Es hat also nicht funktioniert! Mach jetzt bloß nicht die Augen auf!

Grün bekittelte Ärzte und das gleißende Licht eines Operationssaales, das würde ich jetzt nicht ertragen. Und dann ist da ja auch noch diese Stimme, die mir unermüdlich irgendetwas sagt, was ich nicht verstehen will. Deren Klang meine Verstandesgrenzen geschickt umtanzt und mitten hinein geht in meine verfrorene Seele. Ein Streichholz, das Licht und Wärme gibt. Wenn ich jetzt die Augen öffne, könnte dieses Streichholz durch den entstehenden Windzug erlöschen. Also halte ich meine Augen so fest wie möglich verschlossen. Es ist der Moment zwischen Traum und Wachzustand, den ich nicht gehen lassen will, der Moment zwischen Realität und Wahnsinn. Doch alles Gegenankämpfen nützt nichts: In dem Moment, in dem mir das bewusst wird, bin ich wieder wach!

»Warum bin ich hier und wer hat mich gefunden?«, höre ich mich nun fragen. Meine Augen bleiben weiterhin geschlossen.

»Sie hatten einen Unfall, Ihr Mann hat einen Krankenwagen gerufen und Sie herbringen lassen«, erhalte ich als Antwort.

»Das ist nicht mein Mann, er ist nur der Vater meiner Tochter. Und was bedeutet *Unfall*?«

Schlimme Gedanken überkommen mich: *Bin ich womöglich betrunken und tablettenbenebelt auf die Straße und durchs Dorf gelaufen beziehungsweise gekrochen oder bin ich etwa noch Auto gefahren?*

Ich werde panisch und reiße die Augen auf.

Jetzt wird mir alles klar: Ich bin bei meinem Suizidversuch tatsächlich gestorben und nun im Himmel, denn vor mir steht in weißem Gewand ein wunderschöner Engel mit gütigen Augen und langen weißen Locken.

Beruhigt drücke ich meinen Kopf zurück ins Kissen. Noch bevor ich eine Antwort auf meine letzte Frage bekomme, vergewissere ich mich: »Ich bin tot, oder? Und wie gehen wir jetzt weiter vor?«

Der Engel lächelt.

Ja, es ist ein himmlisches, übersinnliches Lächeln. Ein Lächeln, das ich in dieser Form nie zuvor in der Welt der Lebenden gesehen hatte. Hier fühle ich mich Zuhause, hier möchte ich für den Rest meiner toten Zeit bleiben.

»Sie sind natürlich nicht tot. Sie haben sich ein Schädel-Hirn-Trauma 1. Grades und einen neurogenen Schock eingehandelt, nachdem Sie vor ein Auto gelaufen sind. Daran stirbt man bei ärztlicher Beobachtung normalerweise nicht.«

»Und was ist mit meinem Magen, wurde er ausgepumpt? Mir ist immer noch so schlecht!«

»Übelkeit ist eine gängige Begleiterscheinung der

Commotio, aber normalerweise pumpen wir bei Gehirnerschütterungen nicht den Magen aus.«

Jetzt zwinkert und lächelt er auch noch gleichzeitig. Das muss Gott sein oder zumindest ein transzendentaler Abgesandter. Ich möchte nicht, dass er nur ein normal sterblicher, etwa 50-jähriger Mann mit weißen Locken ist.

»Wo ist denn der ganze Alkohol geblieben, den ich getrunken hatte? Und die Tabletten?«, frage ich weiter.

»Sie sind jetzt noch etwas verwirrt, bedingt durch die Gehirnerschütterung, aber ich kann Ihnen versichern, dass wir in Ihrem Blut weder Alkohol- noch Tablettenrückstände gefunden haben. So wie mir erzählt wurde, kamen Sie gestern Mittag mit Ihrem Mann vom Einkaufen aus dem Supermarkt im 7. Ring, als Sie auf der anderen Straßenseite glaubten, Ihre Tochter zu sehen, zu der Sie rüber laufen wollten. Leider haben Sie nicht auf den Straßenverkehr geachtet und wurden angefahren.«

»Aber warum stand denn der Kinderwagen meiner Tochter auf der anderen Straßenseite des Supermarktes?«

Jetzt wirkt sogar der weiße Engel etwas irritiert und sagt: »Ich glaube nicht, dass ein 11-jähriges Mädchen noch einen Kinderwagen braucht.«

Irgendetwas stimmt hier nicht. Bestimmt eine Verwechslung der Patientenkarten.

Aber ich bin so müde und mein Kopf schmerzt, deshalb weiß ich mir keinen anderen Rat als zu fragen: »Wie ist mein Name?«

»Anna Becker«, bekomme ich als prompte Antwort.

Gott-sei-Dank, eine Verwechslung durch den gleichen

Vornamen.

Erleichtert darüber, nun doch nicht verrückt geworden zu sein, behaupte ich, jetzt selbst lächelnd: »Ich heiße zwar Anna, aber ich heiße nicht Anna Becker, sondern Anna Hauke.«

»Anna Hauke ist Ihr Mädchenname, Ihre Tochter hat den Nachnamen behalten, *Sie* heißen, seitdem Sie verheiratet sind, Anna Becker.«

Ich merke, wie die wenige Farbe, die mein Gesicht bis gerade vielleicht noch besaß, nun gänzlich entweicht und wie sich unter mir das Tor zur Hölle öffnet, um mich mitsamt Bett zu verschlingen.

»Wann habe ich geheiratet?«, will ich entsetzt wissen.

»Das kann ich Ihnen nicht sagen, da müssten wir Ihren Mann fragen. Der wartet ohnehin draußen auf dem Gang, um Sie zu besuchen. Sie selbst können sich nicht erinnern?«

Der hübsche Engel wirkt jetzt sehr viel ernster als noch vor zehn Minuten und das Ganze fängt an, mir richtig große Angst zu machen. Er scheint mir meine Angst anzusehen und will mich beruhigen.

»Eine retrograde Amnesie mit kurzzeitigen Erinnerungslücken nach traumatischen Erlebnissen, wozu auch Ihr Unfall zählt, ist völlig normal. Die Erinnerung wird innerhalb von kurzer Zeit zurückkehren. Jetzt schon über Korsakow nachzudenken, wäre zu früh. Ruhen Sie sich aus, begrüßen Sie Ihren Mann und freuen Sie sich, dass alles so glimpflich abgelaufen ist.«

Der Arzt deutet an, den Raum zu verlassen, das gefällt mir ganz und gar nicht.

»Bitte warten Sie, ich habe noch eine Frage: Wer

ist Korsakow? Und wie heißen *Sie*?«

Da ist es endlich wieder, das magische übersinnliche Lächeln.

»Mein Name ist Tristan zu Wollersheim, ich bin Neurologe. Ein bekannterer Neurologe war Sergei Korsakow, der sich unter anderem mit schweren Amnesien, die durch Schädigung des zentralen Nervensystems hervorgerufen wurden, befasst hat. Aber machen Sie sich jetzt bitte keine Gedanken. Sie haben eine Gehirnerschütterung, die repariert sich mit viel Ruhe fast von selbst. Soll ich Ihnen nun Ihren Mann hineinschicken?«

Langsam geht er Richtung Tür.

Ich glaube, der engelsgleiche Tristan hat nicht mitbekommen, dass ich mich an rein gar nichts erinnere. Meine Erinnerung beschränkt sich darauf, dass ich gestern nach zwei Litern Wein mit 42 Beruhigungstabletten Selbstmord begehen wollte. Ich beschließe deshalb, vorläufig keine Fragen mehr zu stellen, sondern einfach abzuwarten, was passiert.

Anscheinend bin ich während weniger Stunden zu einer ganz anderen Person geworden oder mir fehlen einige Monate, vielleicht sogar Jahre in meiner Erinnerung. Ich habe keine Ahnung, was hier gerade geschieht, aber es wird besser sein, keine weiteren Details preiszugeben.

Vielleicht ist dies hier in Wirklichkeit ja gar kein Krankenhaus, sondern eine Irrenanstalt?

Noch bevor der schöne Tristan die Tür erreicht, rufe ich ihm nach: »Nein, bitte sagen Sie meinem Mann, er möge morgen wiederkommen. Ich bin noch viel zu müde, um mit ihm zu sprechen, außerdem habe ich Kopfschmerzen. Bestellen Sie ihm bitte liebe

Grüße und er soll nicht böse sein.«

»Werde ich ausrichten. Und wir Zwei sehen uns morgen bei der Visite.«

Tristan zu Wollersheim verlässt den Raum und einen Moment lang scheint es, als habe er ein Stück Licht mit aus dem Zimmer genommen.

Jetzt bin ich wieder allein und schaue mich hier zum ersten Mal richtig um. Das Zimmer ist weiß gestrichen. Es ist ein genauso kaltes Weiß wie das des Eisenbettes, des Beistelltisches und das der zugezogenen blickdichten Gardinen. An der Wand klebt einsam ein kleiner schwarzer Fernseher und auf einem Hocker neben meinem Bett liegen Zeitschriften.

Wie mitleidlos dieser Raum doch ist. Wie sollen Kranke hier gesund werden?

Ob es wenigstens draußen freundlicher ist als hier im Zimmer? Ich will aus dem Bett springen, um aus dem Fenster zu sehen. Doch ich erschrecke zu Tode: Beim Aufstehen fällt mein Blick zum ersten Mal auf meine Beine.

MEINE BEINE!!! Sie sind dick und aufgequollen!

Was haben die mir hier gespritzt, dass sie so aussehen?

Fassungslos laufe ich in die Duschecke, in der ein Ganzkörperspiegel hängt und mein Entsetzen erreicht seinen Höhepunkt. Die Frau, die mir hier als Spiegelbild gegenübersteht, erkenne ich kaum. Diese Frau im Spiegel wiegt mindestens zehn Kilo mehr als ich noch gestern Abend. Diese Frau hat kurze Haare. Meine Haare waren gestern noch ellenbogenlang. Nur die Augen sind dieselben, abgesehen davon, dass die Frau im Spiegel drum herum schon ein paar Falten hat. Die Frau im Spiegel ist definitiv viel älter als ich. *Was ist hier los?*

Mit rasendem Herzen greife ich mir die Zeitungen vom Hocker. Ich muss jetzt sehen, welches Datum wir haben.

Es ist Freitag, der 24. Februar 2023.

Ich zucke zusammen. *Das glaube ich nicht!* Fassungslos lasse ich die Zeitung auf den Hocker zurück sinken. Es kann nicht sein. Gestern war Samstag, der 23. Februar 2013. Aber alle Zeitungen und auch der Spiegel in der Duschecke sagen dasselbe: Ich bin heute, einen Tag nach meinem Suizidversuch, im Jahr 2023 wieder aufgewacht und auch körperlich zehn Jahre älter geworden.

Aber wo war mein Geist während der letzten zehn Jahre? Was ist noch alles passiert?

Ich krieche zurück ins Bett und ziehe die Bettdecke über den Kopf. Die Kopfschmerzen haben nachgelassen, aber die Angst ist ins Unermessliche angestiegen.

Nun bin ich mir wirklich felsenfest sicher: Niemand darf erfahren, wie viel Zeit in meiner Erinnerung wirklich fehlt, auch nicht der schöne Tristan. *Doch wie begegne ich morgen meinem Mann, den ich nicht kenne und meiner Tochter, von deren Entwicklung ich gar nichts weiß?*

Ob es draußen schon dunkel geworden ist?

Ich muss eingeschlafen sein, die Nacht vergeht unmerklich. Geweckt werde ich von Schritten, die ich in meinem Zimmer höre. Als ich die Augen öffne, sehe ich eine Schwester, die mir wortlos ein Frühstück auf den Beistelltisch stellt.

Frühstück... mein Frühstück besteht seit Jahren aus

einem Kaffee und einer Zigarette. Auf dem Teller hier liegen lieb- und kontaktlos eine Scheibe Brot und eine Scheibe Käse. Beide so trocken, dass sich die Ränder schon hochrollen. Brot und Käse könnten eine so schöne, harmonische Beziehung miteinander haben, aber nicht diese Zwei auf meinem Teller, die hassen und rollen sich voneinander weg.

Ich beobachte die Krankenschwester, die jetzt die weißen Gardinen gerade rückt, aber immer noch zugezogen lässt: Sie ist um die 60, klein, dürr, mit hängenden Mundwinkeln, natürlich ganz in Weiß und hat offensichtlich so früh am Morgen keine Lust, freundlich zu den Patienten zu sein.

Wieder jemand, der seinen Beruf verfehlt hat! Eine Krankenschwester muss meiner Meinung nach das besondere »Kümmerungs-Gen« haben und zu jeder Zeit bereit sein, Patienten zu trösten. Es gibt aber auch Krankenschwestern, die das spezielle »Raumpflege-Gen« haben, bei diesen steht die Pflege der Räumlichkeiten im Vordergrund, Patienten sind hier nur ein Teil der Raumausstattung. Ich glaube, ich habe eine Krankenschwester mit dem Raumpflege-Gen erwischt. *Viel zu tun hat sie in diesem kargen, kalten Krankenzimmer ja nicht.* Ich grinse.

Und trotzdem beschleicht mich wieder das merkwürdige Gefühl, dass ich mich nicht in einem richtigen Krankenhaus befinde. Ich war zwar in meinem Leben nicht sehr oft in einem, trotzdem habe ich es anders in Erinnerung. Gerade unter dem Aspekt, dass vielleicht wirklich zehn ganze Jahre vergangen sind. Schon vor zehn Jahren waren Kliniken nicht mehr nur in sterilem Weiß mit kalten Eisenmöbeln. Hat sich die Innenarchitektur in den vergangenen

Jahren wieder zurück entwickelt? Alles wirkt hier so surreal.

Die kleine antiseptische Schwester huscht wieder aus dem Zimmer. Ich richte mich im Bett auf und betrachte das sich nicht liebende Frühstück. *Das kann ich nicht essen, die sollen sich erst wieder vertragen.* Ich möchte jetzt lieber eine Zigarette.

In der Duschecke mit dem furchtbaren Ganzkörperspiegel hängt an einem Eisenhaken meine Kleidung. *Dann wollen wir doch mal sehen, welche Kleidergröße ich jetzt habe und was man als voluminöser Mensch im Jahr 2023 so trägt.*

Solange ich mich nicht bewege, spüre ich die körperliche Veränderung nicht, ich denke auch nicht darüber nach. Ich sehe mich selbst noch immer mit meinen sportlichen 59 Kilo. Aber sobald ich an mir hinunterschaue, weiß ich, dass die schlanken Zeiten vorbei sind.

Ich wuchte meinen unförmigen Körper zur Dusche und greife nach einem T-Shirt. Größe 42/44.

Oh mein Gott! Von Größe 36 auf Größe 42 in einer Nacht, das ist ´ne Leistung!

In Panik darüber, dass bislang das Krankenhaushemd noch schlimmere Schäden abgedeckt haben könnte, reiße ich es mir vom Körper. Nackt stehe ich nun vor dem grausamen Spiegel. Ich sehe, wie dem Spiegelbild Tränen in die Augen eines verquollenen Gesichts schießen. Das Spiegelbild heult und ich stammle die ganze Zeit: »Das bin doch nicht ich.«

Mein Spiegelbild tastet sich ab, ich tue dasselbe. Wo kommen diese riesigen Brüste her? Dass die altersentsprechend noch nicht bis zu den Knien runterhängen, liegt einzig an dem gigantischen Bauch, der sie stützt. *Ich brauche also keinen BH mehr*, heule ich in mich hinein.

Ein nächster entsetzlicher Gedanke drängt sich mir in den Kopf: Tristan zu Wollersheim, der schöne Tristan. Er hat mich umfangreich in diesem üppigen Zustand kennen gelernt. *Bestimmt ist er auch noch Vegetarier und steht nicht so auf »fleischig«. Ich will ihn nie wieder sehen!*

Weinend dusche ich, nachdem ich meinen Körper noch einen Moment vor dem Spiegel betrauert habe, die Massen, die sich nicht anfühlen, als gehörten sie zu mir. Dabei denke ich über den erhöhten Verbrauch von Seife nach und dass ich nicht mehr wirtschaftlich bin. Anschließend versuche ich, den Speck in meinem Gesicht mit Schminke, die ich in einer Handtasche gefunden habe, zu relativieren, indem ich mir mit Rouge meine nicht mehr vorhandenen Wangenknochen aufmale.

Vielleicht sollte ich die magere Schwester mal fragen, ob die hier im Haus auch eine Abteilung zum Fettabsaugen haben.

Nun brauche ich nicht nur eine Zigarette, sondern auch noch eine Waage, um zu erfahren wie schwer mein Schicksal wirklich ist.

Leider finde ich in der Handtasche weder Zigaretten, noch Feuer. Mit Ausnahme des Schminktäschchens und eines Kugelschreibers ist die Tasche leer. Kein Portemonnaie, kein Ausweis. In einer mit Reißverschluss verschlossenen Seitentasche finde ich lose etwas Kleingeld in Höhe von etwa 20 Euro. In dieser Hinsicht bin ich mir scheinbar treu geblieben, denn ich war nie der Täschchenträger und wenn ich doch mal eine Tasche brauchte, habe ich nur das Nötigste hineingeworfen und dabei die Hälfte vergessen. Schlüssel und Papiere trage ich immer in Jackentaschen bei mir. Deshalb durchsuche ich als Nächstes die Taschen der hier hängenden, mir übergroß erscheinenden Jacke. Aber auch hier finde ich nichts, keine Hinweise auf mich selbst im Jahr 2023 und auch keine Zigaretten.

Also werde ich das Zimmer verlassen müssen, um eventuell an einem Automaten Zigaretten zu kaufen oder mir im Raucherraum eine Zigarette zu schnorren.

Beim Anziehen habe ich das Gefühl, getragene Klamotten einer fremden Person auf einen mir fremden Körper zu stülpen. Aber eine andere Wahl habe ich nicht, ich muss das Zeug anziehen, denn in dem Krankenhaushemd kann ich unmöglich auf den Flur gehen. *Wie wichtig bin ich meiner Familie eigentlich, dass sie mir nicht einmal einen Bademantel vorbei gebracht hat?*

Angezogen betrachte ich mich nun noch einmal in dem Spiegel: Ich fühle mich verkleidet und abgrundtief hässlich, aber das ist jetzt egal, denn ich will jetzt endlich eine Zigarette und erfahren, wo ich hier bin.

Ich öffne die Zimmertür einen Spalt und schaue hinaus.

Da ist nichts, nur ein beklemmend weißer Gang mit vielen Türen, Neonröhren unter der Decke und einer Glastür am Ende, die in ein Treppenhaus führt. Keine Schwester, kein Patient, keine Essen- oder Putzwagen und ... keine Fenster. Das ist mir unheimlich.

Ich gehe auf den Flur und fühle mich wie die Hauptperson in einem Mankell-Krimi, die nachts in einer Pathologie eingesperrt wurde und gleich von einem geisteskranken Toten, der hinter einer der Türen lauert, umgebracht werden soll.

Der Weg bis zum Treppenhaus scheint endlos. Immer wieder drehe ich mich beim zügigen Durchqueren des Flures um, weil ich Geräusche höre.

Bleibt bloß alle, wo Ihr seid!

Aber es ist nur das warnende Knistern manch einer kurz vorm Ausfall stehenden Neonröhre. Ich selbst möchte niemandem begegnen, genauso wenig möchte ich, dass mir jemand begegnet. Das ist schon ein Unterschied, glaube ich: Das eine ist aktiv, das andere passiv. Obwohl es auch völlig egal ist, da mir beide Varianten gleichermaßen unangenehm wären. Mein Gehirn scheint wirklich noch ziemlich erschüttert zu sein, denn meine Gedanken erscheinen mir genauso bizarr wie das gesamte Ambiente hier.

Ich erreiche also, ohne von einem durchgeknallten Arzt mit riesiger Giftspritze angegriffen worden zu sein, die Glastür, die sich sogar öffnen lässt. Blitzblank ist die Tür, keine Fingerabdrücke darauf.

Das war bestimmt die knochige Schwester. Trotz meines Unbehagens muss ich schmunzeln.

Auch das Treppenhaus ist weiß. Weiße, marmorartige Stufen sowie weiße Eisengeländer und wieder: keine Fenster, nur weiße Wände mit Neonlicht. Mir stellt sich jetzt zunächst aber nur die Frage: *Nach unten oder nach oben?* Denn ich habe keine Ahnung, in welcher Etage ich mich befinde. Davon ausgehend, dass man mich nicht im Keller untergebracht hat, zumal auch nicht alle Stufen nur nach oben führen, wähle ich die Treppe nach unten.

Ich laufe eine Etage hinunter und komme an einer

Glastür vorbei, die genauso aussieht wie die, aus der ich selbst gerade gekommen bin, hinter ihr liegt ein langer Flur, der identisch mit meinem Flur zu sein scheint. Ich muss mir nun merken, an wie vielen Glastüren ich vorbeikomme, damit ich später meinen Gang und mein Zimmer wiederfinde.

Fünf weitere Glastüren folgen, bis ich am Ende der Treppe auf eine doppelflügelige Glastür stoße, über der in großen Old-English-Buchstaben das Wort Vereinigung steht.

Noch bevor ich einen richtigen Blick in den dahinter liegenden Saal werfen kann, höre ich auf der Treppe ein Geräusch und drehe mich um. Da steht er plötzlich und mir wird heiß und kalt: Der engelsgleiche Tristan mit seinem Lächeln, das mich einerseits wie eine Decke einhüllt und das andererseits wie ein Pfeil mitten in mich hineingeht.

»Wo wollen Sie denn hin, Frau Becker? Geht es Ihrem Kopf denn schon wieder besser?«

»Ich weiß, ich sollte es nicht tun und schon gar nicht mit Gehirnerschütterung, aber... ich suche einen Zigarettenautomaten, ich brauche jetzt eine Zigarette«, stottere ich und versuche dabei, mein neues Doppelkinn tief im Jackenkragen zu verstecken.

»Einen Zigarettenautomaten«, sinniert der Arzt und sein Blick wirkt plötzlich mitleidig.

»Die gibt es doch schon seit fünf Jahren nicht mehr, sie wurden doch alle ein halbes Jahr bevor das Rauchen europaweit komplett verboten wurde, entfernt.«

Jetzt nur nicht entsetzt oder erstaunt wirken, denke ich und verbessere mich schnell: »Sagte ich Zigaretten? Ich meinte natürlich einen Kaffeeautomaten. Ich war früher Raucherin, jetzt natürlich auch schon lange nicht mehr.«

»Einen Kaffeeautomaten finden Sie hier im Saal. Wir sehen uns später«, sagt er und schwebt die Treppe wieder hinauf. Ich blicke ihm nach. Er hat wirklich etwas Engelhaftes. Genauso schnell wie er plötzlich da ist, ist er auch immer wieder weg.

Zumindest weiß ich jetzt, warum ich so dick geworden bin: Ich musste vor vier oder fünf Jahren zwangsweise mit dem Rauchen aufhören, das hat mein Körper anscheinend nicht verkraftet.

Ich betrete den Saal, wundere mich jetzt aber nicht mehr darüber, dass auch hier alles in Weiß gehalten ist. Es gibt hier eine Art Bar, hinter der zwei Krankenschwestern wortlos die Patienten bedienen. Etwa 30 Tischgruppen verteilen sich im Raum. Ungefähr die Hälfte der Tische ist mit blassen Patienten und ihren, zwar nicht viel gesünder, aber irgendwie wohlhabend aussehenden Besuchern besetzt. Alles wirkt recht einheitlich, sogar Männer und Frauen lassen sich von weitem kaum unterscheiden. Es herrscht eine unheimliche Stille.

Was machen die hier alle, wenn die nicht miteinander reden?

Gegenüber der Bar kann man durch eine Fensterfront hinaussehen. Die Fläche vor den Fenstern könnte ein Parkplatz oder eine Wiese sein. Ich kann es nicht erkennen, weil Schnee liegt. Das gesamte Gelände ist, soweit man es vom Saal aus überblicken kann, von einer weißen Mauer umgeben.

Aus dem Kaffeeautomaten neben der Bar ziehe ich mir für acht Euro einen kleinen Kaffee im Plastikbecher. *Acht Euro, die spinnen doch! Naja, wenigstens stimmt die Währung noch. Aber wäre dem nicht so, hätte ich vorhin logischerweise wohl kaum die Euros in der Handtasche gefunden.*

Angelehnt an eine Wand, trinke ich den wässrigen Kaffee und beobachte die Leute. Die meisten starren einfach vor sich hin, nur ganz wenige reden und das nur im Flüsterton. Eine der Schwestern hat angefangen, akribisch die weißen Fliesen der Bar zu polieren. *Ja, alles muss sauber sein!*

Etwas unsicher gehe ich auf sie zu und frage: »Darf man dort aufs Gelände?«

Ich deute auf die Schneefläche hinter der Fensterfront. Ohne jegliche Mimik und ohne ihr Putzen zu unterbrechen, antwortet die Schwester: »Aber selbstverständlich, Frau Becker, ich rufe sofort einen Beamten für Sie.«

Warum kennt sie meinen Namen und was heißt »Beamter«? Noch bevor ich meine Fragen zu Ende denken kann, geht die Schwester zu einer Sprechanlage und gibt durch: »Ein Freigangbeamter bitte in den Vereinigungs-Saal.«

Ich frage mich, wo man diesen Satz jetzt wohl überall hören konnte und wozu die Freigangbeamten denn wohl da sind. Zu *meiner* Sicherheit oder zur Sicherheit, dass ich nicht abhauen kann?

Wenige Sekunden später steht ein Uniformierter neben mir. Ohne mich anzusehen, sagt er: »Kommen Sie bitte!«

Er schließt neben der Glasfront eine rahmenlose, fast unsichtbare Tür auf, lässt mich hindurchgehen und folgt mir sofort. Die Tür fällt hinter uns ins Schloss. *Endlich draußen!* Ich atme die kalte Luft ein und fühle zum ersten Mal, dass ich noch am Leben bin. Dann gehe ich ein Stück in Richtung Mauer, weil ich sehen will, wie mein Krankenhaus von außen aussieht. Der Beamte weicht mir nicht von der Seite. Dass es sich bei der Fläche unter dem Schnee um Rasen handelt, bestätigt sich leider nicht, denn ich spüre bei jedem Schritt harten und massiven Beton unter den Füßen. An der Mauer angekommen, drehe ich mich um.

Mir stockt der Atem. Dieses Gebäude ist ein hochhausgroßer, weißer Würfel mit nicht einem einzigen Fenster, ausgenommen der jetzt ganz klein erscheinenden Fensterfront des Vereinigungs-Saals. *Wozu habe ich dann bloß oben in meinem Zimmer Gardinen hängen?*

»Gibt es hier auch einen Haupteingang?«, frage ich den Schutzmann.

Feindselig sieht der mich jetzt an und zischt: »Sie wissen genau, dass es den Patienten untersagt ist, mit Beamten zu sprechen! Da entlang!«

Mit dem Kopf gibt er die Richtung vor, in die wir jetzt gehen. Wir laufen rechts um den Würfel herum, immer begleitet von der weißen Mauer. Nach einigen Minuten kann ich den Haupteingang sehen. Eine riesige Spiegelglastür breitet sich auf der Ostseite des Würfels aus. Darüber prangt ein überdimensionales Schild, auf dem in Großbuchstaben *KLFMV* steht. Darunter gibt es in etwas kleineren Buchstaben auch gleich die Übersetzung: *Krankenlager für Moralisch Verunglückte.*

Für heute reicht es mir an Neuig- und Unheimlichkeiten, ich will zurück in mein Zimmer. Später werde ich den schönen Tristan fragen, warum ich hier gelandet bin und was das bedeutet. Der Officer scheint auch keine Lust mehr zu haben, mit mir durch den Schnee zu wandern.

»Ich bringe Sie jetzt zurück in Ihr Zimmer, Frau Becker!«, bestimmt er und gibt mir wieder mit seinem Kopf zu verstehen, dass wir jetzt umkehren.

Er begleitet mich direkt hoch in den siebten Stock bis in mein Zimmer. Glücklicherweise, denn bei all den gleich aussehenden Türen ohne Nummerierung auf dem Flur, hätte ich diesen Raum niemals wiedergefunden.

»Bleiben Sie jetzt bitte im Zimmer, Ihr Arzt wird in nächster Zeit zur Visite kommen«, verordnet der Beamte und geht.

Neugierig auf das, was sich hinter den bodenlangen Gardinen des Raumes befindet, laufe ich sofort dahin. Ich ziehe die Gardinen zur Seite und entdecke, wie erwartet, eine weiße Wand.

Vielleicht gibt es hier unter den moralisch Verunglückten zu viele Selbstmordkandidaten, die sich aus dem Fenster auf den Beton stürzen würden, gäbe es hier Fenster.

Ich ziehe mir die Straßenkleidung aus und das Krankenhaushemd wieder an und lege mich ins Bett. Schade, die Zeitungen, die noch am Vorabend hier herumlagen, wurden beseitigt und auch neue wurden hier nicht ausgelegt. Ich hätte zu gern anhand von Klatsch, Tratsch und Bildern gesehen, wie sehr sich die Welt in den letzten zehn Jahren verändert hat.

Auch der Fernseher funktioniert nicht, oder aber ich verstehe die neue Art der Technik nicht und kann ihn nicht anschalten. Also bleibt mir nichts anderes übrig, als zu warten, dass irgendetwas passiert.

Allzu lange muss ich mich nicht gedulden. Die

Tür geht auf, ich freue mich schon, aber es ist nur die knochige, kleine Schwester, dieses Mal in Begleitung einer anderen, genauso dürren, aber langen Schwester. Sie laufen hintereinander, die Kleine vorweg mit einer brennenden Altarkerze in den Händen, die sie andächtig vor sich herträgt und dann auf meinem Beistelltisch abstellt.

Bei diesem Anblick muss ich mir das Lachen wirklich verkneifen und frage: »Was wird das jetzt?«

Beide Schwestern schmettern mir einen bösartigen Blick entgegen, die Kleine erwidert: »Gebetsritual vor der Visite zur Säuberung der Gedanken und zum Erbitten um Gnade bei der Diagnose.«

Völlig überfordert frage ich nur »Wie bitte?«

Jetzt äußert sich die Lange. »Tun Sie doch nicht so, als wüssten Sie nicht, worum es geht, sie waren doch schon oft genug im KLFMV. Setzen Sie sich jetzt gerade hin, falten die Hände und bitten den Herrgott um Vergebung.«

Die beiden Schwestern bauen sich am Fußende meines Bettes auf, während ich mich aufrichte und sie nicht aus den Augen lasse.

»Ich bin aber nicht gläubig«, rutscht es mir heraus.

»Genau das ist das Problem mit Menschen wie Ihnen«, giftet mich jetzt die Kleine an, »Selbst glauben Sie an nichts und denken vielleicht noch, dass Ihr unmoralisches Gedankengut nicht ansteckend sei. Aber wir lassen nicht zu, dass unsere Ärzte sich dem ungefilterten Schmutz aussetzen müssen. Falten Sie jetzt die Hände!«

Die Schwestern falten die Hände, schließen die Augen, senken die Köpfe und fangen an, ein monotones Gebet herunter zu murmeln. Ich beobachte sie weiterhin, glaube nicht so recht, was ich hier höre beziehungsweise sehe und kann mich nicht länger zusammenreißen. Ich lache los. Laut und bis mir die Tränen über die dicken Pausbacken laufen. Jetzt fühle ich mich nicht mehr wie in einem Roman von Henning Mankell, sondern wie in einem Monty-Python-Film. Wutentbrannt räumen die Schwestern das Feld und ich frage mich: *Hat sich die Welt wirklich von 2013 bis 2023 ins Mittelalter zurückentwickelt?*

Wenige Minuten später öffnet sich wieder die Tür: Tristan. Ein ernster Tristan ohne Lächeln. Er zieht sich den Hocker zum Bett und setzt sich neben mich. Ich bleibe liegen, um meinen mir peinlich, massigen Körper unter der Bettdecke ganz verstecken zu können.

»Frau Becker, ich darf Sie nicht weiter behandeln, solange Sie sich nicht dem Glaubensritual unterzogen haben. Es gehört zu den Hygienevorschriften in diesem Haus, um Ansteckungen zu vermeiden.«

»Ansteckungen an was?«, frage ich verwirrt.

»Ansteckung an krankem Gedankengut. Sehen Sie, in einem normalen Krankenhaus besteht eine viel geringere Gefahr der Ansteckung, da dort nur Menschen mit moralischer Festigkeit und starkem Glauben aufgenommen werden. Aber das KLFMV, das behandelt Menschen wie Sie und seien Sie froh, dass es diese Häuser und Menschen wie ihren Ehemann gibt. Ihr Mann hat Sie hierherbringen lassen, damit Sie medizinisch versorgt werden. In jedem anderen Krankenhaus wären Sie abgewiesen worden. Ich würde gerne helfen, darf es aber nicht.«

»Aber wie kann ein Arzt sich bei einem Gehirnerschütterungs-Patienten mit krankem Gedankengut infizieren?«, versuche ich zu verstehen, was er mir überhaupt sagen will.

»Frau Becker, Sie und ich, wir wissen doch beide, dass die Gehirnerschütterung nicht Ihr eigentliches Problem ist. Das wirklich Kranke in Ihnen schlummert viel tiefer... in Ihrer Seele. Und das nicht erst seit gestern. Wir können alle froh sein, dass sich Klaus Becker Ihrer angenommen hat und dass dadurch auch Ihr uneheliches Kind unerkannt und in einem ähnlich geschützten Rahmen aufwachsen darf wie dem des KLFMV. Sie wissen ja, dass im Jahr 2015 unter dem neuen Moralgesetz das Austragen unehelicher Kinder in Deutschland verboten wurde.«

Nicht zugeben wollend, dass ich von einem solch mörderischen Gesetz nie gehört habe, frage ich nur: »Und wo ist Johann, der leibliche Vater meiner Tochter? Ich hätte doch ihn heiraten können, um die Gesetze einzuhalten.«

»Der Vater ihrer Tochter ist steuerflüchtig, er hat sich ins Ausland abgesetzt. Erinnern Sie sich denn an gar nichts mehr?«, fragt mich der Arzt, mit besorgtem Blick, als zweifele er jetzt selbst an seiner gestrigen harmlosen Diagnose.

»Im Moment bin ich ein wenig verwirrt, ich habe ein paar zeitliche Lücken und Verschiebungen im Kopf«, versuche ich den Komplettausfall meiner Erinnerung herabzuspielen.

»Bis zu einem gewissen Grad ist Ihre Amnesie bedingt durch die Commotio Cerebri, die Gehirnerschütterung. Um herauszufinden, inwieweit ihr Gehirn schon vor dem Unfall geschädigt war, hätten wir Sie für weitere Untersuchungen hierbehalten müssen.«

Empört richte ich mich nun im Bett auf. »Wieso sollte mein Gehirn denn schon vorher geschädigt gewesen sein?«

»Frau Becker, dass Ihr Lebenswandel bis zu dem Tag als sich Klaus Becker Ihrer annahm, nicht mehr den Moralvorschriften unseres Landes entsprach und dass sich aus dieser Art von Respektlosigkeit pathologisches Gedankengut in Ihnen bildete, wissen Sie selbst. Aber dieser Lebenswandel kann eben auch körperliche Schäden hervorrufen.«

»Von welcher Respektlosigkeit reden Sie?« Um mich herum breitet sich beängstigende Verwirrung aus.

»Ich habe mir gestern Ihre Führungsdatei angesehen. Die ist sehr, sehr umfangreich.«

Jetzt zwinkert der schöne Tristan, den ich im Moment gar nicht mehr als schön empfinde, und lächelt gütig. Ein Lächeln wie bei einem kleinen Kind, das gerade mit einem Ball eine Fensterscheibe zerschossen hat und dem man dann sagt: Ist ja nicht so schlimm, wir sind doch haftpflichtversichert.

»Was ist eine Führungsdatei?«, frage ich. Jetzt ist es mir egal, was er über meine Erinnerungslücken denkt, für ihn bin ich ja eh eine Geisteskranke.

Ganz bereitwillig und noch immer äußerst freundlich und geduldig gibt er mir Auskunft. Auch er scheint langsam zu ahnen, dass mir einige Jahre in der Erinnerung fehlen.

»Die Führungsdatei ist die Weiterentwicklung des polizeilichen Führungszeugnisses, hier werden jetzt nicht mehr nur Straftaten erfasst, sondern auch jegliche Art von Ordnungswidrigkeiten, Sittenverstöße und blasphemische Entgleisungen. Die Führungsdatei wird für jedermann zugänglich im Deutschnet, in dem jeder deutsche Bürger erfasst ist, veröffentlicht und dient somit der gesunden Transparenz im Land.«

»Und was ist mit dem Datenschutz?«, will ich entsetzt wissen.

Sein Lächeln wirkt jetzt gönnerhaft. »Was ist denn wichtiger, Frau Becker? Dass Daten geschützt werden oder dass Menschen geschützt werden? Im Rahmen der Transparenz erfahren die Menschen einen viel höheren Schutz. Sie können sich umfassend über jeden Mitbürger informieren und dann selbst entscheiden, inwieweit sie den Kontakt behalten möchten. Datenschutzgesetze aus den Anfängen des Jahrtausends waren deshalb schnell überholt und wurden abgeschafft.«

Ob Tristan nebenberuflich Pressesprecher der Regierung ist?

»Was ist denn aus der Meinungsfreiheit geworden?«, forsche ich erst einmal weiter, da ich bis Februar 2013 Journalistin war und befürchte, dass es diesen Berufszweig in Deutschland nicht mehr gibt.

»Wenn Sie Artikel 5 des ehemaligen Grundgesetzes meinen, dann merken Sie ja selbst, dass in Ihrer Seele und Ihrem Geist noch einige Fehlfunktionen zu beheben sind. Das Recht der öffentlichen Meinungsäußerung gibt es nicht mehr und das ist gut so. Menschen wollen in Sicherheit leben, sie möchten Schutz genießen und sich hierbei auf jemanden verlassen können. Wie viel Schutz bieten denn die Staaten, in denen noch Reste freier Meinungsäußerung geduldet werden? Keinen. Diese Länder ersticken in Unmoral und Ungläubigkeit. Und woher kommt das pathologische Gedankengut? Durch das gefährliche Verbreiten von ungefilterten Texten und Bildern in den Medien«, behauptet Tristan.

Der glaubt wirklich, was er da redet, geht es mir durch den Kopf.

»Es tut mir leid, Herr Doktor, ich kann mich ganz einfach nicht erinnern. Weder an mich selbst, noch an die politischen Entwicklungen in Deutschland, mir fehlen etwa zehn Jahre«, gestehe ich jetzt. Der schöne Tristan sieht mich fragend an. Vielleicht hatte er doch nur verstreute Erinnerungslücken und nicht eine komplette Amnesie von zehn Jahren für möglich gehalten?

»Sie sind krank und ich darf weder die Ursachen untersuchen, noch darf ich Sie behandeln. Ich kann Ihnen nur einen Ratschlag geben: Fügen Sie sich in die erbetene Gesellschaftsnorm, passen Sie sich endlich an, sonst wird es nur noch wenige bis gar keine Möglichkeiten mehr geben, Ihnen zu helfen. «

»Aber wie soll ich mich an etwas anpassen, das ich nicht kenne? Ich kann mich nicht erinnern, warum, wann und wen ich geheiratet habe. Ich kann mich nicht erinnern, was aus meiner Tochter geworden ist. Ich kann mich nicht erinnern, was ich beruflich mache, ich kann mich nicht erinnern, wo ich wohne und ich kann mich nicht erinnern, wann und warum ich mir einen Kurzhaarschnitt verpassen lassen habe«, sprudeln alle Unsicherheiten gleichzeitig aus mir heraus.

»Ich kann Ihnen nicht genau sagen, wann sie geheiratet wurden, dazu müsste ich in Ihre Datei sehen. Aber es müssten so etwa acht Jahre sein. Wer Ihr Mann ist, kann ich Ihnen sagen: Klaus Becker, 53

Jahre alt, ein bekannter Staatskirchenarchitekt. Wo er Sie kennengelernt hat, steht auch in der Datei, das habe ich im Moment nicht im Kopf. Es kann auch sein, dass Sie ihm behördlich vermittelt wurden.«

Entsetzt platze ich dazwischen: »Eine Zwangsheirat?«

Tristans Lächeln gefriert zu Eis: »Was wollen Sie? Zuhören oder sich aufregen? Die behördlich vermittelte Ehe ist keine Zwangsheirat. Das herkömmliche Familienmodell war nicht mehr tragbar. Es gab zu viele Lebensgemeinschaften ohne vertragliche Bindung, Patchworkfamilien mit unehelichen Kindern und auch Scheidungen. Dann trat 2015 das von Kirchen und Staat gleichermaßen geförderte Moralgesetz in Kraft. Die Menschen, die sich nicht schon vorher an das System anpassen wollten, konnten nun auch von Staat und Kirche nicht mehr aufgefangen werden. Laut Gesetz stand ihnen keinerlei soziale und medizinische Absicherung mehr zu. Eine Arbeitserlaubnis bekamen sie auch nicht. Sie wurden entmündigt und werden in der MV-Datei des Staates geführt. Zu den MV zählen auch Sie und Ihre Tochter, Frau Becker, da sie nicht geheiratet hatten. Aber der Staat ist nicht unmenschlich. Er gibt jedem Verunglückten eine zweite Chance. Alleinstehende, wohlhabende und charakterlich starke wie religiöse Bürger haben die Möglichkeit, über eine Ehe die Vormundschaft für die MV und deren Kinder zu übernehmen.«

Er endet seinen Monolog, verschränkt scheinbar zufrieden die Arme und sieht mich auffordernd an. So, als sollte ich jetzt sagen: »Danke für diesen wunderbaren Staat.«

Aber ich kann gar nichts sagen. Fassungslos über all die Abartigkeiten, kann ich gerade nur noch schweigen. Seine Worte und das gesamte Ausmaß erreichen meinen Verstand nur langsam, bis mir einfällt: »Wo ist meine Tochter jetzt?«

Der schöne Tristan lächelt, aber es bedeutet mir nichts mehr. »Die Kinder der MV, die einen Vormund gefunden haben, sind in Internaten untergebracht, um eine staatlich und kirchlich konforme Erziehung zu erfahren.«

»Wie oft sehe ich sie?«, frage ich, in der Hoffnung, dass ich vielleicht doch ein halbwegs normales Familienleben führe.

Aber Tristan belehrt mich eines Besseren: »In den meisten Fällen ist es so, dass die Kinder nach einiger Zeit Heimfahrten ablehnen, da genetisch bedingt immer noch eine Infektionsgefahr besteht. Dieses Risiko wollen die meisten Kinder nicht eingehen, um die staatliche Geborgenheit, die ihnen in den Internaten zufällt, nicht aufs Spiel zu setzen. Ich glaube, in Ihrer MV-Datei ist bislang kein einziger Besuch ihrer Tochter vermerkt.«

»Habe ich denn meine Tochter schon einmal in dem Internat besucht?«, forsche ich weiter.

»Den MV ist es untersagt, die Internate aufzusuchen, da kein Kind zu diesem Infektionsrisiko genötigt werden darf. Das Besuchsrecht obliegt ausschließlich Ihrem Mann.«

All die Worte und Sätze, die der schöne Tristan in der vergangenen Stunde äußerte, tanzen in Schlangenlinien um mein Gehirn herum. Einerseits betrifft es mich persönlich, aber gleichzeitig auch nicht, da ich keinerlei innerliche Verbindung zu der Frau im

Krankenbett habe. Es ist, als höre ich mir die Geschichte einer fremden Person an. Beinahe unberührt und belanglos, vielleicht nur aus einer Art journalistischer Neugier heraus, will ich mehr erfahren: »Was ist denn mit den *richtig* Kriminellen in Deutschland?«

»Was denken Sie, was *Sie* sind, etwa *nicht richtig* kriminell? Jeder MV ist ein Krimineller. Die Kriminalität in Deutschland hat nach 2015 erheblich nachgelassen. Aber für viele, auch Langzeit-MV hat der Staat die Lösung über die Ehe gefunden. Diejenigen, die ehelich nicht vermittelbar sind, sind obdachlos und im Zuge der regelmäßig stattfindenden Straßenreinigungen, werden diese obdachlosen MV eingesammelt und in spezielle Kliniken gebracht. Niemand will, dass sie verhungern, aber für die Gesellschafft sind diese Individuen völlig nutzlos geworden. Sie bekommen in den Kliniken gerade das, was sie zum Überleben benötigen, mehr nicht. Viele sterben ohnehin nach kurzer Zeit an ihren kranken Seelen. Glauben Sie mir, Frau Becker: In Deutschland will schon lange niemand mehr kriminell sein, dafür gibt ihnen der Staat einfach zu viel! Die Menschen zeigen endlich Dankbarkeit und Demut.«

Ich sehe ihn, nun wirklich an seinem Verstand zweifelnd, an. Er spürt, dass ich ihm nicht glaube oder einfach nur nicht folgen kann und setzt wieder sein charmantes Beruhigungslächeln auf. »Nun Frau Becker, Sie hatten mich nach Ihren kurzen Haaren gefragt. Ich denke die Frage war schon ein wenig ernst gemeint, oder?«

Ich nicke stumm und bin gespannt, was jetzt wohl noch kommen mag.

»Sie waren laut Ihrer Datei seit einigen Wochen auf einem sehr guten Weg der Disziplinierung. Vor vier Wochen haben Sie sich freiwillig die langen Haare abschneiden lassen und sich damit ein Stück weit der gängigen Bürgermode angepasst. Jeder gute Bürger trägt kurze Haare, um dem anderen zu zeigen: *Ich bin wie du, ich habe und bin nicht mehr und nicht weniger.* Und ehrlich gesagt, Frau Becker, wundere ich mich, dass Sie so viele Jahre gewartet haben. Sie wirken doch so emanzipiert! Zwischen Männern und Frauen wird jetzt kein Unterschied mehr gemacht.« Selbstzufrieden hält der schöne Tristan inne.

»Und warum haben Sie selbst dann lange Haare, Herr Doktor?«, interessiert mich nun wirklich.

»Regierungsbeamte, Priester und Ärzte der KLFMV haben einen anderen Status, Frau Becker. Uns bleibt es selbst überlassen, ob wir uns als kompetente Ansprechpartner der Bürger zu erkennen geben.«

»Dann haben mich die Leute auch für einen Ansprechpartner gehalten, als ich noch lange Haare hatte?« Ich kann mir einen spöttischen Unterton nicht verkneifen.

»Ganz gewiss nicht, Frau Becker«, er lächelt herablassend. »Erstens kann jeder anhand Ihrer Datei sofort erkennen, dass es sich bei Ihnen um eine MV handelt und sollte jemand aus irgendeinem Grund Ihre Datei nicht zur Hand haben, so sieht er Ihnen Ihr Protestdenken auch so auf Anhieb an. Frau Becker, machen Sie mir und sich selbst doch nichts vor: Ihr Übergewicht ist nicht krankheitsbedingt, denn dann hätten Sie längst eine Behandlung erbeten. Ihre Fettleibigkeit ist vielmehr Ihre Art von Auflehnung gegen die Gesellschaft.«

»MEINE WAAAS?«, fahre ich empört dazwischen. *Ich muss mich verhört haben!* Ich bin zwar dicker als ich mich selbst in Erinnerung habe, aber dieser Zustand ist von Fettleibigkeit noch um einiges entfernt. Ich wiege schätzungsweise 70, maximal 75 Kilo, im Jahr 2013 in Deutschland ein völlig unauffälliges Gewicht.

»Ihre Fettleibigkeit«, bestätigt und wiederholt er jetzt auch noch dieses furchtbare Wort. »Wissen Sie noch, was ein BMI ist?« Ich nicke stumm und er fährt fort: »Im Jahr 2015 wurde der Einheits-Body-Mass-Index in Deutschland eingeführt. Der EBMI beträgt jetzt 18,4. Es hat einige Monate, mancherorts sogar Jahre, gedauert bis fast alle Bürger stolz diesen BMI erreicht hatten. Zu der Zeit gab es richtige Abnehm-Wettkämpfe, die mit Freude besucht wurden. Jeder wollte der Schnellste sein, um der Einheit anzugehören. Aber leider war es so nicht bei Ihnen, Frau Becker. Für Sie wäre es damals ein Leichtes gewesen, den EBMI in kürzester Zeit zu erreichen. Aber immer noch in ihrem Protestdenken verstrickt, nahmen Sie anstatt ab, immer weiter zu.«

Er schließt seine Ausführungen. Ich kann jetzt meinen Brechreiz über das Gehörte nur noch schwer verbergen. Stumm sitze ich im Bett und starre die Wand an.

Wie kann es möglich sein, dass sich Deutschland in den vergangenen zehn Jahren so gefährlich verändert hat? Warum kann ich mich nicht erinnern? Vielleicht haben die mir hier irgendwas gespritzt, um meine Erinnerung auszulöschen und um mir dann ihre kranken Ideologien in den Kopf zu pflanzen? Ich habe Angst.

Tristan zu Wollersheim legt beruhigend und auch, um sich zu verabschieden, seine Hand auf meine. Mir läuft ein kalter Schauer über den Rücken und ich ziehe meine Hand weg.

»Frau Becker, ich muss nun weiter, ich habe ja auch noch andere Patienten. Wenn Sie möchten, schicke ich Ihnen nun noch einmal die Gebetsschwestern hinein.«

»NEIN!«, platzt es aus mir heraus. *Was glaubt er eigentlich, wer er ist? Ein paar Worte zum tollen System und schon bin ich bekehrt?*

Ernst sieht er mich jetzt an. »Dann werde ich nicht umhin kommen, mit Ihrem Mann ein Gespräch zu führen. Wir müssen Sie aus dem KLFMV entlassen, die gesundheitliche Fürsorge obliegt dann Ihrem Mann in häuslicher Geborgenheit. Schade, Frau Becker, ich hatte geglaubt, man könne mit Ihnen reden. Schade auch für Ihre besorgten Mitmenschen, denen Sie nach wie vor weder Dankbarkeit, noch Disziplin, noch Respekt entgegenbringen«, sagt er und verlässt den Raum.

Verstört betrachte ich auf dem Beistelltisch das Brot und den Käse, die sich nun noch weiter voneinander wegrollen. *Was bedeutet das bloß alles?* Ich zweifle jetzt an meinem eigenen Verstand. *Sitze ich wirklich seit zehn Jahren in einem Land fest, dessen System ich nicht akzeptieren kann?*

Ich muss hier raus, schießt es mir durch den Kopf, *ich darf diesem Klaus nicht begegnen und ich muss mein Kind suchen, dann werde ich irgendwie versuchen müssen über eine Grüne Grenze das Land zu verlassen.* Geistig hellwach laufe ich zur Duschecke, ziehe mich an. Dieses Mal, ohne mein Aussehen zu betrauern, jetzt will ich nur noch mein Leben retten und das meiner Tochter. *Schon seltsam: Gestern wollte ich meinem Leben noch ein Ende setzen und heute möchte ich es mit aller Macht behalten. Aber vielleicht habe ich den Selbstmordversuch ja doch nicht überlebt und ich befinde mich jetzt nicht, wie zuerst angenommen, im Himmel, sondern in der Hölle. In einer Hölle, in der kein Feuer brennt, sondern die aus der Farbe **Weiß** besteht. Eine Hölle, die die Seelen langhaariger Journalisten mit weißen Mauern zerdrückt.* Ich will hier nur noch raus.

Angezogen wende ich mich zur Tür, will sie öffnen, … aber sie ist zugeschlossen. Ich drücke die Klinke immer und immer wieder herunter, in der Hoffnung, dass das Schloss vielleicht nur klemmt. Aber es tut sich nichts, die Tür bleibt geschlossen.

Irgendwo aus der Magengegend schleichen sich nun ganz langsam Angst und Beklemmung immer höher in meinen Verstand: »Ich bin eingesperrt, in einem Raum ohne Fenster. »EINGESPERRT ! OHNE FENSTER!«, schreit irgendetwas in meinem Inneren.

Nein, jetzt nicht auch noch DAS!

Doch die Welle hat sich längst ihren Weg durch meinen Körper gesucht, um mich im nächsten Moment zu überfluten und um mich unter sich ersticken zu lassen.

Es beginnt wie immer: Mein eiskalter Körper fängt an zu schwitzen.

Ich merke nun, wie der Vampir *Panik* ganz langsam in meinen Kopf kriecht, um mir hier das Blut abzusaugen. Sekunden später wird mir schwarz vor Augen, alles dreht sich und meine Beine können mich nicht mehr halten, also lasse ich mich an der Tür zu Boden sinken. *Bitte geh! Bitte lass mich in Frie-*

den!

Aber der Vampir gibt keine Ruhe, er sitzt jetzt in meinem Atemzentrum und beginnt, meine Atmung zu lähmen. Er will, dass ich ersticke. *Ich muss etwas tun: Ich muss atmen!*

Doch sein Giftzahn lähmt mich, ich bekomme keine Luft mehr. Ich sacke zusammen, liege verkrümmt auf dem Boden, dabei schnappe ich nach Luft, immer und immer wieder. Und je mehr ich versuche zu atmen, desto weniger Luft bekomme ich. Verstandesmäßig sollte ich wissen, dass ich längst falsch atme, dass ich hyperventiliere, aber den eigenen Verstand nicht mehr lenken könnend, atme und schlucke ich weiter.

Die unsichtbaren Hände des Vampirs zerdrücken mir unterdessen auch noch den Kehlkopf. In meinem Hals wird es immer enger. Ich versuche, den Kragen des T-Shirts von meinem Hals fort zu halten, kontinuierlich panischer werdend.

Vampir Panik zerstört weiterhin mein Atemzentrum, während er sich gleichzeitig die größte Mühe gibt, mich zu erdrosseln. Aber das alles reicht ihm nicht: Er fängt nun an, meinen Herzschlag zu manipulieren, lässt mein Herz zuerst rasen, dann plötzlich still stehen. Ich kann meinen Puls nicht mehr fühlen.

Das war's jetzt! Ich werde sterben!

Aber ich will nicht sterben, ich will nicht sterben!

Ich darf dem Vampir und seiner Macht keine Aufmerksamkeit mehr schenken, ich muss ruhiger werden, sonst überlebe ich das vielleicht wirklich nicht! Irgendwo in weiter Ferne zählt mir jetzt eine innere Stimme Dinge auf, die im Fall einer Panikattacke helfen sollen.

*Atme durch die Nase, Anna! Steh auf, Anna, deine
Muskeln müssen durchblutet bleiben! Zähle rückwärts
von 100 in Dreierschritten!*

Und das tue ich jetzt, während ich mich langsam
aufrichte: 100, 97, 94, 91, 88, ...

Der Vampir zieht weiter an mir, will gegenwärtig
bleiben, aber der Konzentrationswechsel schiebt ihn
jetzt ein wenig zur Seite. Ganz allmählich entspannen
sich mein Körper und mein Geist wieder.

50, 47, 44, 41, ...

Langsam verlieren sich die falschen Befehle, die
ich mir gab, und ich konzentriere mich auf eine gesunde Atemtechnik: die Bauchatmung. Erschöpft
und gefühlte zehn Kilo leichter, atme ich jetzt ruhig
und tief ein und vor allem aus. Es ist überstanden.

Ich weiß nicht, wie lange es heute dauerte. Ich hatte schon Panikattacken, die dauerten 20 Minuten.
Diese hier war kürzer, aber nicht weniger intensiv.
Sie kommen immer ohne jegliche Ankündigung und
wenn man sie erst spürt, hat man keine Chance mehr,
ihnen auszuweichen. Da muss man dann durch und
kann nur hoffen, dass es schnell geht.

Wie gerädert stehe ich nun auf und trinke Wasser
aus einem Zahnputzglas. Ich stütze mich auf dem
Waschbecken ab und gebe mir selbst jetzt einen Moment Ruhe.

Mein Kopf ist ganz leer.

Dass ich eingesperrt bin, habe ich nicht vergessen.
Die Angst und Empörung darüber sind jetzt aber
wieder kontrollierbar. Es ist sogar so, dass sich nach
einer solchen Attacke spürbar neue Kräfte sammeln.

Diese Kräfte nutze ich jetzt, laufe zur Tür, schlage
und trete minutenlang dagegen. Ich schreie, dass die

verdammten Psychos mich endlich rauslassen sollen. Alles, ohne damit irgendeine Reaktion von außen hervorzurufen.

Irgendwann bin ich erschöpft von meinen körperlichen und verbalen Angriffen gegenüber der Tür. Da diese jedoch noch immer nicht nachgegeben hat, meine Wut gleichzeitig in keiner Weise verraucht ist, begebe ich mich nun auf die gegenüberliegende Seite zu den Gardinen vor der Fensterattrappe. Ich ziehe an ihnen, will sie herunterreißen. *Kommt her, ich mach' euch fertig!*

Sie sind jedoch genauso störrisch wie die Tür und bewegen sich nicht einen Millimeter aus dem Gardinenkasten. Also bleibt mir keine andere Wahl: Ich hänge mich mit meinem gesamten fettleibigen Körper in die Gardinen hinein und schaukele solange in ihnen bis der Gardinenkasten bricht und die Gardinen samt Kasten von der Wand herunter auf mich drauf stürzen.

Noch bin ich aber nicht fertig mit dem Raum: Gleich ist dieser schwarze Fernseher, der ja eh nur gefilterte Informationen überliefern darf und mit dessen Technik ich nicht klar komme, fällig. Ich klatsche zunächst aber noch die zwei sich nicht liebenden Lebensmittel, die Käse- und die Brotroulade, mit Wucht an eine der weißen Wände. *Schade, dass keine Marmelade dabei war!*

Nun widme ich mich dem Teller, auf dem meine zwei Freunde gerade noch lagen. Ich feuere ihn wie eine Frisbee Scheibe in den Fernseher. *Ihr habt es so gewollt!* Es klirrt und es fliegen Scherben durch den Raum. Aber auch das reicht mir nicht: Mit aller Kraft reiße ich den nun schon etwas lädierten Fernseher von der Wand und schmettere ihn auf den Boden. Als letztes nehme ich den Hocker, auf dem der schöne Tristan vor weniger als einer Stunde noch saß, und schleudere ihn mit allem, was mir zur Verfügung steht, in den abartigen Ganzkörperspiegel. Dass Spiegelscherben Unglück bringen sollen, ist mir im Augenblick völlig egal, denn ich will ihn einfach nur noch sterben sehen, diesen Monsterspiegel. Scheppernd fällt er in Bruchstücken in sich zusammen. Und auch der Hocker hat den Kampf nicht überlebt. Vorsichtig sammle ich drei spitze, große Spiegelscherben auf und verstecke sie in der Handtasche.

Jetzt geht es mir ein wenig besser, auch wenn der Raum sicherlich noch Potenzial hat.

Ich schätze, dass es jetzt Nachmittag ist, vielleicht sollte ich weitere Aktionen auf die Nacht verlagern, um mit der entsprechenden Geräuschkulisse auch wirklich jemanden zu stören.

Noch bevor ich diesen Gedanken zu Ende denken kann, erlischt das Licht im Raum.

Es ist stockdunkel, ich taste mich zum Bett vor und lege mich darauf.

Was wird jetzt geschehen? Niemand würde bemerken, wenn die Psychos mich hier verrecken ließen. Der Klaus bekäme bestimmt schnell eine neue und frische MV vermittelt. Mein Kind hat keinen Kontakt zu mir und andere Menschen scheint es in meinem Leben nicht mehr zu geben. Vielleicht wird jetzt mit mir verfahren, wie mit den Obdachlosen, die sie zum Sterben in irgendwelche Kliniken bringen?

Im Moment macht mir das keine Angst, mein Körper ist noch voller Adrenalin, gleichzeitig bin ich extrem müde. Das wundert mich aber auch nicht. Falls ich wirklich eine Gehirnerschütterung habe, die schon am Abklingen war, so habe ich diese mit einem Gardinenkasten soeben wieder aufgefrischt.

Vielleicht kommt durch den zweiten Schlag auf den Kopf ja auch meine Erinnerung zurück?

Wie lange ich so dagelegen habe, weiß ich nicht. Ich muss eingeschlafen sein. Als ich das Türschloss höre, schrecke ich hoch.

Das Licht wird angeschaltet und ich sehe Tristan in Begleitung eines anderen Mannes den verwüsteten Raum betreten. Beide stellen sich, die Unordnung ignorierend, am Fußende des Bettes auf.

Ich betrachte den Mann neben Tristan. *Ob das Klaus ist?* Er ist nicht sonderlich groß, aber sein BMI entspricht scheinbar genau der Bürgermode: Drahtig sieht er aus. Sein Blick ist kalt, beinahe gefährlich, seine Gesichtszüge hohlwangig und hart. Dieser Mann macht mir Angst und er ist mir ganz und gar unsympathisch. Daneben wirkt Tristan noch schöner als ohnehin schon.

Ernst beginnt Tristan nun zu reden: »So Frau Becker, wie ich Ihnen ja schon angekündigt hatte, werden Sie noch heute unser Haus verlassen. Wir haben Ihren Mann über Ihr Verhalten bezüglich des Gebetsrituals heute Vormittag unterrichtet, aber er macht sich sicher gerade selbst ein Bild davon, wie viel kriminelle und kranke Energie in Ihnen haust«, dabei blickt er sich vorwurfsvoll im Zimmer um und fährt dann fort: »Zur Sicherheit aller Beteiligten gebe ich Ihnen jetzt zwei Beruhigungstabletten. Während der Einwirkzeit möchten Sie bitte so freundlich sein und das Chaos hier beseitigen. Wir warten auf dem Gang auf Sie. Ein Putzwagen wird Ihnen zur Verfügung gestellt.«

Der Klaus spricht kein Wort, starrt mich nur mit seinen kalten Augen an. *Was wohl passieren würde, wenn ich mich weigern würde aufzuräumen? Diesem Klaus würde ich zutrauen, dass er mir dann eine scheuert.* Das Risiko will ich nicht eingehen, zumal ich jetzt vielleicht noch, solange ich mich friedlich stelle, die Möglichkeit zur Flucht habe. Deshalb sage ich: »Es tut mir sehr leid, was ich hier veranstaltet habe. Ich kann nicht gut alleine sein und da ist das passiert. Entschuldigung!«

Klaus Mund verzieht sich zu einem richtig fiesen Grinsen und ich höre zum ersten Mal seine durchdringende Stimme: »Oje Anna, du hast auch schon besser geheuchelt. Was willst du denn damit jetzt bezwecken?«

Tristan schüttelt mitleidig lächelnd den Kopf und greift in die Arztkitteltasche, holt eine kleine Dose *Tavor* heraus und öffnet sie. »Davon bekommen Sie jetzt zwei Stück, holen Sie sich bitte ein Glas Wasser«, sagt er und schaut zur Duschecke.

Gehorsam tue ich, was der schöne Tristan mir gesagt hat. Er wirft zwei der kleinen Tabletten in das Glas und sagt lächelnd: »Wir wollen ja nicht, dass Sie die Pillen unter der Zunge verstecken und anschließend wieder ausspucken, nicht wahr?« Ich schüttle den Kopf. *Nee, das will niemand.*

Wie mögen zwei der Tabletten wohl wirken? Ich kenne ihre Wirkung nur von vorgestern mit einer Dosierung, die um das Zwanzigfache höher war. Heute dürfen sie gar nicht wirken, ich brauche einen klaren Kopf.

Tristan schiebt mir das Glas entgegen »Trinken Sie jetzt bitte.«

Mir bleibt nichts anderes übrig, ich trinke das Glas leer und kann nur hoffen, dass ich inzwischen resistent gegen die Wirkung von Tavor bin. Tristan schließt die Dose und reicht sie dem Klaus: »Herr Becker, nehmen Sie die mit, für den Fall, dass es Komplikationen gibt. Das ist eine 50er Dose, die sollte erst einmal reichen.« Klaus Becker steckt die Pillendose in seine Jackentasche und nickt dem Arzt zu.

Tristan wendet sich wieder an mich: »Wir werden nun draußen auf Sie warten, die Schwester bringt Ihnen jetzt den Putzwagen und wird bei Ihnen bleiben, bis Sie fertig sind. Vielleicht kann Sie Ihnen noch Ratschläge geben, wie man respektvoll mit dem Eigentum anderer umgeht und natürlich soll auch nichts entwendet werden.«

Ich nicke schweigend. *Nur gut, dass ich die Spiegelscherben schon vorher eingepackt hatte, jetzt wäre keine Gelegenheit mehr dazu.* Die Männer verlassen den Raum und im fliegenden Wechsel kommt die kleine dürre Schwester mit einem Putzwagen herein, schließt die Tür und stellt sich mit verschränkten Armen davor. Ihr Blick zeigt Genugtuung. *Wie ein kleiner Zinnsoldat*, denke ich grinsend. Auch diese Szenerie erinnert mich an irgendeinen Film, ich weiß nur nicht genau an welchen. Vielleicht allgemein an alte Schwarzweißfilme, in denen alle immer so zackig hin- und herrennen. Oder an Charly Chaplin. Hat er nicht auch irgendwo mal einen Geschirr- oder Putzwagen vor sich hergeschoben?

Ich greife mir einen Besen. Ich muss mich beeilen, um fertig zu werden, bevor die Wirkung der Tabletten einsetzt. In Höchstgeschwindigkeit fege ich die herumliegenden Scherben zusammen, sammle die

Reste von Hocker, Fernseher und Gardinenkasten ein und entsorge alles in einer Mülltonne auf Rollen. Den an der Wand klebenden Käse entferne ich und putze ein wenig über die fettige Stelle. Anschließend nehme ich die Gardinen, um sie übers Bett zu werfen.

»Fertig«, verkünde ich der knochigen Schwester.

»Legen Sie bitte die Gardinen ordentlich zusammen«, entgegnet die Gouvernante.

Blöde Kuh, denke ich, mache aber sofort, was sie will, damit ich endlich hier rauskomme. Ich sehe sie fragend an.

»Weil Sie als MV nicht wissen, welch Schönheit in der Sauberkeit liegt, können wir wohl nicht mehr von Ihnen erwarten. Haben Sie jemals darüber nachgedacht, wie niederträchtig Ihr Verhalten Ihrem Mann gegenüber ist? Es sind immer wieder die Gatten, die für die Schäden, die die MV verursachen, haftbar gemacht werden. Pfui!«

Sie deutet an, neben sich auszuspucken, tut es aber nicht wirklich, denn das verbietet ihr ihr Reinlichkeitstrieb und der Respekt vor Gegenständen, die nicht ihr gehören. So gut kann ich sie nun schon einschätzen. Um den Abschied nun etwas zu beschleunigen, lenke ich ein: »Schwester, es tut mir leid und heute Abend werde ich meinen Mann um Verzeihung und Nachsehen bitten, damit so etwas nie wieder vorkommt.«

Heute Abend werde ich längst über alle Berge sein! Aber ich muss nun endlich hier raus, weil ich spüre, wie das Blut in meinen Adern langsamer fließt und wie das sanfte Einlullen meines Verstandes beginnt.

»Nehmen Sie jetzt Ihre Sachen und kommen Sie!«

Die Schwester öffnet die Tür. Ich greife die Handtasche, lege die Jacke darüber und folge ihr. Auf dem Flur warten meine zwei Bodyguards. Wir setzen uns in Bewegung, der schöne Tristan vorweg, danach ich und hinter mir Klaus. Die dürre Schwester bleibt zurück. *Bestimmt muss die mein Krankenzimmer noch desinfizieren und die bösen Geister vertreiben.*

Solange ich von *zwei* Männern umgeben bin, werde ich meine Spiegelscherben nicht zum Einsatz bringen können, die Gefahr, dass sie mich dabei überwältigen, ist zu groß. Außerdem würde ich den Weg zum Ausgang dieses Gebäudes nicht alleine finden. Bis wir draußen sind, mein Mann und ich, werde ich mich also ganz, ganz friedlich verhalten. Hinzu kommt, dass sich zunehmend ein schwammiges Gefühl in meinem Körper und in meinem Kopf ausbreitet. Plötzlich ist mir nach lautem Lachen zumute, ich bleibe aber still und versuche das Tempo, das meine zwei Männer hier auf dem Gang vorgeben, einhalten zu können. Das ist gar nicht so einfach. Der Boden fühlt sich an wie der einer Hüpfburg, wie der einer schneeweißen Hüpfburg mit blinkenden Lichterketten unter der Decke.

»Es ist so schön hier. Wollen wir uns nicht einen Augenblick setzen?«, frage ich.

Ich bekomme keine Antwort und hopse weiter mit meinen Beschützern Richtung Glastür. Es ist nicht unangenehm, im Gegenteil, und es wird noch viel besser: Als wir hinter der Glastür die Hüpfburg verlassen, kommen wir auf eine weiße senkrechte Hängebrücke. Wir nehmen den Aufstieg nach oben. Das wackelt derart, dass ich rechts immer wieder gegen das Geländer und links gegen einen großen weißen Berg schaukle. Dass ich die ganze Zeit mit beiden

Händen meine Handtasche mit der darüber liegenden Jacke vor mir trage, beeinträchtigt den Gleichgewichtssinn noch mehr, da ich mich nirgends abstützen oder festhalten kann.

Eine Etage höher bleiben wir alle vor einem Fahrstuhl mit weißer Tür stehen.

»Geht der Berg bis in den Himmel oder fahren wir jetzt quer durch den Berg nach unten?«, will ich ernsthaft wissen, aber niemand hält es für nötig, mich aufzuklären.

Als der Fahrstuhl in unserer Etage angekommen ist und die Tür sich öffnet, betritt Tristan diesen als erstes. Klaus packt nicht gerade sanft meinen Arm und schiebt mich auch hinein. »Aua«, entfährt es mir empört. Anstatt sich für seine Grobheit zu entschuldigen, sieht er durch mich hindurch und schiebt sich selbst noch in den engen Fahrstuhl. Der wurde wahrscheinlich wirklich nur für Menschen mit einem BMI von 18,4 gebaut und ich verbrauche gerade den Platz für zwei Personen.

Tristan drückt einen Knopf mit einem riesigen »U« und ich frage ihn geistesgegenwärtig:

»Gibt es denn uuuuunter dem Berg auch noch Leben?« Auch mein schöner Tristan sieht mich nicht mehr an, antwortet mir nicht mehr. Aber so nah, wie in diesem engen Fahrstuhl, war ich ihm noch nie. Ich kann ihn riechen. Und er riecht gut. Nicht antiseptisch, aber sauber. Klaus riecht nach nichts, habe ich den Eindruck. Ich schnüffle laut und auffallend mit der Nase in der Luft herum, aber ich rieche keinen Klaus. *Bestimmt gehört das auch zur Bürgermode: Ein Deo, das den eigenen Geruch abdeckt und nach nichts riecht,* denke ich.

Wenige Sekunden später öffnet sich die Fahrstuhltür wieder und wir stehen in einer riesigen, natürlich weiß gestrichenen, Tiefgarage. Die Autos, die hier geparkt wurden, sehen nicht großartig anders aus als die Autos, die ich von 2013 kenne. Es sind also keine futuristischen, schwebenden Objekte mit Tragflächen oder ähnliches. *Einen* großen Unterschied gibt es jedoch: Sie sind alle weiß und von derselben Marke. Diese Modelle gab es 2013 noch nicht, auf den Kühlern steht in schwarz und schwarz umkreist *DDA*, für was diese Abkürzung auch immer stehen mag.

Zielstrebig bewegen sich die Herren nun, mit mir in ihrer Mitte, zu einem dieser Fahrzeuge. Ich frage mich, wie Klaus sein Auto unter all den gleich aussehenden so schnell wiederfinden konnte.

Tristan und Klaus verabschieden sich voneinander. Klaus entschuldigt sich mit peinlich berührtem Gesichtsausdruck: »Die Entgleisungen meiner MV tun mir aufrichtig leid, Herr zu Wollersheim. Hätte ich gewusst, welche Rückschritte meine MV an den Tag legt, hätte ich nie einen Krankenwagen des KLFMV gerufen, sondern sie direkt nach Hause gebracht. Für die entstandenen Schäden komme ich selbstverständlich auf. Bleibt zu hoffen, dass die Krankheitssymptome nur kurzfristig durch den Unfall hervorgebrochen sind.«

Schleimig antwortet ihm Tristan: »Sie, lieber Herr Becker, sind doch am allerwenigsten für das pathologische Verhalten ihrer MV verantwortlich zu machen. Was wäre Deutschland ohne Menschen wie Sie? Durch Ihre Ehe erweisen Sie dem Land einen so erheblichen Dienst. Sie und alle anderen staatstreuen Bürger, die eine Vormundschaft übernommen haben, sorgen dafür, dass unser Land weiterhin auf dem Kurs der humanen Ordnung bleibt. Dafür muss man Ihnen dankbar sein.«

Ich stehe noch immer zwischen meinen zwei Männern, drehe nun meinen Kopf abwechselnd von einem zum anderen. Mich in der Sicherheit fühlend, nicht verantwortlich gemacht werden zu können, da ich ja geisteskrank und zur Zeit auch noch stark tablettenbenebelt bin, frage ich:

»Seid Ihr Zwei schwul?«

Wie erwartet, bekomme ich keine Antwort. Stattdessen öffnet Klaus die hintere Tür des Autos und sagt: »Bitte einsteigen!«

Um den Bogen mit Klaus nicht noch zu überspannen, setze ich mich ohne weiteres Gemeckere auf den Rücksitz, rufe Tristan aber noch provozierend zu: »Tschüssi Trissi« und winke grinsend. Tristan reagiert nicht und Klaus knallt die Autotür zu. *Ich glaube, ich bin ihm zu anstrengend.*

Er öffnet die Fahrertür, um selbst einzusteigen. Bei noch geöffneter Tür muss Tristan noch etwas loswerden: »Einen Augenblick bitte, Herr Becker. Ihre MV hat eine Amnesie, die sich über etwa zehn Jahre erstreckt. Wir können hier jetzt nicht mehr erforschen, wo hierfür die Ursachen liegen. Aber vielleicht können Sie den Zustand nutzen und darauf aufbauen, indem Sie bei Null im Jahr 2015 ansetzen.«

Tristan zwinkert Klaus zu.

Ich denke: *Du Arschloch!* und Klaus sagt: »Vielen Dank, Herr Doktor.«

»Vergessen Sie das Sicherheitsgitter nicht und gute Fahrt!« Tristan klopft auf das Autodach und verschwindet. Klaus schließt seine Tür und drückt vorne in den Armaturen einen Knopf, sodass sich zwischen Fahrerraum und Rücksitzen ein Eisengitter schiebt.

»Wozu das jetzt?«, will ich wissen.

Und zum ersten Mal antwortet er mir mit seiner seltsamen Stimme: »Das ist gesetzliche Vorschrift, wenn man eine oder einen MV im Auto befördert.«

Zu Recht, denke ich und streichle über meine Handtasche mit den Spiegelscherben.

3 – Würfelglück

Bevor Klaus den Wagen startet, sieht er mich durch den Rückspiegel an und fragt:

»Sag mal Anna, stimmt das wirklich? Du kannst Dich an nix erinnern? Oder war das nur wieder eine deiner Showeinlagen? Respekt!«

Ich weiß überhaupt nicht, wovon er redet, antworte ihm aber ehrlich: »Für mich war vor zwei Tagen noch Februar 2013, alles was danach kam, weiß ich nicht. Dich sehe ich heute zum ersten Mal in meinem Leben.«

»Wow! Wie ist denn das so? Hast du Angst, mit einem fremden Mann im Auto zu sitzen? Hinter Käfiggittern? Nicht wissend, wohin die Reise geht?« Provozierend grinst er in den Rückspiegel.

»Ich habe keine Angst!«, stelle ich klar und streichle wieder meine Handtasche.

»Nee, wärst auch nicht meine Anna, wenn du Angst hättest. Ich schätze, dir gefällt es sogar, dieses Ungewisse.«

Ich antworte ihm nicht, schaue auch nicht mehr hoch zum Rückspiegel, sondern aus dem Fenster. Er ist mir unangenehm.

»Dann wollen wir mal!«

Klaus lässt den Motor an und fährt in Richtung Tiefgaragenausfahrt. Ein Bewegungsmelder gibt dem Tor das Signal zum Hochrollen. Ich kann es kaum erwarten, wieder Tageslicht zu sehen, die Natur, die Stadt... endlich rauszukommen aus diesem Würfel ohne Fenster. Wenn ich diesen Klaus dann ausgefragt und überwältigt habe, kann ich sein Auto nehmen und unerkannt nach meiner Tochter suchen...

Das Tor ist offen. Allzu lange kann ich oben im Zimmer nicht geschlafen haben, denn draußen ist es noch hell. Vor uns liegt die ansteigende Ausfahrt der Tiefgarage in weißem Beton. *Gott-sei-Dank ist das gleich vorbei. Ich kann kein Weiß und keinen Beton mehr sehen!*

Aber ich täusche mich: Oben auf der Straße angekommen, merke ich, wie naiv ich war. Ich schreie, sodass Klaus sich erschreckt und in die Bremsen geht.

»Was ist los?«

»Wo ist die Natur? Wo ist die Stadt?«, frage ich entsetzt.

Die Straße liegt in einer weißen Betonwüste. Es gibt nichts, außer dem ebenfalls fast weißen Himmel und dem Beton auf der Erde. Keinen Baum, keinen Strauch, keine Grünstreifen.

»Ach das meinst du. Das KLFMV liegt außerhalb der Stadt, wir müssen etwa zehn Minuten fahren, dann erreichen wir 30902.«

Ich fange an zu weinen.

»Was ist 30902?«

»Ich denk', du willst in die Stadt, Anna? 30902 ist der Name unserer Stadt. Hast du das auch vergessen?«

»Ja, habe ich. Aber warum ist hier alles so... so weiß betoniert?«, stammle ich.

Klaus lacht schäbig, vielleicht weil *seine* Anna jetzt alles andere als tough ist.

»Mann Anna. Du weißt ja echt nix mehr! Als es noch Wälder und Grün an den Autobahnen gab, sind immer mehr Unfälle passiert. Die damaligen Autofahrer haben sich einfach zu sehr ablenken lassen, außerdem gab es auch immer wieder Tiere, die nichts auf der Straße zu suchen hatten. Die Lösung mit dem Beton war preisgünstig und hat die Sicherheit erheblich gesteigert. Als dann noch unsere DDAs als einzig zugelassene Autos auf die Straßen kamen, gab es so gut wie keine Unfälle mehr, denn ein DDA hat eine Höchstgeschwindigkeit von 80 Stundenkilometern.«

»Ist ganz Deutschland jetzt einbetoniert?«, frage ich, nicht sicher, ob ich tatsächlich eine Antwort will.

»Quatsch, Du Dummerchen! Lediglich rechts und links von Autobahnen in einem Bereich von jeweils zwei Kilometern.«

Ich bin mir nicht sicher, ob mich das wirklich beruhigt.

»Und was ist mit den Häusern und Bauernhöfen, die es vor zehn Jahren noch an den Autobahnen gab?«

»Die Menschen wurden in die Städte umgesiedelt und Bauernhöfe gibt es in der Form von früher nicht mehr. Es gibt noch drei bis vier Bauernstädte in Deutschland, in denen die Bauern leben und ihre kleinen Höfe bewirtschaften. Verteilte Höfe im Land oder Dörfer mit wenigen Einwohnern sind längst überholt.«

»Welchen Sinn soll das ergeben?«, will ich nun fassungslos wissen.

»Alle Bürger sind gleich. Auch ihre Häuser haben alle die gleiche Größe. Egal, wie viel Geld der Einzelne verdient. Angeberei ist eine Todsünde. Und damit der Bürger sich jederzeit davon überzeugen kann, dass er dieselbe Position hat wie alle anderen, wurden die sozialen Großstädte entwickelt. Ein guter Bürger braucht keine Villa mit Pool auf dem Land. Ein guter Bürger möchte seinem, vielleicht viel ärmeren Nachbarn zeigen, dass er auch nicht mehr Besitz hat als der weniger gut Verdienende.«

»Und was passiert mit dem ganzen Geld, das nicht ausgegeben werden kann?«

»Naja«, lacht Klaus jetzt. »Man kann sein Geld schon noch ausgeben. Wenn man zum Beispiel eine teure MV zuhause hat. Es gibt nämlich keine Versicherungen mehr. Jeder kluge Bürger spart sein Geld für solche Fälle. Also Fälle, wogegen man früher abgesichert war: Brand, Krankheit, Unfall, Arbeitslosigkeit und so weiter.«

Während der weiteren Fahrt schweigen wir, bis wir auf eine riesige weiße Stadtmauer zukommen. Ich habe längst jede zeitliche und räumliche Orientierung verloren. *Soll ich mich noch über irgendetwas wundern?*

Klaus fährt durch das Stadttor, winkt den hier stehenden Uniformierten zu, dreht sich kurz zu mir um und sagt: »Willkommen in 30902. Hier wohnen wir.« Er lacht wieder.

»Ist diese Stadt ganz neu gebaut worden?«

»Nein, nicht ganz. Früher war dieses eine Gemeinde, die aus mehreren kleinen altertümlichen Dörfern bestand. Um diese Gemeinde wurde eine Stadtmauer gezogen, sämtliche Häuser wurden abgerissen. Mit Ausnahme der Kirchen, die nach wie vor unter Denkmalschutz stehen. Auf einem soliden Betonfundament wurden dann die Bürgerhäuser und alle anderen Immobilien erschaffen. Auch neue, moderne Gotteshäuser kamen hinzu. Warte ab, du wirst das alles lieben!«

Das glaube ich kaum, ich hasse es jetzt schon!

Bei der Weiterfahrt durch die Ringstraße der Stadt

stockt mir der Atem: Die großen Häuser, die die Straße säumen, sehen haargenau aus wie das KLFMV. Aneinanderklebende Hochhauswürfel ohne Fenster, manche mit Glastüren im Erdgeschoss, manche nicht.

»Was sind das für furchtbare Häuser? Warum haben die keine Fenster?«, will ich wissen.

»Anna, die Häuser sind nicht furchtbar. Unsere Architektur in seinem Weiß als Zeichen für Reinheit und Unschuld gilt weltweit als herausragend. Die Fensterlosigkeit steht symbolisch für die Geborgenheit, die man hinter den Fassaden erfährt. Kein Luftzug kann diese Nestwärme stören. Die Bürger kommen zur Ruhe und können sich fallenlassen, aufgefangen von der Schönheit ihrer Stadt«, erklärt Klaus mir in der Tonlage eines Sektenführers.

Der ist ja noch durchgeknallter als ich vermutete, denke ich, stelle aber trotzdem weiter meine Fragen: »Aber du sagtest, alle Bürger hätten gleichgroße Häuser. Diese Häuser hier sind doch viel zu groß mit ihren vielen Etagen für einzelne Familien! Wohnt je Haus eine Familie?«

Klaus wirft mir einen fast väterlichen Blick durch den Rückspiegel zu. »Dummerchen! Dieses hier sind Behörden, Kaufhäuser und Banken. Die Bürger wohnen in ihren schönen Stadtsiedlungen.«

Wieso nennt der mich bloß immer so herablassend »Dummerchen«? Ob er das schon vor meinem Gedächtnisausfall tat?

Die Weiterfahrt verläuft ohne jegliche Zwischenfälle oder Überraschungen. Die dominierende beziehungsweise einzige Farbe, die ich zu sehen bekomme, bleibt *Weiß*. Das einzig verwendete Baumaterial bleibt *Beton*. Nach einigen Minuten Autofahrt werden die weißen Würfel kleiner und ich vermute, dass wir nicht mehr weit von der Siedlung entfernt sind.

»Klaus, haben wir einen Garten an unserem Haus?«, hege ich noch einmal Hoffnung, dass vielleicht doch nicht alles so unerträglich ist, wie ich vermutete.

»Einen Garten. Klar haben wir einen Garten, 1000 Quadratmeter groß und *du* bewirtschaftest ihn! So ein Quatsch! Niemand hat einen Garten. Glaubst du ernsthaft, irgendjemand will sich Keime durch die MV ins Haus holen, wenn die dort gearbeitet haben? Wenn jemand Natur sehen will, macht er einen Ausflug zu den alten Kirchen, die haben meist noch ihre Friedhöfe.«

Klaus stoppt den Wagen auf einer Anhöhe und zeigt geradeaus durchs Fenster: »Sieh Anna, dort ist unsere schöne Siedlung, dort wohnen wir Zwei.«

Irgendwie wird mir gerade schlecht. Zum einen von seinem Tonfall, der mir langsam zu zärtlich vertraut wird und zum anderen beim Blick durch das Fenster: Ich sehe auf eine etwa 400 Hektar große Betonplattform, auf der aneinander gereiht kleine fensterlose Würfel stehen. Sie kleben nicht aneinander, sie stehen mit etwas Abstand voneinander entfernt. *Es sind also keine Reihenhäuser, jeder hat hier seinen Einfamilienwürfel.* Von hier oben betrachtet wirkt das Ganze wie ein überdimensionales weißes Spielbrett, auf dem weiße Spielfiguren insgesamt im Quadrat aufgestellt wurden.

»Oh Klaus, ich freue mich ja so«, flüstere ich leise vor mich hin.

»Bevor wir nach Hause fahren, muss ich noch bei

einem Geschäftsfreund in der Siedlung vorbei. Ich könnte dich im Auto warten lassen, die Autos sind ausbruchsicher, will aber, dass du ihn kennenlernst oder besser gesagt: wieder kennenlernst«, ordnet Klaus jetzt an.

Was mag ein Staatskirchenarchitekt bloß für Geschäftsfreunde haben und warum soll ich die kennenlernen?

Klaus startet den Wagen und die Fahrt geht jetzt ohne Unterbrechung hinunter in die Siedlung. Vor einem der weißen Würfel, die alle aussehen wie zweigeschossige Flachdachbungalows ohne Fenster, hält er an.

»Lass Deine Sachen im Auto und komm!« Er öffnet mir die Autotür.

Wir gehen auf die unscheinbare Tür zu. Mich erstaunt nun wirklich, dass es hier sogar eine Klingel mit Knopf gibt. Ich hätte vom Jahr 2023 eigentlich, ich weiß nicht was, aber *mehr* erwartet.

Auf unser Klingeln öffnet ein großer, kurzhaariger und damit also äußerst moderner Mann. Ich schätze ihn auch auf Mitte 50, recht attraktiv. Er lächelt: »Klaus! Kommt rein!«

»Anna erkennt dich nicht, Christian. Sie ist auf den Kopf gefallen und hat jetzt ´ne Amnesie, habe sie gerade aus´m KLFMV geholt«, erzählt Klaus und lacht dabei.

Wir stehen in einem vollkommen weiß gefliesten Flur. An einer Wand hängt ein Fußdesinfektionsbecken, so wie es die 2013 auch in Hallenbädern gab. Zwei Paar Herrenschuhe stehen darunter. Eine weiße Stahltür und eine Fahrstuhltür gehen von dem Raum ab.

»Die kann sich an nix erinnern? Ach du Scheiße!

Musst du jetzt ganz von vorne anfangen?«, will Christian jetzt wissen.

»Halb so wild, das kriege ich schon hin. Nicht wahr Schätzchen?«

Klaus dreht sich zu mir und gibt mir einen Klapps auf den Hintern. Reflexartig hole ich aus, um ihm eine Ohrfeige zu geben, aber er ist schneller und schnappt in letzter Sekunde mein Handgelenk, bevor meine flache Hand sein Gesicht erreichen kann. Klaus lacht: »Siehste Christian, ist doch schon wieder ganz die Alte, unsere Anna!«

»Kommt erstmal rein!«, Christian öffnet die gegenüberliegende Stahltür.

Klaus wendet sich an mich: »Hier siehst du mal ein mustergültiges Haus, Anna. Normalerweise betritt man die Räumlichkeiten eines Wohnhauses nur barfuß und nachdem man sich die Füße desinfiziert hat aus Respekt vor dem eigenen Fußboden. Aber wir halten uns heute mal ausnahmsweise nicht daran, weil wir nicht lange bleiben.«

Auch der Raum, den wir jetzt betreten, ist komplett gefliest. In einer Ecke steht ein kleiner Altar aus Stein mit einer Madonnenfigur und einer Kerze. Links neben dem Altar liegt ein Kissen auf dem Boden, während an der Wand vor dem Kissen ein Spiegel in etwa 50 Zentimeter Höhe hängt. An einer anderen Wand steht ein sehr alt und ausgeleiert wirkendes Sofa mit weißem Überwurf, davor ein kleiner Couchtisch aus weißem Eisen und Glas, auf dem eine Bibel liegt. Sonst sind in diesem Raum weder andere Bücher, noch Bilder, noch persönliche Gegenstände. Unter der Decke surren an einer der Längswände Neonröhren. Nie zuvor habe ich einen gruseligeren

Raum gesehen. Selbst eine Mönchszelle im Kloster strotzt dagegen vor Gemütlichkeit. *Wie furchtbar es hier ist!*

»Wozu ist der Spiegel da?«, frage ich Klaus leise. Klaus grinst: »Wie kannst du denn das vergessen haben, Anna? Als gläubige Bürgerin solltest du das eigentlich wissen.«

Jetzt grinst er Christian an, wahrscheinlich um sich seine Witzigkeit von ihm bestätigen zu lassen. »Beim tiefen Gebet soll sich der Gläubige im Spiegel betrachten bis er in Trance seine eigene Schönheit erkennt und dieses Geschenk unseres Herrn annimmt«, erklärt Christian mir ruhig.

»Was für ein Schwachsinn!«, sage ich lauter als ich will.

Ungerührt holt Christian aus seiner Jackentasche nun ein kleines Plastiktütchen mit dunkelbraunem Inhalt hervor und überreicht es Klaus mit den Worten: »Cooles Zeug, hat der MV von Lydia aus Holland mitgebracht.«

Während Klaus das Tütchen in seiner Jackentasche verschwinden lässt, fragt dieser: »Preis wie immer?«

Christian nickt und Klaus fährt fort: »Ich weiß nur noch nicht genau, wann wir soweit sind. Muss nicht sofort sein, oder?«

»Nee, nee, lass dir Zeit! Im Moment ist es nicht dringend«, winkt Christian ab.

Die machen hier Drogengeschäfte. Das kann doch nie und nimmer erlaubt sein in Deutschland im Jahr 2023.

Klaus bedankt und verabschiedet sich. Wir gehen zurück durch den Desinfektionsflur nach draußen. Am Auto angekommen, bietet Klaus mir den Beifahrersitz an.

»Hier in der Siedlung gibt es keine Kontrollen. Nur am KLFMV muss man etwas vorsichtig sein. Die Quacksalber dort sind scharfe Hunde und melden alles gleich der Regierung«, erklärt Klaus dazu, obwohl ich es dadurch auch nicht besser verstehe.

Ich setze mich neben ihn.

*Wenn der wüsste, **wie** gefährlich es für ihn geworden wäre, wenn ich von Anfang an neben ihm gesessen hätte, aber jetzt ist er sicher, denn meine Tasche liegt allein hinten im Käfig.*

Ein paar Straßen weiter hält Klaus vor einem weißen Würfel, der wieder genauso aussieht wie alle anderen und öffnet mit einer Fernbedienung das Tor zu einer Tiefgarage. Klaus fährt in die noch dunkle Garage, die anscheinend den gesamten Würfel unterkellert. Er lässt das Gitter zwischen Fahrerraum und Rücksitzen hochfahren und sagt: »Kannst dir schon Deine Sachen nehmen!«

Jetzt erst leuchten die Lampen in der Garage auf. Während ich mich nach hinten beuge, um meine Tasche und die Jacke nach vorne zu holen, parkt Klaus den DDA rechts neben einem anderen Fahrzeug ein. Wir steigen aus. Nun sehe ich, neben welchem Wagen der DDA steht: Da steht ein schwarzer Porsche 935. Ich traue meinen Augen nicht.

»Was ist das?«, will ich wissen und zeige auf das Geschoss.

Klaus lacht: »Was soll das sein? Ein Auto. Die gab es doch auch schon vor zehn Jahren.«

»Wieso steht da ein Porsche? Ich dachte jeder darf nur ein einziges weißes, kleines Auto haben?«

»Merke dir mal ganz schnell eines, Schätzchen: Ich

bin nicht *jeder*! Und nun lass uns nach oben gehen!«

Klaus scheint etwas genervt davon zu sein, den Erklärer zu spielen und drückt mich in Richtung einer Fahrstuhltür.

Wir betreten den kleinen, innen komplett verspiegelten Fahrstuhl. *Endlich mal kein Weiß!* Aber irgendwie ist es mir auch unangenehm, hier so eng mit Klaus zu stehen und mich und ihn dabei auch noch unentwegt ansehen zu müssen. Er grinst die ganze Zeit. Ich blicke zu Boden.

»Freust du dich?«, will Klaus jetzt wissen.

Ob er die Frage ernst meint? Ich wollte mir vor zwei Tagen im Jahr 2013 in meinem Dorf das Leben nehmen und wache zehn Jahre später in einer völlig anderen Welt mit mir unbekannten Menschen und Sitten wieder auf. Wo soll hier bitte schön ein Grund zur Freude sein?

»Worauf?«, frage ich nur.

»Auf dein Zuhause und einen gemütlichen Abend mit mir. Ich hab' dich schon ein wenig vermisst in den letzten zwei Tagen!«, antwortet er und streichelt mir dabei über den Kopf.

Ekel steigt in mir hoch. *Der soll mich nicht anfassen!* Ich möchte gar nicht wissen, wozu er seine Vormundschaft in den letzten Jahren sonst noch so missbraucht hat.

»Lass das!«, fauche ich ihn an.

Glücklicherweise hält der Fahrstuhl in diesem Augenblick und die Tür öffnet sich. Mit einer Fernbedienung macht Klaus Licht und was ich jetzt sehe, erstaunt mich wirklich: Wir stehen in einem ganz normalen, sehr luxuriösen, etwa 50 Quadratmeter großen Wohnzimmer. Keine weißen Fliesen, kein Beton. Zwar auch kein Fenster, aber das ist weniger auffällig, weil die in dunklem Lila gestrichenen Wände voller moderner Gemälde sind, außerdem gibt es hier unzählige Lampen und Spiegel, die einem teilweise durch indirektes Licht das Gefühl geben, die Sonne würde scheinen.

Mitten im Raum steht eine riesige Sitzlandschaft aus schwarzem Leder, darauf liegen verteilt bunte plüschige Kissen. In einer Ecke befindet sich eine große Hausbar im schwarzen Klavierlackdesign, die Wand dahinter ist verspiegelt. An einer der anderen Wände hängt ein riesiger Flachbild-Fernseher. Dieses Wohnzimmer ist ein teuer eingerichtetes, aber völlig normales Wohnzimmer, wie ich Wohnzimmer noch aus dem Jahr 2013 kenne.

Mit offenem Mund gehe ich umher und betrachte alles. Nie hätte ich für möglich gehalten, dass ich mich einmal so über ein lila Sofakissen freuen könnte. Ich berühre die Möbel, streichle ihre Oberflächen und wende mich an Klaus: »Klaus, wie ist das möglich? Das ist doch gar nicht erlaubt, oder?«

»Mach´s dir erstmal bequem. Ich zeige Dir später den Rest.« Er zeigt aufs Sofa, geht selbst zur Bar und schenkt zwei Whisky ein. Auf dem Weg zum Sofa nimmt er aus einer Schublade eine Schachtel Zigaretten und legt diese auf den Sofatisch.

Er drückt mir eines der Whiskygläser in die Hand und schmeißt sich etwas ungehobelt auf die Couch: »Anna, setz dich doch endlich. Ich kann mit dir nicht reden, wenn du da so rumstehst!«

Ich stelle meine Tasche und die Jacke neben dem großen, freistehenden Ecksofa ab und setze mich wie in Trance an den äußersten Rand. Klaus, der auf der anderen Seite des Sofas mehr liegt als sitzt, nimmt sich eine Zigarette und wühlt in dem riesigen Marmoraschenbecher auf dem Tisch nach einem Feuerzeug. Er zündet sich eine Zigarette an, wirft mir die Packung rüber und sagt, den Rauch des ersten Zuges ausatmend: »Ich hatte gehofft, du könntest dich erinnern, wenn du hier ins Haus kommst, Anna!«

Er richtet sich auf, greift nach seinem, auf dem Tisch abgestellten Glas und streckt es mir entgegen: »Stößchen erstmal!«

Ich stoße benommen mit ihm an und trinke einen Schluck, zünde mir dann auch eine Zigarette an.

»Ich weiß jetzt nicht genau, wo ich anfangen soll«, fährt er fort, »Es ist nämlich so: Wie du ja weißt, sind alle Häuser der Siedlung gleich aufgebaut. So wie das von Christian, in dem wir vorhin waren. Es gibt eine Tiefgarage, ein Erdgeschoss und eine darüber liegende Etage. Die Etagen haben je 120 Quadratmeter. Im Erdgeschoss befindet sich der Wohnbereich der Familien. Das ist bei allen gleich. Der Wohnbereich besteht aus einem Desinfektionsflur, einem Wohnzimmer, das so auszusehen hat, wie das bei Christian, zwei Sanitärräumen und einem Kochraum. Auch bei diesen Räumen gibt es das Gebot, alles in Weiß und hygienisch zu halten. Das sind die einzigen Räume, in denen Besuch empfangen werden darf. Im ersten OG befinden sich die Schlafräume, es gibt drei davon in jedem Haus. Dort stehen normalerweise nur die Betten der Familien. Kannst du mir noch folgen?«

Ich nicke verstört. Klaus ascht ab und trinkt einen Schluck.

»Das Erdgeschoss in diesem Haus ist genau wie alle in dieser Siedlung, weil ich ja ein guter gläubiger

Bürger bin« Klaus lacht. »Aber das Obergeschoss, das aus Anstand nicht einmal von Regierungsbeamten betreten werden darf, sieht nun etwas anders aus als bei den anderen.«

»Das heißt, du bist nicht gläubig?«, unterbreche ich ihn. *Scheinbar lebt er hier ganz unmoralisch mit verbotenen Reichtümern!*

»Was heißt schon gläubig? Klar bin ich gläubig, habe ja auch noch einen Altar unten im Wohnzimmer und sonntags gehen wir zwei ja auch manchmal ins Gebetshaus. Ich möchte nur nicht auf meinen Luxus verzichten. Und *du* wolltest das bislang auch nicht, gerade was den Alkohol und die Zigaretten betrifft!«, antwortet Klaus.

Ich entgegne: »Ich bin ja auch nicht gläubig, sondern eine MV. Aber du bist doch offiziell mein Vormund und lebst selbst wie ein MV.«

Klaus grinst übers ganze Gesicht: »Zwischen uns beiden gibt es aber einen riesigen Unterschied: Ich habe eine ordentliche Bürgerdatei und werde vom Staat, von der Kirche und von Mitbürgern respektiert, du hingegen bist in einer MV Datei erfasst und giltst somit als kriminell.«

Klaus drückt seine Zigarette aus. »Freu dich doch einfach, dass es uns so gut geht, Anna. Wärst du lieber die MV eines richtig gläubigen Bürgers? Da hättest du nix zu lachen, das kannst du mir glauben! Komm mal mit, ich zeige dir dein Zimmer, dann kannst du dir was Bequemeres anziehen. Und ich auch. An die Straßenkleidung der Bürger habe ich mich nie gewöhnt.«

Klaus erhebt sich, reicht mir auffordernd die Hand: »Komm!«

Ich drücke meine Zigarette in dem edlen Aschenbecher aus und greife meine Sachen neben mir. Seine mir angebotene Hand nehme ich nicht. Ich finde Berührungen von ihm noch immer widerlich.

Hintereinander durchqueren wir den Wohnraum. Zwei Türen gehen von diesem Raum ab, eine rechts neben der Bar, die andere links. Klaus entscheidet sich für die linke Tür und steuert sie an. Mit einer Chipkarte öffnet er sie und lässt mich nun vorgehen. Ich stehe in einem niedlichen etwa 20 Quadratmeter großen Zimmer, natürlich ohne Fenster. Aber an der gegenüberliegenden Wand hängen bordeauxrote, schwere Gardinen. *Wahrscheinlich wollte ich mir hier selbst ein Gefühl von »Fenster« geben.* Unter dem nicht-vorhandenen Fenster steht ein schwarzes Metallbett mit bunter Bettwäsche. Die Wände sind ebenfalls bordeauxrot, als Lampe dient eine riesige indische Glassonne, die an einer der Längswände hängt. Dann sind da noch ein großer schwarzer Kleiderschrank und ein schwarzer Schminktisch mit Hocker. An einem Kleiderhaken hängen verschieden farbige Langhaarperücken. *Anscheinend komme ich auch im Jahr 2023 nicht mit kurzen Haaren klar.*

»Darf ich?«, ich deute an, den Kleiderschrank zu öffnen.

Klaus nickt. »Ist ja deins! Such dir was Bequemes raus. Wenn du duschen willst, musst du allerdings nach unten fahren.«

Ich würde gerne duschen, habe aber Angst vor dem, was mich im Erdgeschoss erwartet, außerdem hatte ich morgens geduscht. Das muss für heute reichen.

»Ich dusche morgen früh. Kann ich mich jetzt umziehen?«, frage ich, damit Klaus den Raum endlich verlässt.

»Klar!«, antwortet Klaus und geht aus dem Raum, schätzungsweise in sein eigenes Schlafzimmer, um sich ebenso umzuziehen. Ich bin gespannt auf meine Kleidung hinter den Schranktüren. *Wenn aber ein Einheitsdress, bestehend aus weißem T-Shirt und schwarzer Bundfaltenhose, zum bürgerlichen Pflichtprogramm gehört, was soll dann da anderes im Schrank hängen?* Ich öffne die erste von drei Schranktüren. Wie erwartet hängen hier etwa zehn schwarze Bundfaltenhosen auf Hosenbügeln. Im Fach darüber liegen akkurat gebügelt und zusammengelegt genauso viele weiße T-Shirts. Hinter der zweiten Schranktür befindet sich Nacht- und Unterwäsche. Im dritten Schrankbereich steht nur eine große Kiste, gefüllt mit Socken und Nylonstrümpfen. Mehr nicht. Hier stopfe ich jetzt meine Handtasche hinein und hänge die Jacke auf.

Nachdem ich die Straßenkleidung ausgezogen habe, entscheide ich mich für einen blauen Seidenpyjama, zu dem auch ein passender Morgenmantel da ist. Dazu suche ich mir warme Socken aus der Kiste. So fühle ich mich zumindest schon einmal etwas wohler als vorhin.

Zurück im Wohnzimmer, von dem ich immer noch nicht alles gesehen habe, bleibe ich fasziniert vor einer enormen DVD-Sammlung in einer Glasvitrine stehen. Alles ist ganz ordentlich. Keine DVD steht schief und kein Staubkorn stört den Glanz der Vitrine. Dass es im Jahr 2023 aber noch nichts Moderneres als DVDs gibt, wundert mich allerdings. Ich weiß nicht genau, was ich erwartet hätte, vielleicht irgendwelche Mikrochips in einer Brille, so dass man

Filme direkt vor Augen hat, aber gewöhnliche DVDs erscheinen selbst mir veraltet.

Plötzlich spüre ich Klaus hinter mir. Wie aus dem Nichts steht er unvermittelt gedrängt an mir und umfasst meine Hüften. »Na Schätzchen, biste endlich zuhause angekommen?«, haucht er mir ins Ohr.

Angewidert springe ich zur Seite. »Ich möchte das nicht!«, fahre ich ihn an.

Klaus fängt an zu lachen: »Du kannst dich nur nicht daran erinnern, dass du es sehr wohl möchtest!«, behauptet er.

Er, jetzt auch mit einem glänzenden Pyjama bekleidet, wirft sich auf das Sofa und nimmt sich eine Zigarette: »Hast du Hunger? Ich könnte uns was von unten aus der Küche raufholen.«

Mir knurrt der Magen, zumal ich heute noch gar nichts gegessen habe, sage aber: »Weiß nicht.«

»Komm schon, mein Dickerchen, du musst doch was essen. Du fällst mir noch vom Fleisch oder willst du etwa abnehmen?«

Meint der das jetzt ironisch? Ich fühle mich beleidigt und sage: »Nein, ich habe keinen Hunger!«

»Später willst du sowieso viel lieber Schokolade, von der habe ich verbotenerweise genügend da… extra für mein Schätzchen! «

Klaus lacht wieder sein schmutziges Lachen und klopft neben sich auf das Sofa: »Komm, setz dich. Wir wollen saufen, rauchen und andere illegale Sachen machen. Aber hol dir bitte vorher eine Perücke aus deinem Zimmer, die kurzen Haare stehen dir nicht!«

»Ich will mich aber nicht verkleiden!«, widerspreche ich wütend. Wütend über seine ständigen Beleidigungen und wütend darüber, dass er ernsthaft zu glauben scheint, dass ich *ihm* gefallen möchte.

Sein Blick wird ernst, dennoch sagt er sehr ruhig: »Anna, Anna! Ich hatte geglaubt, du hättest das System und die Ordnung schon ein wenig besser verstanden. Also noch einmal: Hol jetzt bitte die Perücke mit den roten Haaren aus deinem Zimmer!«

Ich zucke zusammen. Er steht auf und füllt sein Glas. Sein drohender Tonfall macht mir Angst. *Ich sollte lieber tun, was er sagt.* Auf brutale Konsequenzen lege ich keinen Wert. Also gehe ich in mein Zimmer, um mir die Perücke aufzusetzen.

Während ich die roten Kunsthaare vor dem Schminkspiegel zurecht zupfe, denke ich: *Heute Nacht, mein Lieber. Heute Nacht wirst du die Bekanntschaft mit den Spiegelscherben einer Rothaarigen machen und du wirst es nicht überleben!*

Etwas selbstsicherer komme ich zurück in das Wohnzimmer.

»Jetzt bist du wieder schön, mein Schatz. Setz dich, wir wollen deine Heimkehr feiern!« Klaus ist wieder freundlich.

Ich setze mich auf das Sofa, genau an dieselbe Stelle, an der ich vorhin schon gesessen hatte. Das Whiskyglas steht noch vor mir. Ich greife danach und nippe daran. Er schmeckt mir nicht.

»Klaus, mir ist nicht nach feiern. Ich habe noch so viele Fragen. Wie wir uns kennengelernt haben, wann wir geheiratet haben, wo meine Tochter ist, wie ich vor dem Unfall war und … und noch viel mehr Fragen.« Ich sehe Klaus an.

»Jetzt entspann dich erstmal. Heute feiern wir. Morgen beantworte ich dir deine Fragen. Komm, trink mit mir!« Er hebt sein Glas und deutet ein Zuprosten an. »Ich möchte wetten, Du hast es während der zwei Tage im KLFMV ziemlich vermisst und kaum ausgehalten ohne deine Dröhnung!«

Sein Grinsen wirkt herablassend. Außerdem weiß ich nicht, wovon er redet. *Hätte ich ein Alkoholproblem, hätte es der schöne Tristan doch erwähnt, oder nicht?*

Ich stelle das Whiskyglas auf den Tisch. »Ich mag das nicht!«

»Stimmt! Ich wollte nur wissen, ob sich da was geändert hat. Du bevorzugst nach wie vor billigen Fusel und ziehst ihn den teuren und erlesenen Getränken vor. Du bist und bleibst eben meine kleine schmutzige MV.«

Klaus erhebt sich und geht zur Bar. Aus einem Kühlschrank zieht er eine eisgekühlte Flasche Wodka. Er greift sich noch die Whiskykaraffe vom Tresen und kommt zurück. Den Whisky stellt er neben sein Glas auf den Tisch.

Anstatt sich jetzt aber auf seine Seite des Sofas zu setzen, lässt er sich direkt neben mich fallen. *Er berührt mich, ich will das nicht!* Aber ich kann nicht weiter zur Seite rutschen, weil ich schon den äußersten Rand des Sofas erreicht habe.

Klaus spürt, dass ich aufstehen will, drückt nun aber, noch immer mit der Wodkaflasche in der Hand, meinen Oberschenkel mit seinem linken Arm hinunter in den Sitz. Er stellt den Wodka vor mir auf dem Tisch ab. »Trink!«, ordnet er an.

Er nimmt sich nun mein noch fast volles Whiskyglas, sagt: »Cheers!« und sieht mich auffordernd an.

»Bekomme ich ein Glas?«, frage ich.

»Das brauchtest du doch noch nie!«

Ich kann mich nicht erinnern, jemals in meinem Leben Wodka pur und aus der Flasche getrunken zu haben. *Was soll ich jetzt bloß machen?*

Viel Zeit zum Nachdenken lässt Klaus mir nicht. Er nimmt die Flasche und drückt sie mir in die Hand. Dann steht er auf, um sich die Whiskykaraffe zu holen, lässt sich wieder neben mich fallen, jetzt noch näher, und gießt sich Whisky in eines der leeren Gläser.

Wie viel mag er davon jetzt wohl schon getrunken haben? Ich weiß nicht, wie voll die Karaffe anfangs war, jetzt ist jedenfalls nur noch ein Viertel darin. Was passiert, wenn er betrunken ist? Wird er dann ruhiger oder richtig gefährlich?

Er lehnt sich zurück und legt seine Füße auf den Tisch. Er unterbricht meine Gedanken: »Ich dachte Schätzchen, dass wir heute feiern wollten. Ich hatte mich so darauf gefreut. Und jetzt trinkst du nicht! Was habe ich falsch gemacht? Sag es mir!«

Er spricht wieder mit dieser beunruhigend ruhigen Stimme. Ich beschließe, dass es besser ist, ein wenig betrunken zu werden, als mich mit ihm anzulegen. *Noch heute Nacht werden die Spiegelscherben zum Einsatz kommen*, denke ich und schraube die Flasche auf: »Nichts hast du falsch gemacht, Klaus. Ich trinke jetzt mit dir!«

Ich setze die Flasche an und trinke einen kleinen Schluck. Innerlich schüttelt es mich, es ist so ekelhaft. *Aber vielleicht gibt er jetzt ja Ruhe.*

Da habe ich mich wohl getäuscht!

»Komm und gleich nochmal. Auf einem Bein kann man nicht stehen, wie man so schön sagt! Und jetzt mal richtig! Nicht so einen Säuglingsschluck!«, feuert Klaus mich an. Er drückt mir meine Hand, die immer noch die Flasche hält, in Richtung Mund und schiebt sich sein eigenes Glas auch wieder zwischen die Lippen.

Ich setze an und trinke einen weiteren kleinen Schluck.

»Das kannst du doch besser, Anna! Soll ich dir zeigen, wie´s geht?«

Ich sehe ihn fragend an und reagiere zu spät. In Bruchteilen von Sekunden hat er mir, ohne natürlich die Langhaar-Frisur zu zerstören, den Kopf in den Nacken gezogen und mir die Flasche angesetzt. Jetzt gießt er den Wodka in mich hinein bis ich mich verschlucke und er endlich innehält. Die Flasche ist jetzt mehr als halb leer.

»Geht doch! Aber jetzt nicht müde werden, Anna. Schön weitertrinken! Merkst du nicht, wie gut dir das tut?«

Der Alkohol schießt mir sekundenschnell ins Gehirn. Ich hatte seit Tagen so gut wie nichts gegessen und vor wenigen Stunden auch noch zwei Beruhigungstabletten genommen. *Ob ich deshalb den Alkohol so rasend schnell in meinem Blut spüre? Aber Klaus hat wirklich recht, mein Zustand fängt an, mir zu gefallen. All die Unruhe, die mich den Tag über begleitete, fällt ab von mir. Ist doch egal, ob ich betrunken bin oder nicht.*

Ich greife mir die Flasche jetzt freiwillig und trinke, trinke, trinke. In wenigen Minuten schaffe ich fast die ganze Flasche. Klaus hat es mir ja erlaubt.

»Haben wir denn genug zu trinken hier für unsere Feier? Mein Schnaps issa schon fast leer«, lalle ich jetzt Klaus von der Seite an.

»Keine Sorge, du wirst nicht durstig ins Bett gehen müssen! Außerdem habe ich noch ein anderes Leckerli für uns hier.«

Klaus steht auf und geht zu seinem Zimmer, in dem seine Jacke hängt. Hier nimmt er das Tütchen, das er von Christian bekam, aus der Tasche.

Ich gönne mir noch einen Schluck und laufe dann hinter ihm her. »Ich war noch nie in deinem Zimmer«, konstatiere ich.

»Du hast ja auch dein eigenes«, antwortet Klaus. Ich werfe einen Blick hinein in den wirklich großen Raum, der von einem riesigen Wasserbett dominiert wird. Hinter dem Bett teilt eine Mauer den Raum. Was dahinter liegt, kann ich nicht erkennen.

»Dein Simma is abba vie gröser«, ich kann mein Lallen jetzt nicht mehr verbergen.

»Ich bin ja auch der Chef hier!«, antwortet Klaus und schiebt mich wieder Richtung Sofa.

»Gott-sei-Dank, mein Trinken is noch da!«, stelle ich beruhigt fest und stürze mich auf die Flasche, damit sie nicht abhauen kann und um sie jetzt endgültig leer zu trinken.

Klaus holt aus der Schublade, in der auch die Zigaretten lagen, eine kleine Pfeife und setzt sich mit seinen Utensilien neben mich. Fasziniert schaue ich ihm zu, wie er den Haschisch-Klumpen erhitzt und Teile davon in die Pur-Pfeife bröselt. Er hält mir die Pfeife hin und sagt: »Zieh!«, während er das Haschisch im Pfeifenkopf verbrennt.

Ich ziehe... drei- bis viermal. Auch Klaus macht sich eine Pfeife fertig.

Mir geht´s richtig gut. Zurückgelehnt betrachte ich grinsend meine Finger. Sie sehen ganz anders aus als sonst. Dort wo der Daumen sonst war, ist jetzt der

Mittelfinger. Irgendetwas scheint in der Anordnung durcheinandergeraten zu sein.

»Klaus, hast du so was schon mal gesehen?« Ich halte ihm laut kichernd meine Hände unter die Nase.

»Nee, was`n?«

»Meine Hände, guck ma!« Ich kann mich jetzt fast nicht mehr halten vor Lachen.

Klaus fängt jetzt auch an. »Jetzt sehe ich´s auch… sie sind schweinchenrosa!«

»Ich werde nie wieder jemandem den Mittelfinger zeigen können, weil da jetzt nur noch der dumme kurze Daumen ist.«

Immer wieder probiere ich, den Mittelfinger zu zeigen, sehe aber jedes Mal wieder in der Mitte der Hand nur den Daumen hochschnellen. Auch sonst gerät gerade so einiges durcheinander in meinem Kopf. »Klaus? Hast du was gesagt?«

Wann hat überhaupt jemand das letzte Mal etwas gesagt? Habe ich meinen letzten Satz zu Ende gesprochen oder ihn nur gedacht?

Klaus fragt: »Häää?« und stellt neue Getränke auf den Tisch. »Trink!«, ordnet er jetzt wieder an, aber dieses Mal grinsend.

Außerdem komme ich dieser Aufforderung gerne nach! Ich trinke wie eine Verdurstende, jetzt schon an der zweiten Flasche Wodka.

»Warum sagst du immer *trink*? Willst du mich besoffen machen und dann vergewaltigen?«

»Nein!«

»Nein??? Wieso denn nich?«

»Weil ich andere Pläne habe!«

»Aha!« Beinahe enttäuscht darüber, dass Klaus so wenig Interesse zeigt, setze ich die Flasche wieder an.

»Ich habe auch Pläne. Eigentlich wollte ich dich heute töten, aber jetzt plane ich das für morgen.«

»So, so«, sagt er nur völlig unbeeindruckt. »Wir sollten bald zu Bett gehen, morgen zeige ich dir die Stadt.«

»Das war aber eine kurze Party«, stelle ich fest und trinke vorsichtshalber noch einen kräftigen Schluck.

»Sie hat ihren Zweck erfüllt.«

»Hm, ich muss mal Pipi machen!«

»Die Toiletten sind im Erdgeschoss, die Lichter gehen über Bewegungsmelder an.«

»Gibt es keine andere Möglichkeit?«, frage ich, weil ich mich gerade daran erinnere, wieviel Angst mir weiße Räume machen.

»Was denkst du? Soll ich dir ´nen Nachttopf ins Zimmer stellen? Geh jetzt!«, antwortet Klaus leicht genervt.

»Darf ich meine Flasche mitnehmen?«

»Mir doch egal!«

Der ist ganz schön zickig, verträgt wohl nichts!

Ich laufe, mich an meiner Flasche festhaltend, zum Fahrstuhl und drücke das »E«. Um mich nicht so betrunken im Spiegel sehen zu müssen, blicke ich wieder zum Boden. Wenige Sekunden später schiebt sich die Tür auf. *Ich mag nicht hinsehen.* Aber um die Toilette zu finden, muss ich wohl oder übel die Augen öffnen. Die Leuchtstoffröhren flackern alle gleichzeitig auf.

Oh mein Gott! Dieses gutbürgerliche Wohnzimmer ist noch grauenvoller als das von Christian. Anstelle eines veralteten Sofas mit weißem Überwurf steht hier ein weißes Metallbett, so eines wie mein Krankenhaus-

bett und der dazugehörige Tisch ist ein Kranken-
hausbeistelltisch. In der Ecke steht ein ähnlicher Altar
wie der, den ich schon von Christian kenne. Daneben
wieder ein Kissen und ein Spiegel.

Ich habe Angst. Meine Augen suchen die Tür, die
zum Badezimmer führen soll. Die vier weißen Stahl-
türen, die von diesem Raum abgehen, sind alle geschlossen. Mir bleibt nichts anderes übrig als auszu-
probieren, welche die richtige ist.

Ich trinke noch einmal einen großen Schluck aus
der Flasche, dann laufe ich zu der Tür, die dem Fahrstuhl am nächsten ist und öffne sie. Ich blicke in den
Desinfektionsraum, den Hausflur also, und schließe
die Tür schnell wieder. Hinter Tür Nummer 2 ver-
birgt sich eine Art Duschhalle, komplett eingekachelt.
Ich denke an den Film »Psycho« und ziehe die Tür
noch schneller wieder zu.

Mit der dritten Tür habe ich endlich die richtige
erwischt. Hier gibt es jetzt drei Arten von Toiletten-
kabinen: Damen, Herren und mit etwas Abstand zu
diesen die Toilette für MV.

Ok, ich bin eine MV und ich stehe dazu, denke ich
und gehe hier zur Toilette.

Anschließend benutze ich auch das richtige der
drei Waschbecken, denn auch hier wird zwischen
Männern, Frauen und MV unterschieden.

Fertig. Jetzt nichts wie nach oben!

Andererseits: Plötzlich interessiert mich, wie wohl
eine gutbürgerliche Küche aussehen mag im Jahr
2023. *Hat mich der Alkohol etwa mutig gemacht?* Vorsichtshalber trinke ich noch einmal, bevor ich Tür
Nummer 4 öffne.

Auch dieser Raum ist komplett eingekachelt. Auf

einem Metalltisch steht ein Gerät, das aussieht wie eine überdimensionale Mikrowelle. Daneben ein Kühlschrank mit Vorhängeschloss. Zwei lange Geschirrwagen aus Edelstahl stehen an einer Wand. Mehr gibt es in diesem Raum nicht.

Ich will wieder nach oben. *Vielleicht trinkt Klaus ja noch was mit mir.*

Im Fahrstuhl drücke ich nun die »1«, zögerlich weil es auch eine »2« gibt. Wohin mag der Fahrstuhl führen, wenn man die »2« drückt? Das werde ich heute nicht mehr ausprobieren. Der Alkohol setzt mir langsam zu, trotzdem trinke ich auch im Fahrstuhl weiter.

Oben angekommen, sehe ich Klaus, wie er an einer Schaltanlage wie für eine Klimaanlage hantiert. »Was machst du da?«, will ich wissen. »Ich stelle die Dunstabzüge wieder ab, wir werden heute ja nicht mehr rauchen.«

»Trinkst du noch was mit mir?« Ich setze die jetzt auch schon fast leere Flasche wieder an.

»Nein, ich denke, für heute reicht´s! Wir gehen jetzt schlafen!«

»Darf ich bei dir schlafen? Ich habe Angst allein.« »Schätzchen, das hättest du dir wirklich früher überlegen können. Meinst Du wirklich, ich nehme eine alkoholisierte MV mit in mein sauberes Bett? Alkohol ist den Bürgern untersagt, hast Du das vergessen?«

Verstört sehe ich ihn an.

Klaus schiebt mich zu meinem Zimmer. Hier erklärt er mir: »In einer Viertelstunde gehen die Lampen aus, bis dahin solltest du bettfertig sein. Um acht Uhr morgen Früh ist Wecken.«

Er deutet auf die Glassonnenlampe und auf einen

Lautsprecher, der über der Tür eingebaut ist.

Mein Zustand erhöht nicht unbedingt das Verständnis für das Gesagte und noch weniger für die Geschehnisse des heutigen Tages. Ich bin irritiert, aber gleichzeitig auch abgedämpft. Zu meiner eigenen Verwunderung sage ich, während ich mich auf das Bett setze: »Bleib bei mir Klaus, lass mich nicht allein!«

Habe ich jetzt weniger Angst vor diesem fremden Mann als vor dem Alleinsein? Noch vor wenigen Stunden hatte ich seine Ermordung geplant, fühlte mich angewidert von seiner Nähe. Jetzt, so betrunken kehrt sich dieser Ekel um in einen Reiz am Grenzwertigen, am Illegalen. *Ich wünschte, seine kriminellen Hände würden mich noch einmal berühren.*

Aber Klaus bleibt kalt.

»Nein, schlaf jetzt!«, sagt er und schließt die Tür hinter sich.

Ich ziehe den Morgenmantel aus und die Perücke vom Kopf, lasse beides einfach auf den Boden fallen. Jetzt bin ich hier also allein. Allein in einem Zimmer, das zwar nicht hässlich ist, das mir auch keine Angst macht, in dem ich mich aber irgendwie komisch und fremd fühle.

Mir bleibt nichts anderes übrig, als mich hinzulegen. Noch bevor die Lampen erlöschen, bin ich eingeschlafen.

Wie angekündigt, geht morgens um kurz vor Acht wirklich meine indische Glassonne auf. Langsam steigert sie ihr Licht von abgedimmt bis strahlend hell. Genau um acht Uhr knackt es dann im Lautsprecher über der Tür und ein Lied ertönt, laut und dröhnend:

»Guten Morgen liebe Sorgen, seid ihr auch schon alle da...«

In welch kranker Welt bin ich gelandet, frage ich mich. *Dieses Lied muss noch aus den 80ern des vorigen Jahrtausends stammen. Wie irre muss ein Mensch sein, sich in einer so düsteren Atmosphäre für ein derart spöttisches Lied zu entscheiden? War ich das etwa selbst?*

Mit Erstaunen stelle ich fest, dass ich keinerlei Kopfschmerzen habe, nur einen richtig üblen Geschmack im Mund. Ich brauche ein Glas Wasser.

Ich springe, obwohl ich mich extrem unausgeschlafen fühle, aus dem Bett und gehe zur Tür. Aber ich weiß nicht, wie man sie öffnet. Klaus hat anscheinend vergessen, mir die Chipkarte im Zimmer liegen zu lassen. Vorsichtig klopfe ich an die Tür. Überraschenderweise öffnet mir Klaus, der bereits fertig angezogen ist, diese prompt mit den Worten:

»Geh duschen und zieh dich an, wir bekommen gleich Besuch. Und vergiss die Perücke nicht! Du siehst furchtbar aus.«

Die Beleidigung ignorierend, obwohl sie schon sehr schmerzt, frage ich nur: »So früh? Warum denn?«

»Es ist meine Freundin Lydia. Wir haben etwas Geschäftliches zu besprechen, bevor sie kurz zur Staatspost, ihrer Arbeitsstelle, in die Stadt muss.«

»Musst du eigentlich heute auch arbeiten?«, will ich wissen.

»Nein, sonntags nicht, außerdem: Wenn ein Bürger Probleme mit seinem MV hat, dann wird er freigestellt bis alles wieder in Ordnung ist, unbezahlt versteht sich. Das ist der Grund, warum ein Leben mit MV so teuer ist.«

»Das tut mir leid, Klaus«, sage ich verwirrt, aber ehrlich.

»Ist jetzt egal. Sieh lieber zu, dass du fertig wirst!« Klaus wirkt gestresst. »Lydia ist übrigens eine vorbildliche Bürgerin, zumindest nach außen. Sie erwartet aber auch zuhause von den MV ein äußerst korrektes Benehmen. Sie ist mit ihrem MV weitaus strenger als ich mit Dir! Blamier mich also nicht, auch wenn du dich an nix erinnern kannst!«

»Was heißt denn das?«, frage ich entgeistert.

»Ganz einfach: Du benimmst dich wie eine gute Ehefrau. Du sorgst dafür, dass unsere Kaffeetassen nie leer werden, leerst die Aschenbecher zwischendurch und sprichst nur, wenn du ausdrücklich gefragt wurdest. Ansonsten stehst du hinter der Bar. Wenn du nix zu tun hast, putzt du sie einfach! Und noch etwas: Lydia ist befugt, dir Anweisungen zu geben, auf die du hören solltest, wenn du keinen Ärger willst!«

»Bin ich etwa euer Dienstmädchen? Das mache ich nicht mit!«, reagiere ich, endlich wieder ich selbst.

Klaus greift mein Kinn und zieht mich zu sich heran. Er hat nun wieder diesen drohenden Blick:

»Anna, du bist kein Dienstmädchen, sondern eine MV und als solche stehst du in der Rangfolge weit tiefer als ein Dienstmädchen, falls du das noch nicht begriffen haben solltest! Sag mir jetzt bitte, dass ich mich auf dich verlassen kann!«

Ich nicke, noch immer mit meinem Kinn in seiner Hand.

»Ich habe dich nicht gehört, Anna. Was hast du gesagt?«

»Du kannst dich auf mich verlassen, Klaus!«, versuche ich, so deutlich wie möglich zu sagen. Noch nie in meinem Leben habe ich mich so erniedrigt gefühlt wie in diesem Moment. Ich fühle, wie sich unangenehm Schweiß auf meiner Haut bildet, obwohl mir nicht wirklich warm ist.

Klaus lässt mich los. *Wollte ich letzte Nacht wirklich, dass dieser brutale Typ mich anfasst?* Ich ekle mich vor mir selbst bei dem Gedanken.

Um ihn nicht noch weiter zu provozieren, suche ich mir aus meinem Kleiderschrank ein weißes T-Shirt und eine schwarze Hose, Unterwäsche, sowie eine Perücke. Ich habe noch immer Angst vor den Räumlichkeiten und Duschen im Erdgeschoss. Da Klaus aber nicht in der Stimmung zu sein scheint, auf meine Befindlichkeiten Rücksicht nehmen zu wollen, begebe ich mich in Richtung Fahrstuhl.

»Vergiss nicht, alles sauber und ordentlich zu hinterlassen, wenn du fertig bist. Du weißt ja, die untere Etage ist unsere Vorzeigeetage und jeder kann sehen, wie respektvoll wir mit unseren Räumen umgehen«, ruft Klaus mir hinterher.

Widerlich, denke ich. Mit zitternden Händen drücke ich den E-Knopf. Beim Blick in den Spiegel merke ich, dass ich ganz schön mitgenommen aussehe: Blass und aufgequollen mit roten Augen und dunklen Rändern darunter.

Komischerweise brennen die Leuchtstoffröhren schon, als der Fahrstuhl das Erdgeschoss erreicht. *Ich hätte schwören können, dass sie gestern Nacht erst angingen, als ich den Raum betrat. Aber vielleicht habe ich mich in meinem Suff auch getäuscht oder aber sie brennen tagsüber immer und werden erst abends auf Bewegungsmelder umgeschaltet.*

Ich habe vergessen, hinter welcher Tür die Duschen sind. Hinter Tür 2 werde ich fündig und sehe jetzt erst richtig, wie unheimlich es hier ist. Es riecht nach Desinfektionsmitteln, aber nicht, als habe hier heute schon jemand geduscht. *Ob Klaus sich ungeduscht angezogen hat?*

Es ist ein Raum mit Gemeinschaftsduschen, so wie man sie aus Turnhallen und Schwimmbädern kennt. Ein Durchgang verbindet den Raum mit einem Waschraum. Fünf Waschbecken hängen hier an einer gekachelten Wand. Über jedem ein Ablagebord aus weißem Eisen. Auf einer der Ablagen steht ein Zahnputzbecher mit einer Zahnbürste, daneben Zahnpasta und ein Stück Kernseife. An der Wand neben dem Waschbecken hängt ein grobes Handtuch.

Und dieser Luxus ist jetzt für mich bestimmt? Ich bin aber elektrische Zahnbürsten und weichgespülte Handtücher gewöhnt, empöre ich mich grinsend, als ich den steinharten Lappen an der Wand berühre.

Da ich mich in der Weitläufigkeit der Räumlichkeiten noch unwohler fühle als ohnehin schon, schließe ich zumindest die Tür zum Wohnraum. Zwischen Duschen und Waschbecken ist leider keine Tür. Ich nehme mir die Seife und das Handtuch. Das Handtuch sowie meine Bürgerkleidung lege ich an der gegenüberliegenden Wand der Duschen in eine Ecke auf den Boden, die Seife in eine Seifenablage an einer der Duschen. Wieder denke ich an »Psycho«. *Soll ich mich jetzt wirklich hier ausziehen und duschen? Aber was soll mir schon passieren?* Außer Klaus ist niemand im Haus, und der hat kein Interesse daran, mich nackt zu sehen. Und dass er mich in einer Dusche abschlachten will, glaube ich eigentlich auch nicht.

Nachdem ich die Decken und Wände noch nach Kameras abgesucht habe, die es hier glücklicherweise nicht gibt, ziehe ich mir den Pyjama aus und lege ihn zum Handtuch auf den Boden.

Nackt gehe ich hinüber zu den Duschen und stelle die, an der die Seife liegt, an. Das Wasser kommt zögerlich und nur lauwarm aus der Duschleitung. Außerdem stinkt es, so als habe es lange Zeit in der Leitung gestanden. *Werde ich mich danach wirklich frischer fühlen?*

Als ich unter der Dusche stehe, traue ich mich nicht, die Augen zu schließen. Ich fühle mich nach wie vor beobachtet, obwohl ich ganz allein in diesem gekachelten Raum ohne Fenster stehe. Hier ist definitiv kein anderer Mensch. Trotzdem habe ich das unbehagliche Gefühl, aus den anderen Räumen Geräusche zu hören. Aber wahrscheinlich sind das wieder nur die knisternden Leuchtstoffröhren im Wohnraum oder Klaus, der nebenan zur Toilette gegangen ist. Ich behalte die Tür zum Wohnraum fest im Blick. Sie bleibt geschlossen.

Ich ertappe mich dabei, dass es mich fast enttäuscht, nicht von Klaus beobachtet zu werden. »Das ist doch schizophren«, sage ich mir selbst, um meine konfusen Gedanken wieder unter Kontrolle zu bekommen. Ohne Zwischenfälle dusche ich zu Ende, trockne mich ab und ziehe mir die vornehme Straßenkleidung inklusive Perücke an.

Meine Hände zittern und obwohl ich geduscht bin, habe ich noch immer das Gefühl zu schwitzen.

Widerwillig putze ich mir mit der veralteten borstigen Zahnbürste im Waschraum die Zähne.

Plötzlich höre ich wirklich etwas: Schritte und das Knarren einer Stahltür. Mit der Zahnbürste im Mund laufe ich in den Duschraum. Aber die Tür zum Wohnraum ist weiterhin geschlossen. *Haben mich meine Sinne so getäuscht?* Ich nehme die Zahnbürste aus dem Mund und rufe laut: »Klaus, du alter Spanner! Ich weiß, dass du da bist. Warum kommst du nicht rein?«

Wie erwartet, antwortet mir niemand, es kommt auch keiner herein. Obwohl ich keine große Angst habe, möchte ich jetzt trotzdem endlich wieder nach oben.

Da fällt mir ein: *Klaus sagte, ich solle alles ordentlich hinterlassen.* Mit dem kratzigen Handtuch wische ich schnell den Boden meiner Dusche trocken. Komischerweise wäre es mir weitaus unangenehmer, jetzt von irgendjemandem beobachtet zu werden, als noch vorhin unter der Dusche. *In gehockter Position einen Boden zu wischen, hat schon etwas Demütigendes.*

Nachdem ich alles ordentlich gemacht und meine Schlafsachen aufgesammelt habe, laufe ich zum Fahrstuhl. Jetzt höre ich aus dem Desinfektionsraum hinter Tür 1 Geräusche.

Ich rufe lachend aus dem Fahrstuhl in Richtung Tür: »Klaus, ich bin eher oben als Du. Du musst den nächsten Fahrstuhl nehmen!«, drücke schnell die »1« und fahre nach oben.

Als ich oben ankomme, steht Klaus zu meinem Erstaunen an der Bar und ruft verärgert: »Wo bleibst du denn, ich will dir die Kaffeestation erklären!«

»Klaus, da unten war jemand. Ich habe Geräusche gehört!«, äußere ich bestürzt.

»Ja, kann sein!«, antwortet Klaus.

»Wie? Kann sein?«, will ich jetzt noch entsetzter wissen.

»Zerbrich dir nicht den Kopf und komm jetzt! Lydia ist schon unterwegs.«

Fassungslos begebe ich mich an seine Seite. Wie ein Gastronom erklärt er mir nun den Kaffeeautomaten, an dem man eigentlich nur einen Knopf drücken muss und von dessen Art es auch 2013 schon zig Exemplare gab. Ich komme mir vor wie eine Kellnerin an ihrem ersten Tag. *Für wie blöd hält der mich eigentlich?*

Meine Hände zittern immer noch. Es wird einfach nicht besser.

Klaus scheint das zu sehen, öffnet den Kühlschrank und flüstert mir ins Ohr: »Wenn du alles richtig machst, gleich wenn Lydia da ist, bekommst Du anschließend sofort deine Belohnung. Sei ganz beruhigt, alles wird gut.«

Ich blicke auf etwa zehn Flaschen Wodka, die ordentlich gestapelt in dem Kühlschrank liegen. Zum ersten Mal verspüre ich etwas wie Freude und Erleichterung.

Über der Fahrstuhltür leuchtet jetzt eine Lampe auf und ein leiser Gong ertönt. Klaus geht zu einer Video- Gegensprechanlage, drückt einen Knopf und sagt: »Komm rauf! Ich warte schon!«

Er dreht sich zu mir: »Bereite uns jetzt bitte zwei Kaffee und bring sie uns dann an den Tisch.«

Ich fühle mich nun nicht mehr erniedrigt, weil ich ja weiß, dass ich mich als MV ein wenig anpassen muss. Klaus hat mir zudem *meine Belohnung* versprochen. *So schwer ist es ja nun auch nicht, mal einen Mo-*

ment die zurückhaltende Kellnerin zu spielen. Ich zapfe zwei Kaffee aus der Maschine.

Klaus wartet an der Fahrstuhltür, die sich im nächsten Moment öffnet. Lydia steht in der Tür. Sie ist kleiner als Klaus, etwa 50, aber wunderschön mit ihren kurzen Haaren und der eleganten Bürgerkleidung. Sie wirkt sehr selbstsicher, fast dominant.

Beide warten, bis sich die Fahrstuhltür wieder schließt, dann lächeln sie sich an. Klaus packt Lydia, drückt sie gegen die Fahrstuhltür und küsst sie.

Er küsst sie nicht, wie sich Freunde eigentlich küssen sollten: Links, rechts, links… er küsst sie richtig und haucht ihr irgendetwas ins Ohr.

Ich stehe erstarrt da. *Was ist das denn jetzt? Das ist mein Mann!* Ich merke, wie Zorn und Eifersucht in mir hochsteigen. *Die soll ganz schnell wieder aus unserem Haus verschwinden!* Aber Klaus sieht das ganz anders. Er hört gar nicht auf, sie zu begrüßen. Denen ist sogar völlig egal, dass ich auch noch da bin.

Irgendwann lassen sie voneinander ab und kommen zum Sofa. Ich nehme die Kaffeetassen und stelle sie ihnen scheppernd auf den Tisch. Lydia ignoriert mich.

Klaus wendet sich lachend an mich: »Du kannst jetzt in dein Zimmer gehen. Wir haben etwas zu besprechen und rufen, wenn wir dich brauchen.«

Abscheu kriecht in mir hoch. Doch ich denke an den Wodka und dass ich mir den auf keinen Fall verscherzen will. Also gehe ich.

In meinem Zimmer setze ich mich auf das Bett. Die Tür kann ich nicht schließen, da ich immer noch keine Karte habe. Verstehen kann ich trotzdem nichts von dem, worüber sie reden.

Aber ich kann mir schon denken, was die zu besprechen haben. Ekelhaft. Noch mal schnell vor der Arbeit einen Quickie. Zum Kotzen seid ihr, ihr heiligen Bürgerarschlöcher!

Tränen schießen mir in die Augen. *Die soll meinen Mann in Ruhe lassen. Oh Gott, was ist bloß los mit mir? Ich hasse Klaus doch eigentlich. Er ist widerlich.*

Etwa 20 Minuten verharre ich im Zimmer, mich in Wut und Eifersucht hineinsteigernd, als Klaus ruft: »Anna, wir brauchen einen neuen Aschenbecher.«

Ich laufe zum Tisch, versuche ihnen anzusehen, was sie gemacht haben. Klaus scheint zu merken, was ich wissen will und sagt, während er sich eine Zigarette anzündet: »Die Zigarette danach ist doch die schönste!«

Jetzt wäre der passende Moment, auf den Tisch zu kotzen.

Aber ich unterdrücke meinen Brechreiz, beuge mich vor, um den Aschenbecher zu wechseln.

In diesem Moment zieht Klaus mir die Perücke vom Kopf und fragt: »Lydia-Schatz, hast du eigentlich schon mal gesehen, wie abgrundtief hässlich Anna mit kurzen Haaren ist?« Beide lachen. Lydia antwortet: »Unglaublich!« und pustet mir den Qualm ihrer Zigarette ins Gesicht.

Jetzt wäre der passende Moment, meine Spiegelscherben aus dem Schrank zu holen und beiden die Kehle durchzuschneiden.

Bevor ich etwas äußern kann, fordert Klaus: »Anna, du kannst jetzt ein wenig Klarschiff auf dem Tisch und in der Bar machen. Ich bringe Lydia noch nach unten. Wenn ich wiederkomme, sollte alles schön sauber sein! Setz dir auch bitte die Perücke wieder auf, bevor ich wieder oben bin.«

Lydia, *das Miststück*, lacht und steht auf. Auch Klaus erhebt sich. Händchenhaltend gehen sie zum Fahrstuhl.

Ist doch eigentlich egal, was der von mir denkt. Hauptsache, er vergisst sein Versprechen nicht!

Ich räume die Tassen und den Aschenbecher vom Tisch und wasche alles in der Barspüle ab. Anschließend setze ich die Perücke auf. Gerade als ich fertig bin, kommt Klaus wieder.

»Klaus, warum bist du so zu mir?«, frage ich ihn.

»Ich muss wissen, ob du noch genauso grenzenlos bist wie früher!«, haucht er mir, nun wieder neben mir stehend, ins Ohr. Er riecht nach ihr. Ich gehe einen Schritt zur Seite.

»Ich verstehe nicht, was du meinst. Ist mir auch schon wieder egal. Ich möchte jetzt was trinken!«, sage ich fordernd.

Klaus nimmt aus einem der Schränke ein Longdrinkglas, dann holt er den Wodka aus dem Kühlschrank. Ohne den »Longdrink« zu verdünnen, gießt er das Glas voll und reicht es mir. Meine zitternden Hände greifen danach. Ich trinke das Glas beinahe in einem Zug leer. Er schenkt noch einmal nach. Ich trinke es fast genauso schnell.

Endlich. Jetzt geht es mir besser! Um 10 oder 11 Uhr morgens.

»Wir haben noch nicht gefrühstückt, weil du anscheinend vergessen hast, wie es geht. Das ist aber nicht so schlimm, Anna. Heute will ich es Dir noch einmal zeigen. Ab morgen machst du es dann unaufgefordert, ok?«, sagt Klaus jetzt.

Wieder weiß ich nicht, wovon er redet. Ich nicke aber vorsichtshalber mal. Der Alkohol mildert mein

Unbehagen.

Klaus gibt mir zu verstehen, dass wir jetzt nach unten in den Küchenraum fahren.

Als wir den Fahrstuhl verlassen, flackern die Neonröhren auf. *Also muss heute früh doch jemand vor mir in dieser Etage gewesen sein. Naja, zumindest hat derjenige mich in Ruhe gelassen*, denke ich.

»Klaus, wer war heute Morgen hier unten außer mir?«, frage ich ihn nun noch einmal, in der Hoffnung, dieses Mal eine Antwort zu bekommen.

»Buhuuu! Der Heilige Geist«, spottet er. »Der guckt so gerne hässlichen Frauen beim Duschen zu.«

»Warum bekomme ich keine Antwort?«, hake ich nach.

»Weil es dich nicht zu interessieren hat«, herrscht er mich jetzt an. Ich beschließe, nicht weiter zu fragen, weil er schon wieder diesen beunruhigenden Ton drauf hat.

Wir betreten die Küche. Auf der Monstermikrowelle liegt ein Schlüssel, mit dem Klaus nun das Vorhängeschloss des Kühlschranks entfernt. Der etwa zwei Meter hohe Kühlschrank ist innen in drei Fächer unterteilt. Die Fächer sind mit *morgens, mittags* und *abends* beschriftet. Alle Fächer sind mit kleinen durchsichtigen Tüten befüllt. In den Tüten schwimmen breiartige Massen.

»Was ist das?«, frage ich.

»Unser Essen«, antwortet er knapp und holt zwei Tüten aus dem Fach »morgens«.

»Gibt es denn kein Brot, Gemüse und Obst mehr?«, will ich entgeistert wissen.

»Frische Lebensmittel werden nur noch selten, meist nur in öffentlichen Einrichtungen angeboten.

Aufgrund der Verfalldaten sind sie zu unhygienisch geworden. Niemand will so etwas zuhause lagern. Dieses Zeug hier ist ewig haltbar und macht keinen Dreck. Sei doch froh! Ich bin nicht so sadistisch und verlange von dir, frische Lebensmittel anzufassen.«

»Aha! Und das Essen ist so wertvoll, dass es eingeschlossen werden muss?« Ich blicke zum Vorhängeschloss.

»Nein, du kannst das Schloss in den nächsten Tagen weglassen. Es ist nur für die Zeiten hier, in denen ich Dinge in den Kühlschrank lege, die nicht jeder Gast sehen soll«, erklärt Klaus.

»Was sind das für Dinge?«, frage ich.

»Auch das hat dich nicht zu interessieren«, antwortet Klaus wieder. Somit lässt er mich mit meiner Fantasie, die sich gerade von Medikamenten und Drogen bis hin zu Leichenteilen erstreckt, allein.

»Pass jetzt lieber auf, wie man Frühstück macht«, unterbricht Klaus meine Horrorvorstellungen. Er legt die zwei Tüten in das mikrowellenartige Gerät und stellt es auf eine halbe Minute. »Genauso hast du mit dem Mittagessen und dem Abendbrot zu verfahren!«

Das ist ja jetzt nicht allzu schwer, denke ich genervt. Außerdem habe ich schon wieder Durst und will nach oben. Klaus gibt mir die zwei heißen Tüten und geht voraus zum Fahrstuhl. Ich folge ihm.

Oben ordnet er an, dass ich »das Frühstück« in der Bar auf zwei Teller kippen und dann damit zu ihm an den Tisch kommen soll. Ich werde unruhig, weil mein leeres Glas hier steht.

Klaus erkennt das und sagt: »Bring die Flasche auch gleich mit.«

Am Couchtisch möchte er, dass ich mich neben

ihn setze. Ich habe keinen Hunger, möchte lieber einen Schluck trinken und greife zur Flasche.

»Warte!« Klaus hält meine Hand zurück.

»Zu was wärest du bereit, nur um jetzt einen Schluck Wodka zu bekommen?«, will er plötzlich wissen.

»Ich weiß nicht. Ich dachte, ich darf trinken, weil ich heute Morgen alles richtig gemacht habe?«, antworte ich unsicher.

»Das bezog sich nur auf die zwei Gläser heute Morgen«, sagt Klaus jetzt. »Stell dir vor, du müsstest für jeden weiteren Schluck etwas tun. Was wärest du bereit zu tun? Wie sehr erniedrigst du dich selbst für einen Schluck?« Klaus nimmt sich jetzt die Flasche und trinkt genüsslich.

»Denkst du, ich brauche den Wodka? Ich komme auch gut ohne klar und muss mich für nix erniedrigen«, behaupte ich jetzt. Gleichzeitig merke ich aber, wie sich schon wieder Schweiß auf meiner Haut bildet, meine Hände beben etwas. Ich kann es aber noch vor Klaus verbergen. *Was will der bloß schon wieder?*

Klaus lacht: »Komisch, dass ich dir nicht glaube! Wärst du bereit, Dich auszuziehen und nackt die Bar zu putzen?«

»Niemals!«, antworte ich wie aus der Pistole geschossen.

»Nein?« Klaus lacht und trinkt einen weiteren Schluck. Ich bekomme Angst. Angst, dass er die Flasche alleine leert.

»Mal sehen, wie lange du noch durchhältst! Wenn du dich auszieht und mit dem Fahrstuhl zu den Duschen fährst, bekommst du ein Glas Wodka! Und damit du weißt, was dir entgeht, wenn du es nicht tust, bekommst du jetzt einen Schluck von mir.«

Er setzt die Flasche an und bevor ich irgendwie reagieren kann, zieht er meinen Kopf in den Nacken und presst seinen Mund auf meinen. Er lässt den Wodka aus seinem Mund in meinen laufen und ich sauge ihm wie eine Verdurstende seinen Mund leer. Er schiebt mich weg. »Das reicht! Du kannst dir jetzt überlegen, ob du zu mehr bereit bist!«

Er setzt die Flasche erneut an und trinkt alleine. Ich werde nervös.

»Anna, es ist nicht so schwer, sich auszuziehen und einmal zu den Duschen zu fahren! Da ist nichts dabei. Wir sind schließlich zu Hause hier und ich werde auch mit niemandem darüber sprechen. Ich bin dein Mann. Du kannst mir vertrauen.«

Der will mich einlullen. Aber welches Ziel verfolgt er? Ist es ein Spiel für ihn? Will er meinen Willen brechen?

Völlig durcheinander frage ich ihn: »Warum kann ich denn nicht einfach so ein Glas bekommen. Gestern Abend hast du es mir doch auch ohne Gegenleistung gegeben.«

»Gestern Abend, das war ein Willkommensgeschenk. Aber Wodka ist auf dem Schwarzmarkt nicht billig. Und es sind schon einige MV beim Schmuggeln ums Leben gekommen. Also, so ein bisschen Dankbarkeit wäre vielleicht ganz angebracht, oder nicht?« Klaus lächelt.

Kurz abgelenkt von meinem Dilemma frage ich: »Wieso schmuggeln die MV? Ich dachte, die hätten keine Papiere und können das Land nicht verlassen?«

Komischerweise gibt Klaus mir jetzt bereitwillig Auskunft: »Nicht alle Bürger sind so ehrenvoll wie ich, Anna. Da gibt es so ein paar, die bringen ihre MV oder auch Obdachlose bis zu den Borderlinien, Grenzstreifen ohne Grenzposten, also das, was früher Grüne Grenzen waren. Hinter der Grenze treffen sich die MV mit den Lieferanten. Sie bekommen die Ware und bringen diese nach Deutschland, immer in kleinen Mengen. Nun ist es aber so, dass jeder Mensch, der auf einer Borderlinie erwischt wird, erschossen werden darf. Das kommt nicht oft vor, aber trotzdem ist den Bürgern das Risiko zu hoch und deshalb schicken sie ihre MV.«

»Warum hauen die MV nicht einfach ab, wenn sie über die Grenze rüber sind?«, will ich nicht uneigennützig wissen.

»Weil sie auf der anderen Seite der Grenze von den Lieferanten in Empfang genommen werden. Die Lieferanten arbeiten eng mit den Bürgern zusammen und haben die Erlaubnis, den MV auszuschalten, falls es Probleme gibt.«

»Das ist ungeheuerlich!«

»Ja, so kommt meine kleine hässliche MV zu ihrem Stoff, ihre Brüder und Schwestern gehen bei der Beschaffung drauf, ihr Vormund zahlt für jede Flasche sehr viel Geld und sie ist nicht einmal bereit für ein klein wenig Gegenleistung!« Klaus gibt sich betont enttäuscht.

»Was hat denn meine Nacktheit mit Gegenleistung zu tun?«

Klaus trinkt genüsslich immer weiter. Meine Hände zittern jetzt wieder stärker. »Deine Nacktheit speziell hat da nix mit zu tun. Niemand will das wirklich sehen.« Er lacht: »Die Frage ist vielmehr: Wie sehr kann sich dein Vormund auf dich verlassen? Wie gehorsam bist Du?«

»Gehorsam ist doch keine Bezahlung!«, erwidere ich.

»Das kommt auf die Anweisungen an, die du bekommst. Wenn du beispielsweise die Order erhältst, einzukaufen, dann spare ich mir das Geld für den Lieferdienst. Aber wenn du schon bei kleinen spielerischen Anordnungen keine Lust hast, dann kann ich dir nicht vertrauen, dass du bereit wärst, überhaupt irgendetwas für die teure Flasche Wodka zu tun.«

Er trinkt wieder. Die Flasche ist jetzt etwa halb leer. Ich sehe ihn flehend an.

»Was soll ich denn jetzt machen?«, frage ich, weil ich wirklich nicht mehr weiß, was er eigentlich will und mein Verlangen nach Wodka sekündlich stärker wird.

»Wärst du bereit, mir für einen Moment bedingungslos zu gehorchen?«, will er wissen.

»Was heißt das?« Das Reden macht mich immer nervöser, ich möchte endlich etwas trinken.

»Ich möchte, dass du meine Anweisungen ohne Fragerei befolgst. Fragen machen mich müde und schlecht gelaunt!«

»Ok. Ich habe aber noch eine einzige Frage! Wie viel Wodka gibst du mir, wenn ich dein Spiel heute mitspiele?«

»Das ist kein Spiel, Anna. Wenn du mich zufrieden machst, wirst du bis heute Abend mit Wodka versorgt sein«, antwortet Klaus. »Zieh dich jetzt aus und bring die Sachen in dein Zimmer!«, fordert er ernst.

Ich tue, was er verlangt, schäme mich aber unendlich dabei und verfluche ihn innerlich: *Dieses Schwein! Welchen Zweck soll ein solches Spiel haben? Er weiß doch ganz genau, dass ich es einzig für den Wodka tue und nicht, weil es mir Spaß macht, seine Befehle zu befolgen.*

Als ich nackt aus meinem Zimmer zurückkomme, sagt Klaus: »Du kannst Dir jetzt Dein Glas voll machen und es trinken. In einem Zug! Dann bringe ich dich nach unten.«

Oh, jetzt bringt er mich sogar nach unten. Dann ist es vielleicht etwas weniger bedrohlich, denke ich und trinke das Glas leer. *Wie gut das tut!*

»Wenn du wieder oben bist, bekommst du mehr, aber jetzt komm mit!« Er steht auf und geht zum Fahrstuhl, ich gehe hinterher.

Oh nein… die Spiegel… ich nackt neben ihm. Es ist erbärmlich und grauenvoll!

Unten angekommen sagt er: »So, ich fahre nun wieder rauf. Du gehst bitte zum Gebetskissen und betest!«

Ich verlasse den Fahrstuhl. Klaus wartet, bis ich an der anderen Wand angelangt bin und mich auf das Kissen gekniet habe. Dann schließen sich die Fahrstuhltüren und er fährt wieder nach oben. Ich frage mich, was das für ein krankes Spiel sein soll. *Dann doch lieber Alkoholiker sein als derart geistesgestört.* Ich habe nicht einmal Angst, freue mich nur darauf, wenn es vorbei ist, damit ich endlich etwas zu trinken bekomme.

In diesem Moment erlöschen alle Lichter.

Ich erschrecke zu Tode. Es ist stockdunkel. Misstrauisch drehe ich mich in alle Richtungen. Hastig stehe ich dann auf und taste mich in eine Ecke. Hier bleibe ich stehen. Aus den Nachbarräumen kommen Geräusche… wie heute Morgen. Schritte… nur viel lauter und viel mehr als heute Morgen. Ich kauere mich in die Ecke, hier kann ich wenigstens nicht von hinten angegriffen werden.

Plötzlich ertönt eine Stimme aus einem Lautsprecher: »Anna, Annnnaaaaa«, heult es da raus.

»Geh jetzt bitte zur Waschung in die Duschen. So schmutzig wie du bist, kannst du doch nicht beten.«

Es könnte Klaus gewesen sein, leicht verzerrt. Wer sollte es auch sonst sein? Ich rühre mich nicht von der Stelle.

»Annnnaaaaa… tu, was ich dir sage. Ich kann dich sehen!«

Mit dem Rücken zur Wand, taste ich mich zu Tür 2 vor. Ich kann nichts sehen. Die Augen gewöhnen sich kein bisschen an die Dunkelheit. Ich öffne Tür 2 und betrete den Duschraum. Unerwartet und plötzlich wird hinter mir die Tür zugeschlagen. Panisch drehe ich mich um.

Ich höre etwas.

Was ist das?

Wasser?

Noch bevor ich mich irgendwie orientieren kann, spüre ich einen harten, eiskalten Wasserstrahl auf mir. Er ist so stark, dass ich hinfalle. Ich will vor dem Wasser davon kriechen, aber jetzt kommt noch ein zweiter von vorne dazu.

Ich krümme mich mit dem Kopf nach unten auf dem Boden zusammen, während die Wassermassen schmerzhaft über mir zusammen brechen. Mein Rücken tut weh. Ich weine, will hier nur noch raus.

Ich höre Gelächter. Von Männern und Frauen. Mir ist kalt und ich bin völlig hilflos. Das Wasser prasselt weiter auf mich ein. *Hört auf damit! Ihr tut mir weh!*

Irgendwann, nach einer gefühlten Unendlichkeit, werden die Strahlpistolen abgestellt. Ich schnappe nach Luft.

Plötzlich greift jemand meinen rechten Arm. Ich schreie auf.

Wieder irres Gelächter von mehreren Frauen und Männern im Hintergrund. Jemand drückt etwas Spitzes auf die Innenseite meines Unterarms. *Ein Messer?* Ich will meinen Arm fortziehen, schaffe es aber nicht. Der Druck der Spitze wird stärker und durchbohrt die oberste Hautschicht. Ich schreie. Nun wird die Spitze etwa zehn Zentimeter lang in der obersten Hautschicht an meinem Arm heruntergezogen. Ich merke, wie mir das warme Blut den Arm hinunterläuft. Es schmerzt.

Mein Arm wird losgelassen und zahlreiche Schritte entfernen sich… ich weine.

Das Licht geht an.

Ich liege im Duschraum in einer Wasserlache. Allein. Mein Arm hat einen etwa zehn Zentimeter langen Schnitt und blutet.

Nie wieder werde ich nach oben zu diesem Monster gehen. Nie wieder. Aber wo soll ich hin? Ich bin nackt. Ich kann nicht flüchten. Das werde ich dir heimzahlen! Heute Nacht werde ich dich töten. Ich werde dich töten!

Im Moment habe ich keinerlei Bedürfnis, Wodka zu trinken. *Worauf habe ich mich hier bloß eingelassen?*

Ich schluchze, wimmere und weine, kann nicht mehr aufstehen, kauere weiter auf dem nassen Fliesenboden. Ich bin so erschöpft.

Dass Klaus den Raum betritt, höre ich nicht. Plötzlich steht er neben mir. Ich schreie, weil ich Angst habe. Ich versuche, über den Boden vor ihm weg zu kriechen. Klaus hält eine Decke in den Händen. *Jetzt will er mich damit ersticken und dann in seinen Kühlschrank stopfen,* befürchte ich... ich krieche weiter.

»Anna bleib! Bitte verzeih mir! Ich bin zu weit gegangen«, sagt Klaus jetzt und folgt mir »Anna bitte!«

Ich richte mich auf. »Geh weg, Du Schwein!«, schreie ich ihn an. Meinen Körper versuche ich notdürftig mit den Armen zu bedecken. Klaus wirft mir die Decke zu. Ich wickle mich darin ein.

»Du Arsch!«, weine und schreie ich weiter.

»Ja, ich weiß. Verzeih mir Anna! Es war zu früh. Vor deinem Unfall hast du solche Spiele geliebt!«, behauptet er jetzt.

»Du kannst mir viel erzählen, du... du Monster!« Ich bin derart aufgewühlt, dass ich ihn nicht einmal richtig beschimpfen kann.

»Komm bitte mit nach oben, Anna. Ich werde dich gesund pflegen!« Klaus reicht mir die Hand. Ich nehme sie nicht, stehe, eingewickelt in die Decke, trotzdem auf.

»Was heißt hier gesund pflegen? Da stellt sich wohl zuerst die Frage, wer von uns Beiden krank ist.«, brülle ich.

»Anna, wir Zwei sind gleich und wir wurden füreinander geschaffen. Es macht mich traurig, dass du das vergessen hast!«, säuselt Klaus. Für mich ist das völlig unglaubwürdig, es erbost mich sogar.

»Kommst du noch klar? Du hast ´ne Schraube locker und behauptest, ich wäre genauso?«

Klaus nimmt meinen Arm, dreht die Innenseite nach oben. Es hat aufgehört zu bluten. »Wie war das?«, will er wissen.

»Was ist das denn für ´ne oberbescheuerte Frage?

Es war schmerzhaft. Ich hatte Angst und es war grausam. Du bist ein komplett durchgeknallter Psycho!«, antworte ich.

»War da nicht noch etwas anderes?«, lässt er nicht locker. Er lächelt.

»Was soll da deiner Meinung nach noch gewesen sein? Glaubst du, ich habe *Hurra* geschrien, als mir mein Arm zerstückelt wurde?«

»Du willst es dir selbst nicht eingestehen!«

»Was?« Ich sehe ihn aggressiv an.

»Dass es dich befreit, dir Erleichterung verschafft hat.«

»Du gehörst in eine Anstalt, aus der man dich nie wieder rauslassen sollte, Klaus Becker!«

Obwohl ich es eigentlich nicht will, fahre ich nun doch wieder mit ihm nach oben. Zahlreiche Gedanken gehen mir durch den Kopf. *Wie konnte er das Ganze so schnell inszenieren? Wer waren die Menschen da unten? Hat es etwas mit Lydia zu tun?*

Als wir oben aussteigen, nimmt Klaus meine Hand. Ich will sie ihm entziehen. Er ist jedoch kräftiger und hält sie fest.

»Komm!«, sagt er nur und führt mich zu seinem Zimmer.

Oh Gott, will der jetzt Sex mit mir machen? Hat meine erbärmliche Lage ihn so angemacht, dass er das jetzt braucht? Unvermittelt bleibe ich stehen. Er sieht mir an, was ich denke und sagt: »Keine Angst, ich tue dir nix.« Er zieht mich weiter.

Wir gehen in seinem Schlafzimmer um die raumteilende Mauer herum und stehen zu meiner Überraschung plötzlich in einem luxuriösen Wellnessbereich. Alles in dunkelgrünem Marmor mit goldenen

Armaturen.

»Möchtest du ein warmes Bad?« Er deutet auf einen großen Whirlpool.

Womöglich noch mit dir zusammen, du perverses Schwein! »Nein!!!«

Er öffnet einen Apothekerschrank, holt Desinfektionsspray und Verband heraus. Ich sehe in dem Schrank die kleine Dose Tavor, die ihm der schöne Tristan gab. *Die werde ich dir klauen und komplett ins Essen mischen!*

Klaus zieht mich nun wieder aus seinem Raum hinaus und steuert mein Zimmer an.

»Leg dich hin. Ich werde dir den Arm verbinden!«

Ich lasse die Wolldecke von mir fallen, springe schnell in das Bett und ziehe mir die Bettdecke bis zum Hals, damit er bloß nichts mehr von mir sieht. Den verletzten Arm lasse ich heraushängen. Klaus geht noch einmal hinaus, um im nächsten Moment mit meinem Longdrinkglas und der Flasche Wodka wiederzukommen.

Er schenkt das Glas voll und reicht es mir mit den Worten: »Trink meine arme Anna, das wird dir gut tun!«

Ich richte mich auf und nehme das Glas. Ich leere es in einem Zug, als sei es Wasser. Er schenkt nach.

Sein Tonfall ist noch immer säuselnd, ich traue ihm nicht. Jetzt nimmt er sich den Hocker und setzt sich neben das Bett, greift meinen Arm. Nachdenklich streichelt er über die Verletzung. Ich kann es nicht verhindern, ich bekomme eine Gänsehaut. *Das hat nichts mit ihm zu tun!* Er bemerkt das natürlich, obwohl er es nicht sollte und lächelt.

»Du magst, wenn ich dich anfasse, hm? Du magst

auch die Angst davor.«

Ich ziehe meinen Arm weg. »Du, du bist ja nicht ganz dicht!«, zische ich ihn an.

Er nimmt sich den Arm zurück, fängt nun an, die Wunde mit dem Spray zu desinfizieren. Danach verbindet er den Arm.

Selbstzufrieden schaut er sich sein Werk an.

»Du kannst dich auf mich verlassen Anna. So wie auch ich mich auf dich verlassen kann. Ich werde jetzt besser auf dich aufpassen, damit dir so etwas nicht noch einmal geschehen muss.«

Seine Worte sind beängstigend. *Ist Klaus ein Psychopath oder will er mich manipulieren?*

»Anna, du bist eine der besser gestellten MV in unserer Siedlung, möchtest du nicht, dass das auch so bleibt?«

Wenn ich eine der besser gestellten bin, wie geht es dann bloß denen, die nicht diesen Status haben? Schlimmer kann es ja gar nicht kommen.

»Lydia zum Beispiel muss sich gerade sehr, sehr über ihren MV ärgern. Auch ihr macht es keinen Spaß, die Konsequenzen daraus zu ziehen, glaub mir, aber sie hat keine andere Wahl.«

Was will er mir damit sagen? Eine Warnung?

Ich antworte: »Was Lydia und alle anderen hier machen, interessiert mich nicht. Ich habe doch bislang getan, was du wolltest. Was willst Du denn noch?«

»Ich habe das Gefühl, du tust es nicht gerne. Das ist mein Problem. Ich möchte, dass du glücklich bist und unser Zusammenleben genießt.«

»Was erwartest du, Klaus? Ich wache in einem Krankenhaus auf, mir fehlen zehn Jahre meiner Erinnerung, ich bin plötzlich entmündigt und verheiratet. Und soll das alles auch noch toll finden?«, fahre ich ihn an.

»Wenn Du mir nur ein wenig vertrauen würdest!«, reagiert Klaus enttäuscht.

»Du beantwortest mir keine Fragen, stattdessen quälst du mich und ich soll dir vertrauen?«

»Was willst du denn wissen? Was könnte denn wichtiger sein als unser wundervolles, genussreiches Leben in unserer schönen Siedlung?«

»Ich möchte wissen, was mit meiner Tochter ist! Ob es ihr gut geht, warum kein Kontakt besteht! Warum du mich von ihr fernhältst.«

»Anna, das stimmt so nicht! In den vergangenen acht Jahren, seit wir verheiratet sind und dein Kind im Internat ist, hast *du* es abgelehnt, das Kind zu sehen. *Du* warst diejenige, die das Kind verantwortlich gemacht hat für deinen MV-Status. Wir haben nie mehr von dem Kind gesprochen, weil wir Zwei glücklich miteinander wurden«, behauptet Klaus.

»Niemals! Eine Mutter würde ihr Kind nicht abschieben und vergessen!«

»Du schon, Anna! Die Zeiten haben sich geändert seit 2013. Für dich wäre es am Schlimmsten gewesen, wenn dir jemand auf der Straße angesehen hätte, dass du nur eine MV bist. Die Schande, dass du ein uneheliches Kind hast, wolltest du für immer vergessen.«

»Das stimmt nie im Leben!«, entgegne ich.

Klaus fährt fort: »Anna, an mir soll es doch nicht liegen. Wenn du plötzlich Muttergefühle hast, dann fahren wir nächste Woche zum Internat und ich werde dir deine Tochter bringen... für einen Moment.

Denn endgültig verlassen darf sie das Internat erst, wenn sie erwachsen ist.«

Wir schweigen einen Moment. Ich bin erschüttert über das Gehörte und weiß nicht, ob ich ihm das glauben kann. Da er einen Besuch bei meiner Tochter jedoch angeboten hat, werde ich wieder etwas ruhiger. Klaus füllt mir mein Glas. Ich trinke es genauso schnell leer wie die vorherigen. Langsam fühle ich eine wohltuende Gelassenheit durch meine Adern rauschen. Ich lehne mich zurück und schließe die Augen.

Klaus unterbricht die Ruhe.

»Anna, ich möchte heute mit dir die Stadt besichtigen, dir die Kirchen zeigen, die ich entworfen habe und zu den alten Kirchen fahren, die du vielleicht noch kennst. Würde dir das gefallen?«

Überrascht sehe ich ihn an.

*Ist er wirklich besorgt um mich? Hatte ich vor meinem Unfall vielleicht doch ein halbwegs glückliches Leben mit ihm? Bin vielleicht doch **ich** diejenige, die vor acht Jahren als sie zur MV erklärt wurde, ein bösartiges Wesen entwickelte?*

Um mehr über mich, ihn und das gesamte Umfeld herauszufinden, muss ich mich besser auskennen, also antworte ich freundlich: »Das wäre schön, Klaus.«

Er schenkt mir den Rest der Flasche in mein Glas.

»Dann zieh dich bitte an, wenn du getrunken hast. Lass jetzt bitte die Perücke weg. In der Stadt dürfen wir nicht auffallen. Ich warte im Wohnzimmer auf dich!« Er lächelt und geht hinaus.

Ich leere das Glas. Meine Wut auf Klaus ist abgedämpft. Ja, ich freue mich sogar, einmal raus aus dem Würfel zu kommen, auch wenn ich die Stadt da draußen als nur wenig einladend empfinde.

Fertig in gutbürgerlicher Kleidung stehe ich wenige Minuten später neben Klaus. Der läuft noch einmal kurz zur Bar und nimmt zwei Flaschen Wodka aus dem Kühlschrank. Diese verfrachtet er in eine Art Notebooktasche, dann reicht er mir die Hand: »Komm! Wir wollen los!«

Um die Ruhe und den Frieden nicht zu gefährden, nehme ich seine Hand. Es ist mir unangenehm. So als täte ich etwas Verbotenes. Hand in Hand stehen wir im Fahrstuhl. Das Unbehagen steigert sich wieder einmal durch die Spiegel. Er betrachtet mich unentwegt, bis ich einfach auf den Boden schaue.

In der Tiefgarage frage ich: »Klaus, der Porsche… darfst du den denn manchmal fahren?«

»Nein, das ist verboten.«

»Warum hast du ihn denn dann?«, will ich wissen.

»Weil ich gerne Dinge besitze. Und wenn ich´s recht betrachte, haben viele Dinge, die ich besitze, keinen weiteren Nutzen, außer dem, *dass* ich sie besitze!«, antwortet Klaus.

Vor dem weißen DDA sagt er: »Heute musst du wieder hinten sitzen, weil wir quer durch die Stadt fahren.«

Er öffnet mir die Tür und lässt mich einsteigen, steigt dann selbst ein und lässt das Sicherheitsgitter zwischen uns herunterfahren. Wir verlassen die Tiefgarage: Die Sonne scheint!

Noch nie zuvor in meinem Leben habe ich mich so sehr über das Sonnenlicht gefreut. Ich sauge die Strahlen durch das Autofenster in mich hinein und vergesse fast, dass wir durch eine weiße Einöde fahren. Die ansonsten unspektakuläre Fahrt endet auf einem weiß einbetonierten Parkplatz in der Stadt. Klaus parkt ein und lässt mich aussteigen.

Schweigend laufen wir nebeneinander eine Straße entlang. Die Straße ist gesäumt von großen und kleinen fensterlosen Würfeln.

»Ich möchte dir zuerst ein Gebetshaus zeigen, das ich letztes Jahr gebaut habe«, unterbricht Klaus das Schweigen.

»Ja, gerne«, sage ich, jetzt wirklich interessiert.

Einige Menschen kommen uns entgegen. Sie sehen genauso aus wie wir, mit Ausnahme, dass ich dicker bin. Zum ersten Mal schäme ich mich dafür, anders auszusehen als alle anderen.

Vor einem mittelhohen Würfel halten wir. »Hier ist es!«, sagt Klaus stolz.

Der Würfel unterscheidet sich in keiner Weise von all den anderen Würfeln, an denen wir vorbeigekommen sind.

»Aha!«, bemerke ich. »Aber warum braucht man dafür einen Architekten? Das Haus sieht doch aus wie alle anderen.« Ich glaube, damit habe ich Klaus jetzt ein wenig beleidigt.

»Bei einem Gebetshaus ist es sehr wichtig, dass das Äußere und das Innere im Einklang sind. Du wirst gleich sehen, was dieses Gotteshaus so besonders macht«, erklärt er.

Da bin ich jetzt aber mal gespannt!

Wir betreten die Halle. »Wir müssen hier die Schuhe ausziehen und uns die Füße desinfizieren.«

Wie ernüchternd!

Nachdem wir uns an die Hausordnung gehalten,

indem wir über einem übel riechenden Desinfektionsbecken unsere Füße gereinigt haben, kommen wir über einen weißen Fliesenboden in die Halle hinein. Die gegenüberliegende Wand ist komplett verspiegelt, alle anderen Wände sind weiß gefliest. Vor der Spiegelwand steht ein gigantischer Altar aus weißem Beton. Aus dem Altar, so als sei er davon durchbohrt, ragt ein riesiges schwarzes Eisenkreuz. Unter der Hallendecke flackern Neonröhren. Einige wenige Menschen knien verstreut in der Halle. Wahrscheinlich sind sie am Beten.

»Wenn Gebetsrituale und Glaubensunterweisungen stattfinden, sind hier natürlich viel mehr Menschen«, erklärt mir Klaus, der anscheinend meine Verwunderung bemerkt hat. »Wie gefällt dir denn jetzt meine Kirche?«, will er wissen.

Ich finde sie krank, würde ich gerne sagen, entscheide mich aber für: »Ein schöner Ort, um Demut und Dankbarkeit zu zeigen!«

»Anna, Du lügst!« Klaus lacht. »Du warst noch nie gläubig und ich bin es auch nicht. Ich baue diese Häuser nur, um Geld zu verdienen und um unauffällig zu bleiben.«

Er kommt näher und flüstert mir ins Ohr: »Und das alles nur, damit wir Zwei ein gutes Leben in unserem schönen Zuhause führen können.«

Es widert mich an, seinen Atem in meinem Ohr zu fühlen, gleichzeitig finde ich aber den Gedanken aufregend, dass er mir in einem so sauberen Gebetshaus schmutzige Sachen ins Ohr flüstert. Wobei das Gesagte ja nicht sonderlich schmutzig war. Klaus hat nur manchmal einen Tonfall, der harmlose Wörter in den Schlamm zieht und seine Sätze schmierig und kriminell wirken lässt.

*Hat er etwa Recht, wenn er sagt, ich würde auf Spiel-chen stehen? Bin etwa doch **ich** diejenige, die die Grenzli-nien überschreiten will?*

Vor Schreck über meine eigenen Hirngespinste, trete ich ein Stück zur Seite, raus aus seiner Nähe. Klaus grinst, als habe er meine Gedanken gelesen, sagt aber nur: »Komm, ich will dir noch andere Din-ge zeigen!«

Wir gehen hinüber zum Desinfektionsraum, zie-hen uns an und verlassen das Gebetshaus. Auf der Straße fragt er mich unvermittelt: »Was hat dir im Gebetshaus am besten gefallen?«

Ich weiß keine Antwort, weil mir eigentlich gar nichts gefallen hat. Also sage ich: »Nichts!«

»Doch, dir hat etwas gefallen, Anna. Denk mal nach!«, widerspricht er mir.

»Wenn ich sage, dass mir nichts gefallen hat, dann mein' ich das auch so!«

Klaus rückt näher an mich heran und sagt leise, so dass es keine anderen Bürger auf der Straße hören können: »Dir hat in dem Gebetshaus der Gedanke gefallen, dass ich dich auf dem Altar ans Kreuz kette und nach Herzenslust vergewaltige!«

Ich bleibe stehen.

»Du... Du bist geisteskrank! Ich hatte in dem Ge-betshaus zu keiner Sekunde solch unerhörte Gedan-ken!«, entrüste ich mich.

»Als ich den Altar entworfen habe, habe ich nur an dich gedacht, Anna!«, behauptet Klaus jetzt.

Ich beschließe, zu schweigen, um ihm keine neuen Vorlagen zu geben, mit denen er mich erschrecken kann.

Wir gehen die Straßen, die alle gleich aussehen, entlang und gucken ab und zu in den ein oder anderen Würfel. Das Kaufhaus in Würfelform hat zwei Etagen. Im Erdgeschoss gibt es unzählige schwarze Bundfaltenhosen und weiße T-Shirts, schwarze Jacken, schwarze Socken, schwarze Schuhe, weiße Nachthemden, Einheitsunterwäsche und eine Abteilung mit Kernseifen. Im Obergeschoss kann man ausgiebig weiße Teller und Tassen, Gläser und Besteck shoppen. Es ist schon praktisch, wenn alles bei allen gleich ist: Man kommt nie mehr in Entscheidungsnot. Aber immer wieder dieselben Bilder, das ist auch ermüdend.

Klaus merkt mir an, dass ich keine Lust mehr habe auf Sightseeing. »Du könntest jetzt einen ordentlichen Schluck vertragen, habe ich recht?« Ich nicke.

»Dann lass uns zur Michaeliskirche auf den Kummerberg gehen. Das ist eine alte Kirchenruine, die nicht entfernt werden darf. Dort können wir zwischen den alten Grab- und Kirchensteinen was trinken. Oder willst Du lieber in die Siedlung zurück?«

Plötzlich wieder hellwach, frage ich: »Die Michaeliskirche gibt es noch? Die kenne ich! Da wurde meine Tochter getauft! Bitte lass uns da hingehen, Klaus.«

»Die Kirche ist aber vielleicht nicht mehr so, wie du sie in Erinnerung hast. Sie wurde im Jahr 2016 durch Brandstiftung fast vollständig zerstört«, erklärt Klaus. »Ich möchte sie trotzdem bitte sehen!«, versichere ich.

Klaus führt mich durch mehrere weiße Straßen mit weißen Würfeln und plötzlich stehen wir vor dem Kummerberg, einer kleinen Anhebung, auf der früher die wunderschöne Kirche stand. Jetzt thront auf dem Berg nur noch eine Ruine.

Surreal wirkt dieses Bild. Inmitten einer Betonwüste mit weißen Würfeln erscheint die kleine Rasenfläche mit der Ruine wie eine lebenspendende Oase. Glücklich über den vertrauten Anblick, fange ich an zu weinen.

»Es ist so schön hier«, flüstere ich fast ehrfürchtig.

»Dann komm mit rein!«, fordert Klaus mich auf.

Wir laufen den Rasen hinauf zur Ruine, ich beuge mich dabei immer wieder hinab, um das Gras mit meinen Händen zu berühren. Klaus zieht mich in die Ruine hinein. In einer geschützten Ecke setzen wir uns auf den steinigen und sandigen Boden. Ich wische immer wieder mit den Händen durch den Sand, ich kann mein Glück kaum fassen. Das ist Staub, den es auch schon 2013 gab. Ich fühle mich zuhause.

»Danke Klaus!«, sage ich.

»Du weißt doch, dass ich der einzige Mensch auf dieser Welt bin, der dich glücklich machen kann!«, antwortet er und ich bin jetzt fast geneigt, ihm das zu glauben.

Klaus kramt aus seiner Tasche nun eine der Wodkaflaschen hervor, trinkt einen kleinen Schluck und reicht sie mir herüber. Ich trinke auf Anhieb sehr viel mehr. Ich hatte fast vergessen, wie dringend ich das Zeug brauche. Als ob ich die trockene Zeit der letzten Stunden wieder aufholen müsste, setze ich die Flasche erneut an und lasse mir den Wodka in den Hals laufen.

Klaus trinkt weniger, aber es scheint ihn im Moment auch nicht zu stören, dass ich seinen teuren Schmuggel-Wodka wegsaufe. Also trinke ich, so viel ich kann. Zwischendurch laufe ich immer wieder über das Gelände, um mich zu vergewissern, dass es noch da ist. In einen Baum wurde ein Herz geritzt, in dem *A+K* steht. *Welch ein Zufall!*

Irgendwann wird es dunkel. Zwei Flaschen Wodka sind leer. In meinem Kopf ist inzwischen alles verromantisiert und ich sage zu Klaus: »Ich möchte mit dir schlafen!«

»Nicht hier! Lass uns nach Hause fahren!«, antwortet er wenig überrascht.

Während der Rückfahrt sprechen wir nicht miteinander. Ich bin in Gedanken versunken und weiß die letzten Tage immer noch nicht richtig einzuordnen. Ich vermisse meine Wohnung und meinen Garten von 2013.

Oben im Würfel redet Klaus zum ersten Mal wieder: »Setz Dich, ich hole uns was zu trinken!«

Er geht zur Bar und kommt mit einer neuen Flasche Wodka zurück. Ich frage mich, wie man so viel trinken und trotzdem immer noch das Bedürfnis nach mehr haben kann. *War ich vor meinem Unfall eine wirklich so schwere Alkoholikerin?*

»Lehn Deinen Kopf zurück und öffne den Mund!«, ordnet Klaus nun an. Ich tue, was er sagt. Er öffnet die Flasche und gießt sie in ein paar Zentimetern Entfernung über meinem Mund aus. Mir läuft der Wodka über mein gesamtes Gesicht, in Mund und Nase, über den Hals… aber ich genieße es. Ich bade in Wodka.

Unvermittelt sagt er: »Ich bringe dich nun zu Bett. Ich habe heute Nacht noch ein Geschenk für dich! Komm!«

Er steht auf, reicht mir die Hand und führt mich

zu meinem Zimmer. »Zieh Dich jetzt aus und leg dich in dein Bett. Ich bin sofort wieder bei dir«, sagt er und verschwindet aus dem Raum.

Ich entkleide mich, krieche unter die Bettdecke. Klaus kommt wieder und setzt sich auf die Bettkante.

»Heute Nacht werde ich deine Tür geöffnet lassen, damit ich jederzeit reinkommen kann, ohne dich zu wecken. Damit du mir aber nicht abhanden kommst, habe ich *das* hier!« Er zeigt mir ein Paar Handschellen.

»Leg Dich auf den Rücken, dann ist es bequemer«, ordnet er lächelnd an. Ohne Angst tue ich es. Jetzt nimmt er meine rechte Hand und lässt die Handschelle fest darum einrasten. Es schmerzt, aber ich sage nichts. *Alles ist so verwirrend!*

Die andere Seite befestigt er am Metall des Kopfendes des Bettes. Er streichelt über den Verband meines verletzten Armes. »Arme Anna. Du musstest so viel durchmachen! Aber heute Nacht wird alles gut.«

Er verlässt noch einmal kurz den Raum, um den Wodka zu holen. »Möchtest du noch einen Schluck für die Nacht?«

Ich nicke schweigend. »Dann mach bitte den Mund auf!« Er setzt mir die Flasche an den Mund und kippt, dieses Mal etwas vorsichtiger.

»Ich werde jetzt die Lichter löschen und du solltest ein wenig schlafen.«

Ich nicke wieder nur, ich kann nicht sprechen, viel zu aufgeregt bin ich. Ich spüre, wie das Verlangen nach Klaus stärker wird und ich wehre mich jetzt nicht mehr dagegen. Klaus küsst meine Stirn und verlässt den Raum.

Kurze Zeit später erlöschen alle Lichter, auch die im Wohnzimmer. Es ist stockdunkel und totenstill. *Was macht Klaus jetzt noch in der Dunkelheit? Oder ob er in sein eigenes Zimmer gegangen ist?*

Ich versuche mich noch einen Moment wach zu halten, es gelingt mir nur kurz. Die Dunkelheit und der Wodka haben mich schläfrig gemacht.

Ich schlafe ein.

4 – Das Spiel beginnt

Ich weiß nicht, wie lange ich geschlafen habe. Wach werde ich, weil ich Gewicht über mir spüre.

Endlich, er ist da!

Schlaftrunken ziehe ich mit meiner freien Hand seinen Kopf zu mir hinab, um ihn zu küssen. Er atmet laut und seine Hände betasten rabiat, fast stümperhaft meinen Körper, sodass es schon weh tut, während sein Becken sich etwas umständlich und hektisch seinen Weg sucht, bis es richtig platziert ist. Er beginnt sich zu bewegen. *Er kommt also gleich zur Sache!*

Nicht elegant, eher wie eine wilde Bestie. Eigentlich hatte ich es mir mit ihm anders vorgestellt. Er stöhnt laut. Auch dieses ohne jegliche Eleganz. Ich habe keine Ahnung, ob man überhaupt elegant stöhnen kann, dieses hier ist jedenfalls weit entfernt von jeglicher Anmut und erinnert mich an Affengeschrei im Urwald. *Errege ich ihn so sehr, dass er seine Selbstkontrolle verliert?*

»Du bist ein Tier!«, hauche ich ihm ins Ohr. Sein Stöhnen wird jetzt sehr, sehr laut und seine Atmung wird hastig. Nach nur wenigen Sekunden kann er sich nicht länger zurückhalten. Er kommt. Sofort rutscht er von mir herunter und verlässt das Bett.

Ich bin verwirrt.

Was war das denn? Das ging mir irgendwie zu schnell.

Er scheint das zu spüren, denn er besteigt mich nun noch einmal. Er beginnt von vorne, erst langsam und leise, dann ungehemmt… dieses Mal noch heftiger als vorhin und auch lauter. *Wo nimmt er diese Energie her?* Sein Schweiß tropft mir ins Gesicht. Seine Hände sind überall… grob, nahezu brutal. Er röchelt und bewegt sich immer schneller. Ich schlinge meine Beine um ihn. *Mein armer Mann, wie lange musstest du das entbehren, um jetzt so ausgehungert zu sein?*

Erneut ziehe ich seinen Kopf zu mir und küsse ihn intensiv. Das alles mit ihm ist nicht wirklich zufrieden stellend, aber mir reicht die Tatsache, endlich meinen Mann im Arm zu halten. Wir kommen gleichzeitig…

Der Lautsprecher knackt…

»Guten Morgen liebe Sorgen, seid ihr auch schon alle da…«

Mein Kopf liegt auf der Seite, meine Augen blicken, ohne etwas erkennen zu können, zum Lautsprecher. Jetzt erstrahlt langsam meine indische Lampe. Die Dunkelheit schwindet.

Ich erstarre zu Tode!

In der Tür stehen lachend Klaus und Lydia.

Auf mir liegt ein etwa 75-jähriger, fast kahlköpfiger Mann, neben dem Bett steht ein onanierender Mann, der genauso aussieht. Ich schreie und versuche den Mann von mir hinunter zu stoßen. Es gelingt mir nicht. Ich schreie noch mehr…

Lydia kommt zum Bett und klebt mir einen breiten Klebestreifen auf den Mund, nimmt eine zweite Handschelle, mein linkes Handgelenk und befestigt meinen linken Arm brutal am linken Kopfende des Bettes.

Klaus lacht. »Gefällt dir dein Geschenk etwa nicht, Anna? Das sind die Gruber-Zwillinge, Heinz und

Walter. Sie sind nicht besonders helle in der Birne, aber dafür die besten Rammler der Siedlung. Sie haben schon so manch brave junge Bürgerin befruchtet und somit zur MV gemacht. Freu dich, du wurdest kostenlos von zwei Berühmtheiten gevögelt! Und so wie es sich angehört hat, hat es dir auch richtig gut gefallen.«

Ich reiße an meinen Fesseln, habe aber keine Chance. Zumindest hat sich der Mann nun etwas abgerollt.

»Halt mal ihre Beine fest!«, befiehlt Lydia ihm. Ich strampele, aber er ist stärker. Lydia fesselt meine Füße mit weiteren Handschellen am Fußende des Bettes.

»Wir möchten ja nicht, dass sich jemand verletzt, nicht wahr?« Sie zwinkert mir zu.

Ich will schreien, ich will fort... aber ich bin bewegungsunfähig. Tränen laufen mir über das Gesicht.

Lydia geht zu einem Stativ mit Videokamera, das mitten im Raum steht, richtet die Kamera neu auf das Bett aus und wechselt vom Nachtsicht- in den Tageslichtmodus.

»Was ist Jungs, wollt ihr uns noch ´ne Zugabe bei Tageslicht geben?«, ruft sie den Gruber Zwillingen zu.

Sofort drängelt der, der vorhin noch onanierte, seinen Bruder zur Seite und besteigt mich. Ich versuche zu schreien unter dem Klebestreifen, aber das scheint den Psycho noch mehr anzumachen. Er brüllt wie ein Gorilla, während er mich vergewaltigt. Seine Hände zerkneten brutal meine Brüste. *Es tut so weh!* Er ist ja der Schnellere von Beiden, er kommt zügig zur Sache und auch zum Ende. Hochgradig angewidert kneife ich die Augen zusammen. Aber es ist für mich noch nicht vorbei, denn sofort, nachdem der Schnelle fertig ist, ist sein grenzdebiler Bruder bereit, ihn abzulösen. Er schubst ihn einfach zur Seite.

Lachend fängt Klaus in der Tür an, rhythmisch Beifall zu klatschen: »Walter! ... Walter! ... Walter! ... Walter!«

Ich halte meine Augen weiterhin fest geschlossen, trotzdem laufen die Tränen unentwegt über mein Gesicht. Vielleicht aus Dankbarkeit, dass ich ihn vorhin so lieb geküsst hatte, leckt er mir nun ausgiebig die Tränen aus dem Gesicht, während er seinem Titel »bester Rammler« alle Ehre macht. Er bewegt sich wie ein Karnickel. Ich liege reglos da, lasse es über mich ergehen. Er greift wieder meine Hüften, presst mich an sich. Ich weiß nicht, wie lange das so geht. Er wird einfach nicht fertig. Das scheint ihn nun auch noch wütend zu machen. Immer brutaler werden seine rabiaten Bewegungen. *Es tut so weh!*

Spucke läuft ihm aus dem Mund und tropft auf mich, genau wie sein ekelhaft heißer Schweiß.

Wann hört es endlich auf?

Irgendwann nehme ich die Schmerzen und den Ekel nicht mehr richtig wahr, mein Geist entgleitet mir und ich werde ohnmächtig.

Ich weiß nicht, wie lange ich besinnungslos war.

Ich bin alleine in dem Raum, als ich wach werde. *Ist es endlich vorbei?* Die Handschellen wurden von den Bettrahmen gelöst und baumeln lose an meinen Gelenken. Der Klebestreifen wurde mir vom Mund entfernt. Mein ganzer Körper schmerzt. Wimmernd krümme ich mich im Bett zusammen. Ich traue mich nicht mehr, laut zu weinen.

Obwohl ich leise bin, scheint Klaus mich gehört zu haben, denn plötzlich steht er vor mir. »Komm mit! Wir haben mit dir zu reden!«

Er greift sich die Handschelle meines rechten Armes, zieht mich aus dem Bett und schleift mich mehr oder weniger durch den Raum ins Wohnzimmer. Jedes Mal wenn ich versuche, selbst aufzustehen, geben die Beine unter mir nach. *Ich kann nicht mehr!* Vor der Couch lässt Klaus mich liegen. Ich versuche mich aufzurichten. Auf dem Sofa sitzen eine bösartig lachende Lydia und nun auch Christian. Die Gruber-Zwillinge scheinen fort zu sein.

»Bedecke deine Hässlichkeit! Was mutest du meinen Gästen zu?«, äußert Klaus und wirft mir ein Laken zu. Lydia und Christian lachen. Klaus lacht auch. Als ich mich in das Laken wickele, sehe ich, dass meine Brüste voller Blutergüsse sind. Ich fange an zu weinen.

»Hör auf zu heulen. Du hast keinen Grund. Andere MV wären dankbar über ein solches Geschenk ihres Vormunds! Die Gruber-Zwillinge sind sehr begehrt und nahezu ausgebucht. Und dass es dir Spaß gemacht hat, haben wir ja gesehen! Deine Darbietung war oscarreif!« Er lacht wieder.

Lydia nimmt sich eine Fernbedienung und richtet sie auf den riesigen Bildschirm. »Wir werden uns jetzt deinen Bewerbungsfilm gemeinsam ansehen. Dann werden wir *gemeinsam* erörtern, wo deine Stärken und wo deine Schwächen liegen. Wenn du selbst Verbesserungsvorschläge hast, sag sie uns ohne Scheu. Wir freuen uns über jede Meinung!«

Die ist hochgradig geistesgestört und gefährlich!

Dann erscheint auf dem Bildschirm der Film. Es ist die Vergewaltigung der Gruber-Brüder, als ich mich noch in dem Glauben befand, es handele sich um Klaus. Der Film ist in grün-schwarzem Nachtlicht, trotzdem aber sehr deutlich.

Mir wird schlecht. Ich lege den Kopf auf meine Knie, sodass ich nichts mehr sehen muss und halte mir die Ohren zu.

»Sieh hin!«, befiehlt Klaus. Mit Gewalt dreht er mein Gesicht in Richtung Fernseher. Ich schaue durch den Fernseher hindurch, Tränen laufen mir über die Wangen.

Während der Szene, als ich den einen der Brüder ausgiebig küsse, äußert Christian sich plötzlich. Er fasst sich in den Schritt, rückt da irgendetwas zurecht und wendet sich an Lydia und Klaus:

»Boah, is das geil! Wie schafft ihr es bloß immer wieder, die Weiber so scharf auf die Brüder zu machen? Ihr seid echt unübertrefflich!« Alle lachen.

»Wir wissen eben, was billige MV brauchen!«, antwortet Lydia.

Klaus wendet ein: »Aber Anna ist undankbar! Sie hat sich weder bei mir noch bei Heinz oder Walter bedankt!« Er schüttelt betont enttäuscht den Kopf.

»Das hat sie doch sicherlich nur aufgrund ihrer Geilheit vergessen. Sie wird sich sicherlich noch bei den Gruber-Zwillingen erkenntlich zeigen. Spätestens wenn sie es wieder braucht! Glaubt ihr nicht?«, äußert Christian und findet sich witzig. Die anderen finden ihn scheinbar wirklich witzig, sie lachen.

Noch immer läuft der Film. Er nähert sich der Szene, in der ich selbst zum Höhepunkt komme. Mir wird immer übler. Ich weiß nicht, wie ich wegsehen und weghören soll. *Ich ertrage das nicht!*

Und Christian sagt: »Mach mal lauter! Die geht ja voll ab! Wie geil ist das denn? Ich glaube, das ist der bisher beste Film, den wir mit den Gruber-Brüdern haben! Meint Ihr, man kann da noch was steigern?«

Klaus antwortet: »Ich glaube, das lohnt in dieser Form nicht. Die Mode, sich an fetten, alten Frauen aufzugeilen, lässt in der Siedlung immer mehr nach. Der neue Trend ist wieder lebensnäher. Die Kunden möchten zum Beispiel sehen, wie die Gruber Brüder die jungen, gläubigen und zierlichen Bürgerinnen verführen und schwängern. Vielleicht sollte man hier neue Wege beschreiten mit einer Art Langzeitreportage: Die Veränderung der Heiligen zur Bitch bis hin zu dem Tag, an dem sie hochschwanger aus dem Haus geworfen wird und vielleicht sogar dann noch deren Aufnahme in der MV Datei! Der Erotikfilmmarkt wird dadurch wieder angekurbelt, weil wir einiges an Material bereithalten und zum anderen könnten uns reiche Bürger auch gezielt ansprechen, wenn sie jemanden ins Auge gefasst haben, den sie besitzen möchten.«

»Und mit jungen hübschen Bürgermännern verfahren wir ähnlich«, wirft Lydia ein. »Sie werden von uns entführt oder verführt, dann in sexuellen und blasphemischen Situationen gefilmt und der Regierung gemeldet, woraufhin sie entmündigt werden. So können sich auch die finanziell besser gestellten Bürgerinnen schon vorab einen Mann aussuchen und ihn durch uns zum MV werden lassen, um ihn zu kaufen, also zu ehelichen.«

Christian ist fasziniert: »Ihr Zwei seid brillant!

Aber warum müssen die Frauen extra schwanger werden? Ihr könntet sie doch genau wie die Männer zu MV werden lassen. Die Schwangeren müssten länger beherbergt werden, damit sie keine Gelegenheit zur Abtreibung haben und das kostet Geld!«

Klaus grinst. »Vielleicht lassen wir nicht jede schwanger werden, du hast Recht! Aber bei einigen müssen wir das durchziehen. Die Gruber-Brüder haben eine herrlich perverse Fangemeinde. Sie werden verehrt als die grenzdebilen Befruchter, die ihr krankes Erbgut in der Welt verteilen. Das wollen die Leute sehen. Auf Partys sind die Filme mit den Gruber-Brüdern nach wie vor der Renner.«

Das Fernsehbild flimmert. Sie haben vorläufig nur den ersten Teil der Vergewaltigung gezeigt. Klaus nimmt die DVD aus dem Player und reicht sie Christian.

»Die kannst du jetzt vervielfältigen und zum Verkauf fertig machen. Vielleicht läuft sie ja noch auf manchen Partys mit Ekelfaktor. Wie gesagt, die meisten Bürger sind inzwischen der Meinung, dass die Gruber-Brüder schöne Menschen verdient haben und nicht so was!«

Klaus blickt zu mir und lacht wieder. Ich kauere noch immer auf dem Boden, schmerzerfüllt und starr.

»Und was passiert mit der jetzt?« Christian deutet auf mich.

»Mit Anna? Die hat nächste Woche einen Termin im KLFMV zum Fettabsaugen. Wir dürfen nicht vergessen, dass sie vor ihrem Unfall eine gute MV war und viele herrlich abartige Geschäftsideen stammen von ihr. Das nutzen wir, solange es geht. Damit sie unauffälliger wird auf der Straße, wird ihr das Fett abgesaugt. Diese Investition nehmen wir in Kauf. Außerdem kostet das ja fast nix mehr, der Staat ist froh, wenn sich Bürger für die Gleichheit und Schönheit entscheiden. Bis zum Fettabsaugtermin wird sie von Lydia zur Borderlinien-MV ausgebildet«, erklärt Klaus.

Es ist, als sitze ich unter einer Käseglocke, ich nehme nichts mehr richtig wahr. Selbst die Stimmen höre ich nur weit entfernt und ich starre vor mich hin. Ich habe auch keine Angst mehr, weil ich nicht einmal fühle, ob ich noch am Leben bin. *In welchem Horrorfilm bin ich gelandet?*

Lydia unterbricht das allgemeine kurzzeitige Schweigen. »Kommt. Wir sehen uns jetzt noch den Rest an. Den Teil, in dem die Schlampe tut, als würde es ihr nicht gefallen.« Sie legt eine andere DVD in den Player. Klaus geht zum Bar-Kühlschrank und holt eine Flasche Wodka.

»Anna hat anscheinend kurz vor ihrem Unfall heimlich einen Alkohol-Entzug gemacht. Jetzt habe ich seit Tagen die Last, ihr wieder beizubringen, wie hier der Hase läuft!«, erklärt Klaus seinen Gästen. Er wendet sich an mich:

»Mach den Mund auf, Schatz! Du bekommst jetzt ein weiteres Geschenk von mir!« Ich starre durch ihn hindurch, nicht fähig mich zu bewegen.

»Das kann doch so schwer nicht sein!« Er öffnet die Flasche und stopft sie mir zwischen die Lippen, zieht meinen Kopf in den Nacken und lässt den Wodka laufen. Ich wehre mich nicht, bin dazu nicht mehr in der Lage. Ich versuche auch nicht mehr, mich nicht zu verschlucken. *Dann ersticke ich eben an dem Zeug!*

Klaus lässt die halbe Flasche in mich hineinlaufen, wobei allerdings einiges daneben geht. Er stellt die Flasche ab. Sein Ton wird unheilvoll.

»Du scheinst nicht zu begreifen, wie teuer der Alkohol ist. Ich könnte dich die Sauerei auch vom Fußboden lecken lassen, wenn ich wollte!«

Lydia und Christian scheinen der Gedanke und das Schauspiel zu gefallen. Lydia fragt in perverser Aufregung: »Soll ich die Kamera holen?« Klaus verneint das und antwortet: »Die soll das Zeug nur endlich trinken, damit sie ruhig bleibt. Eine hysterische MV wäre das Letzte, worauf ich heute Lust habe!«

Unvermittelt schlägt er mir mit der flachen Hand ins Gesicht. Mein Kopf schleudert zur Seite. Obwohl ich den Schlag bedingt durch all die anderen Schmerzen, die ich habe, kaum spüre, merke ich, dass er eine Ader in meiner Nase getroffen haben muss. Das warme Blut bahnt sich seinen Weg nach draußen. Ich lasse es laufen. Reg- und gefühllos sitze ich da.

Klaus ist gänzlich unbeeindruckt. Er drückt mir den Flaschenhals erneut in den Mund. Dieses Mal klappt es besser. *Wie oft mag ich vor meinem Unfall auf diese Art getrunken haben?* Klaus setzt die Flasche erst ab, als sie leer ist.

Lydia startet derweil die DVD. Zu sehen ist in grünschwarzem Nachtlicht, wie sie mich ans Bett kettet. Dann schaltet sich das Licht um auf Tageslicht. Ich sehe, wie ich am Bett angekettet bin und noch versuche, mich zu befreien. Die Gruber Brüder stehen lauernd am Bett und Lydias Stimme ertönt im Film mit der Bitte um eine Zugabe. Mir wird schlecht. Klaus scheint das zu erkennen und droht: »Wag es nicht, hier hinzukotzen! Geh nach unten, wasch dich und zieh dich an!«

Langsam, wie in Trance, stehe ich auf und begebe mich zu meinem Zimmer. Hier nehme ich mir, ohne es wirklich bewusst zu tun, etwas zum Anziehen aus dem Schrank. Ich habe keine Angst mehr vor den Duschen, denn etwas Schlimmeres, als das, was mir in meinem Zimmer angetan wurde, kann mir im Erdgeschoss nicht mehr geschehen. Klappernd, weil sich immer noch vier Handschellen an mir befinden, gehe ich an Klaus und seinen Gästen, die sich noch immer an meiner Vergewaltigung aufgeilen, vorbei in Richtung Fahrstuhl.

Ich höre Klaus, wie er zu den anderen sagt: »Schade dass die Grubers schon weg sind, die hätten bestimmt viel Spaß, eine MV in der Dusche anzuketten und ordentlich einzuseifen!« Sie lachen wieder.

Die sind krank! Die sind so krank! Wie viele von diesen Gestörten mag es hier in der Siedlung geben?

Ich erreiche den Fahrstuhl und fahre, den Blick in den Spiegel vermeidend, nach unten. In der Dusche kann ich all den Schmutz, all den Ekel nicht mehr länger in mir behalten. Ich übergebe mich. Da ich seit einigen Tagen nichts gegessen habe, kommt nur der Wodka wieder heraus. Trotzdem geht es mir nicht besser hinterher. Ich setze mich, das stinkende Wasser auf meinen Körper laufen lassend, auf den Fußboden und weine. Ich weine um mein Leben.

Es dauert sehr lange, bis ich es schaffe, wieder aufzustehen. Ich weiß nicht einmal, ob ich zwischendurch eingeschlafen oder ohnmächtig geworden bin. Ich fühle mich leer und tot.

Da steht Klaus plötzlich vor mir. Er kommt wütend auf mich zu und gibt mir eine weitere Ohrfeige. Wieder fliegt mein Kopf zur Seite, ich sehe Sternchen, aber dieses Mal blutet die Nase wenigstens nicht. Ich sehe in starr an.

»Willst du mich verarschen? Wenn ich sage, du sollst dich waschen und anziehen, dann hast du das zu tun! Und nix anderes!«, herrscht er mich an. Er schließt drei der Handschellen auf und löst sie von meinen Gelenken. Die an meiner rechten Hand lässt er dran. Das Metall der Handschellen hatte sich tief in meine Haut gedrückt. Jetzt erst spüre ich die Einschnitte.

»Zieh dich jetzt an und komm dann rauf! Wir zeigen dir heute deinen neuen Arbeitsplatz, die Borderlinien!«

Ich antworte nicht, meine Stimme ist fort. Irgendwie schaffe ich es, mich anzuziehen und wieder hinaufzufahren. Christian scheint gegangen zu sein.

Klaus reicht mir ein Longdrinkglas randvoll mit Wodka. Anscheinend ahnt er, dass ich den anderen nicht bei mir behalten habe. »Trink es leer!«, befiehlt er. Ich tue es. Er füllt es erneut und gibt mir zu verstehen, dass ich auch dieses sofort trinken soll. Dieses wiederholt er bis die Flasche leer ist. Mir wird schwindelig und ich muss mich an der Wand abstützen.

»Wir sollten jetzt langsam mal losfahren, schließlich müssen wir Dennis und den Bus noch holen!«, drängelt Lydia jetzt. Klaus stimmt ihr zu. Wir setzen uns in Bewegung, das heißt: Klaus zieht mich mehr an der Handschelle hinter sich her, als dass ich selbst gehe, weil ich zunehmend benommener bin.

Im Auto werde ich nach hinten auf die linke Seite des Fahrzeugs verfrachtet. Klaus kettet mich mit meinem rechten Handgelenk an einen Haltegriff an der linken Autotür fest, sodass ich mich kaum noch bewegen kann. Es ist schmerzhaft und unbequem.

Es geht nun quer durch die Siedlung, bis wir vor einem der Würfel halten. Während Lydia aus dem Auto springt, um kurz darauf mit einem jungen etwa 25-jährigen Mann wieder auf der Bildfläche zu erscheinen, beobachtet Klaus mich ununterbrochen im Rückspiegel. Ich sehe aus dem Fenster, kann aber meinen Blick nicht mehr richtig scharf stellen. Ich glaube nicht, dass das am Alkohol liegt. Noch nie zuvor wurde meine Seele so stark verletzt wie heute Morgen. Wenn die Augen der Spiegel der Seele sein sollen, dann bin ich jetzt kurz vor dem Erblinden. Ich fühle kein Leben mehr in mir.

Der junge Mann setzt sich neben mich nach hinten. Ich beachte ihn nicht.

Die Fahrt geht nun weiter hoch in die Stadt. Sie endet zunächst auf dem einbetonierten Parkplatz eines größeren Würfels. Auf diesem Parkplatz stehen in Reih und Glied etwa 20 große Transporter der Marke DDA.

Lydia und der junge Mann verlassen wortlos das Auto und steigen in einen der Transporter.

»Pass gut auf, Anna! Auch wenn du jetzt einen auf taubstumm machst, hör mir lieber zu! Denn du wirst bald für Lydia arbeiten und sie duldet keine Fehler!«, fängt Klaus jetzt an. »Lydia fährt jetzt voraus mit ihrem Firmenbus zur Borderlinie, weil wir heute Abend Waren erwarten. Dennis wird, wenn alles gut geht, die Waren in unser Land bringen. Danach wird Lydia den Transporter in ihre Tiefgarage fahren! Du wirst dir alles genau ansehen und es dir auch merken, hast du mich verstanden?« Ich nicke apathisch.

»Anna, ich habe dich nicht gehört! Lass mich nicht aussteigen müssen, um dir das Sprechen neu beizubringen! Also noch einmal: Hast du mich verstanden?«

Mein Hals ist trocken. Ein leises und krächzendes »Ja« kommt aus mir heraus.

»Oje, haben dir die Gruber-Brüder das Hirn rausgevögelt oder was ist mit dir los? Oder brauchst du schon wieder die nächste Dröhnung? Wodka gibt es, wenn wir da sind. Das dauert aber noch drei bis vier Stunden.« Klaus lacht böse.

Lydia fährt, wie angekündigt, vorweg und wir hinterher. Wir kommen raus aus der Stadt und befahren die Autobahn, auf der ich auch in diese Stadt hinein gekommen bin.

Nach einigen Kilometern wechseln wir die Autobahn in westlicher Richtung. Die Landschaft bleibt gleich. Ich sehe nichts als Beton. Wie weit die Grenze von der Stadt entfernt ist, kann ich nur vermuten. Wenn die Grenze noch an derselben Stelle ist wie im Jahr 2013, dann werden es etwa 200 bis 250 Kilometer sein. Ich schließe die Augen und schlafe erschöpft ein.

An einer Autobahnausfahrt werde ich wieder wach. Klaus fährt den Wagen nun noch etwa zwei Kilometer über den Beton, dann verändert sich die Landschaft. Ich hatte gehofft, hinter den Autobahnen *Grün* zu sehen, aber dem ist nicht so. Es gibt keine Grünpflanzen mehr. Wir fahren durch eine braune

Wüste, wie über einen überdimensionalen Acker, der sich bis zum Horizont erstreckt. Es gibt hier weder Bäume noch Sträucher.

Ich kann nicht einmal sagen, wie viele Kilometer wir jetzt in diese Landschaft hinein gefahren sind. Fünf, vielleicht auch zehn? Lydia stoppt den Bus an einer Stelle, die für mich genauso aussieht wie jede andere. Ich habe keine Ahnung, warum ausgerechnet hier. Dennis und sie springen aus dem Auto. Wir halten direkt hinter ihnen. Klaus verlässt seinen Wagen und lässt sogar auch mich aussteigen.

»Es dämmert schon. Wenn du jetzt losläufst, wirst du ankommen, wenn es schon fast dunkel ist. Wir sind also gut in der Zeit«, sagt Lydia zu Dennis. Sie nimmt seinen Kopf in ihre Hände und küsst ihn intensiv. *Der arme Kerl, an ihm lebt Lydia bestimmt besonders gern ihre Macht aus: So ein junger, unverbrauchter Körper...*

Meine Gedanken werden unterbrochen durch etwas, das bei mir Bestürzung und Entsetzen hervorruft. Mitten auf diesem Acker, Ende Februar, bei etwa drei Grad unter Null und starkem Wind .... zieht sich Dennis nackt aus und läuft los. Für einen Moment vergesse ich mein eigenes Schicksal und frage fassungslos: »Warum?«

»Warum nackt willst du wissen?«, fragt Lydia mich jetzt, zieht mein Kinn zu sich hinüber und küsst mich auf den Mund. Ich ziehe meinen Kopf weg.

»Ich möchte doch, dass mein Liebster keine Dummheiten macht und immer brav zu mir zurückkehrt. Außerdem wird er viel schneller sein ohne Kleidung, weil er frieren wird... Und drittens: Ich erniedrige gerne Menschen, Anna, das wirst du ja bald auch noch näher kennenlernen!« Sie lächelt satanisch.

»Wie weit muss er laufen?«

»Zirka zwei Kilometer auf unserer Grenzseite, dann kommt er an die Borderlinie, dort liegen noch Stacheldrahtreste, danach auf der anderen Grenzseite auch etwa zwei Kilometer. In ungefähr 40 Minuten sollte er wieder hier sein. Mal sehen, ob er heute noch ein wenig schneller ist, damit ich ihn nicht bestrafen muss.«

»Anna du gehst jetzt ins Auto. Lydia und ich nutzen die Zeit im Transporter. Ich kann mich schon den ganzen Tag kaum zurückhalten. Ein Porno am Morgen vertreibt Kummer und Sorgen!« Jetzt lachen beide, sich einig über ihre triebgesteuerten Vorlieben.

»Beim nächsten Mal darfst du uns dann vielleicht zusehen, heute nicht!«

Klaus schiebt mich auf den Rücksitz des kleinen DDA, kettet mich an und schließt die Tür. Dann verschwindet er mit Lydia im Transporter. Trotz geschlossener Türen von zwei Autos, kann ich ihr Gestöhne und Geschreie hören. Es ist abscheulich. Irgendwann ist es leise, sie kommen aber trotzdem nicht aus dem Bus.

Vielleicht haben die sich ja aus Versehen gegenseitig umgebracht, das wäre schön!

Meine Hände beginnen wieder zu zittern. Das ist gar nicht gut! Klaus scheint mich tatsächlich nach einem Alkoholentzug in eine erneute Abhängigkeit gestürzt zu haben. Warum? Will er mich durch eine Alkoholabhängigkeit auch abhängig von sich selbst machen, sodass er die absolute Kontrolle hat?

Obwohl ich jetzt das starke Bedürfnis nach einem

Schluck Wodka habe, kehren auch gleichzeitig langsam meine Lebensgeister und mein Lebenswille zurück. Um hier jemals halbwegs gesund wieder herauszukommen, muss ich meinen Verstand behalten. Die Vergewaltigung heute Morgen darf meine Seele nicht mehr berühren, denn es scheint hier noch viel mehr Menschen zu geben, die für die sexuellen und abnormen Zwecke mancher Bürger missbraucht werden. Der kirchlich und staatlich gute Gedanke, auf Gefängnisse zu verzichten und kriminellen Menschen durch eine Ehe einen besonderen Schutz zu geben, wird in der Siedlung von manchen Bürgern aus Eigennutz komplett untergraben und ins Gegenteil verkehrt. *War ich wirklich vor meinem Unfall genauso?*

Es ist noch immer nicht ganz dunkel geworden. Lydia und Klaus kommen nun aber aus dem Bus. Im selben Moment wird am Horizont eine sich schnell bewegende Gestalt sichtbar. Klaus lässt mich wieder aus dem Auto steigen. Aber als hätte er meine Gedanken von vorhin erahnt, drückt er mich jetzt mit dem Rücken gegen das Auto und meinen Kopf auf das Autodach. Lydia zieht eine Flasche vom Fahrersitz, schraubt sie auf und reicht sie ihm.

»Bitte nicht!«, flehe ich. Ich habe nur nüchtern eine Chance, hier jemals wieder herauszukommen.

»Gib's ihr, Klaus!«, ereifert sich Lydia.

»Seit wann hast du Angst vor deinem Stoff?«, fragt Klaus mich scheinheilig. »Komm, mach schön den Mund auf, dann tut es auch nicht weh!«

Ich presse Lippen und Zähne zusammen. Klaus holt aus, um mir eine zu scheuern. *Ok, dann schlag mich halt bewusstlos, dann muss ich wenigstens nicht trinken.* Aber Lydia hält ihn auf. »Lass mich das machen, Klaus. Ich kann das besser! Sie gehört ja eh bald mir!«

Vor Lydia habe ich mehr Angst als vor Klaus. Ich rufe in letzter Sekunde: »Nein wartet, ich trinke ja!«, nehme mir die Flasche und setze sie an. *Warum schmeckt mir dieses verdammte Zeug bloß so?*

Lydia holt ihre Videokamera aus dem Transporter und stellt sie in Richtung Horizont ein. Sie beginnt zu filmen. Die Gestalt, die wir dort vorhin noch sahen, ist nun fast bei uns. Es ist natürlich der nackte Dennis, der eine schwerfällige Schubkarre mit zahlreichen Kartons, durch den Sandboden manövriert.

EINE SCHUBKARRE !

Der arme Dennis ist völlig verfroren und entkräftet. Er kippt die Karre hinter dem Transporter aus. Lydia sieht auf eine Stoppuhr, die sie in ihrer anderen Hand hält und sagt, ohne die Kamera von Dennis abzuwenden: »37 Minuten und 14 Sekunden, Dennis! Das kannst du aber besser oder? Los zeig es mir gleich noch einmal!«

Ohne etwas zu sagen, rennt der nackte Junge gleich wieder los… die schwerfällige Schubkarre vor sich herschiebend. Der Sucher der Kamera folgt ihm.

Wie grausam sind diese Menschen? Haben die noch irgendeine menschliche Regung? Kennen die irgendeine Grenze?

Klaus sieht mein Entsetzen und sagt: »Ja Anna, so hat das Schmuggeln gleich mehrere Vorteile. Dennis wird nun noch die ganze Nacht hin- und herlaufen. Wenn er fertig ist, darf er den Transporter beladen. So werden wir Morgen sehr viel Ware haben und gleichzeitig hatte Lydia viel Spaß mit ihrem Mann.

Und ich glaube, dass sie milde sein wird, sollte er sich zeitlich bei irgendeinem Lauf verschlechtern. Vielleicht auch nicht. Aber glaub mir, auch Dennis liebt dieses Spiel! Genau wie du es lieben wirst!«

Mir wird speiübel. Klaus küsst Lydia noch einmal und kommt zu mir zurück.

»Wir Zwei fahren jetzt zurück! Dann hast du noch genügend Zeit, dich bei Heinz und Walter zu bedanken! Es liegt mir sehr am Herzen, dass du das tust. Auch wenn du von Benehmen und Anstand keine Ahnung hast, solltest du wenigstens kleinere Höflichkeitsgebote einhalten!«

Was auch immer da heute noch auf mich zukommen mag, ich muss es irgendwie von mir fernhalten. Vielleicht schaffe ich das nicht physisch, aber ich werde es psychisch schaffen müssen. Egal, was dieser gestörte Psychopath heute noch mit mir machen will: Mein Körper ummauert meine Seele. Mein Körper und sein Schmerz werden Schlimmeres von meiner Seele abschirmen. Soll er doch meinen Körper benutzen oder ihm Schmerzen zufügen, aber er wird mich selbst damit niemals erreichen. Du kannst mir gar nicht wehtun! Du erreichst mich nicht!

Auch auf der Rückfahrt schlafe ich ein. Ich wache auf, als der Wagen schon wieder in der Siedlung ist und Klaus vor einem Würfel hält.

»So, wir sind da. Ich möchte dir jetzt erklären, was du zu tun hast und wie ich mir deine Danksagung vorstelle!« Klaus blickt zu mir auf den Rücksitz. Er nimmt sich eine Videokamera aus dem Handschuhfach und steigt aus. »Wir werden jetzt in das Haus der Gruber Brüder gehen. Du wirst dich bei Ihnen bedanken, dass sie dich heute Morgen besucht haben. Hast du das bis hierhin begriffen?« Ich nicke.

Er erklärt mir meinen Text und wie ich mich dabei zu verhalten habe. Ich werde tun, was er sagt, denn ich glaube inzwischen, dass die Irren hier in der Siedlung vor gar nichts zurückschrecken. Für ihre illegalen Geschäfte, ihre Pornofilme und ihren Sadismus gehen die vielleicht sogar über Leichen. Nur wenn ich meinen Verstand behalte und Zeit gewinne, habe ich eine Chance hier herauszukommen. Mit Gegenwehr verliere ich nur wertvolle Kräfte.

Wir klingeln bei den Grubers. Beide, Heinz und Walter, öffnen uns. Beide sind barfuß, so wie es sich gehört für ordentliche Bürger. Klaus hält sich nicht an die Regeln, behält seine Schuhe an und geht mit den Brüdern in den Wohnraum.

»Anna möchte euch was sagen!«

Jetzt gucken sie ganz aufgeregt wie kleine Kinder an Klaus vorbei. Sie versuchen wahrscheinlich zu erkennen, wer *Anna* überhaupt ist.

Klaus setzt sich in dem hässlichen Zimmer auf einen Hocker und richtet die Videokamera auf mich. Er gibt mir ein Zeichen, dass ich jetzt beginnen soll und stellt die Kamera an.

Die Gruber Zwillinge stehen mitten im Raum und warten, was jetzt passiert. Ich gehe zu ihnen und nehme ihre rechten Hände in meine. Dann beuge ich mich vor, um ihre warzigen Hände nacheinander zu küssen. Nun richte ich mich wieder auf, schaue ihnen in die Gesichter und sage laut: »Ich möchte mich bei euch bedanken für das, was ihr mir heute Morgen geschenkt habt. Ich bin glücklich, dass ihr mich besucht habt, obwohl ich es nicht wert bin. Bitte besucht mich bald wieder, wann immer und so oft ihr möchtet! Ich gehöre euch!«

Als ich das Piepen der Videokamera höre, weiß ich, dass Klaus diese wieder ausgestellt hat. Ich verlasse den Wohnraum und warte im Desinfektionsraum auf Klaus. Die Brüder gucken debil zwischen Klaus und mir hin und her. Sie begreifen überhaupt nicht, was hier passiert.

Ich fühle mich trotz der soeben erfahrenen Demütigung überlegen und stark. Denn im Grunde hat Klaus nicht mich benutzt, sondern die schwachsinnigen Brüder, die hemmungslos vermarktet werden. Nun wird ein weiterer Film mit ihnen zusammengeschnitten werden, in dem sie die Hauptdarsteller sind, ich aber nur eine schnell vergessene Nebendarstellerin. Mit dieser Rolle habe ich mir gerade mein Leben zurück gekauft.

In diesem Sumpf aus Sex, Gewalt und Demütigung kann man nur überleben, wenn man sich auf die andere Seite stellt. Wird vielleicht aus diesem Grund »die Anna vor dem Unfall« als jemand dargestellt, der mir fremd ist? *Habe ich die Rolle einer Sadistin gespielt, um hier rauszukommen?*

Klaus lässt mich im Verlauf der weiteren Nacht in Ruhe. Auch der nächste Vormittag verläuft relativ ruhig. Klaus entfernt mir sogar die letzte Handschelle. Ich esse zum ersten Mal etwas von dem Brei, der nicht schmeckt. Er zwingt mich allerdings auch wieder, vier große Gläser Wodka zu trinken.

Mittags erklärt er mir plötzlich: »Lydia und ich werden heute Dennis beaufsichtigen, wenn er den Transporter leert. Die Ware wird in Lydias Wohnung in die erste Etage gebracht. Ich lasse dich hier. Du kannst dich im Haus frei bewegen, damit ich sehen kann, ob ich mich nun wieder auf dich verlassen kann. Du wirst aus dem Haus nicht rauskommen, also denk gar nicht erst darüber nach, zu flüchten. Ich werde merken, wenn du es versuchst und dann müssten wir leider ganz von vorne beginnen! Das willst du doch nicht, oder?«

»Nein!«

Du Idiot, für eine Flucht ist es mir selbst noch zu früh, da ich überhaupt nicht weiß, ob es hier in der Siedlung Menschen gibt, denen ich vertrauen kann. Wo sollte ich denn hin flüchten? Selbst wenn ich in eine Kirche laufen würde, wüsste ich nicht, ob die Leute hier vielleicht mit Klaus befreundet sind oder ihn kennen.

Während Klaus sich Jacke und Schuhe anzieht, bietet er mir an: »Sieh Dir doch ein paar unserer Filme an in der Zeit, in der ich nicht da bin. Vielleicht kommst du ja wieder auf den Geschmack. Du selbst bist aber nur in dem von gestern zu sehen. Die Filme, in denen du dich früher selbst dargestellt hast, sind bei Lydia. Ansonsten hast du früher sehr viel gefilmt, es hat dich richtig scharf gemacht.«

Das glaube ich Dir nicht, Du Arschloch!

»Ach so, es gibt da doch noch einen Film mit dir… Du in der Dusche, als ich dir den Schnitt verpasst habe.« Er zeigt auf meinen Arm. Ich lasse mir nicht anmerken, dass ich bislang nicht damit gerechnet hatte, dass er selbst es tat und sage: »In der Dusche sind doch gar keine Kameras!«

»Nein, in der Dusche nicht. Aber wir hatten teilweise in den Nachtsichtgeräten Kameras. So haben wir dich aus ganz verschiedenen Perspektiven am Boden kriechend filmen können! Für meine Gäste war das live sehr erregend und zur Erinnerung haben sie eine DVD mit nach Hause genommen! Weißt du, in diesem Land voller Sauberkeit, Jungfräulichkeit und Gläubigkeit sehnen sich die Menschen inzwischen stark nach Schmutz, Sex und Gewalt. Es werden immer mehr. Wir haben das früh erkannt und können ihnen nahezu *alles* bieten!«

Ich schweige, will nur, dass er endlich geht. Die Filme interessieren mich im Moment nicht in erster Linie. Für das Ansehen dieser Filme, nur um etwas über mein vorheriges Leben herauszufinden, wird es sicher noch andere Gelegenheiten geben. Außerdem kann ich mir inzwischen vorstellen, dass ich durch die Filme nicht viel schlauer werde, weil sowieso nur eines zu sehen ist: Pornographie mit Menschen, die dazu missbraucht wurden.

»In einer Stunde bin ich wieder da. Benimm dich! Ich werde erfahren, wenn du Dummheiten gemacht haben solltest.«

Endlich geht er. Ich habe also eine Stunde Zeit. Leider habe ich keine Ahnung, wo hier überall Kameras eingebaut sein könnten. Der einzige Ort, von dem ich definitiv weiß, dass es keine Kameras gibt, sind die Duschen.

Ich laufe hinüber zur Bar. Hier stehen noch die leere Wodkaflasche und das Glas vom Vormittag. Während ich so tue, als wolle ich mir nur eine neue Flasche nehmen und mich dafür vor den Kühlschrank hocke, stopfe ich mir vier volle Flaschen vorne in den Hosenbund und lasse das weite T-Shirt darüber fallen. Eine weitere volle Flasche stelle ich auf den Tresen und schraube sie auf.

Ich hoffe, dass die Kameras nicht ausgerechnet in der Wand hinter der Bar versteckt sind! Ich drehe mich zur

Wand und tue so, als würde ich trinken, lasse den Wodka dabei aber an meinem Mund herunterlaufen. Mein T-Shirt wird dabei nass. Jetzt lasse ich absichtlich die Flasche fallen.

»Oh Scheiße!«, fluche ich laut. Die Flasche zerscheppert auf dem Steinboden. Da mir offiziell nicht bekannt ist, wo es außer in den Waschräumen Handtücher gibt, laufe ich jetzt zügig durch das Wohnzimmer zum Fahrstuhl. Mein nasses T-Shirt ist jetzt nicht mehr auffällig. Hoffentlich sieht man aber die Ausbuchtung meiner Hose nicht.

In der Dusche gieße ich den Inhalt der Flaschen nun in den Abfluss. Dabei drehe ich mich immer wieder um. *Was ist, wenn Klaus in Wirklichkeit nicht weggefahren ist und mich von irgendwo beobachtet?* Ich fülle im Waschbecken die Flaschen mit Wasser. Das Wasser der Duschen ist mir zu übel riechend. Vielleicht würde Klaus mein Hintergehen dadurch bemerken.

Die Flaschen stecke ich wieder in den Hosenbund, schnappe mir drei große Handtücher, die an einem Haken hängen und fahre wieder nach oben.

Hinter der Bar bücke ich mich, um die Flaschen aus dem Hosenbund zu ziehen. Ich täusche vor, in den Ablageflächen nach einem Handfeger zu suchen, den ich nebenbei auch tatsächlich finde. Während ich mit der einen Hand nun fege und die Glasscherben dabei deutlich klirren lasse, nehme ich mit der anderen Hand die restlichen vier Wodkaflaschen aus dem Kühlschrank und verfrachte auch diese in meinem Hosenbund. *Bitte, lieber Gott, lass hier hinter dem Tresen keine Kamera sein!*

Jetzt fege ich die Scherben richtig zusammen, entsorge sie in einem Mülleimer und trockne den Boden mit den Handtüchern.

Vortäuschend, dass ich nur die Handtücher wieder nach unten bringen will, fahre ich erneut nach unten zu den Duschen. Die Handtücher hänge ich einfach zurück an den Haken. Ich habe keine Ahnung, ob es in der Zukunft, also im Jahr 2023, noch Waschmaschinen gibt, ich habe jedenfalls hier in den Räumlichkeiten noch nie eine gesehen. Mit den Wodkaflaschen verfahre ich wie mit der ersten Fuhre. Danach begebe ich mich wieder nach oben.

Auch jetzt laufe ich zur Bar. Noch einmal tue ich so, als ob ich mir etwas zu Trinken nehme, packe aber nebenbei alle Wasserflaschen in den Kühlschrank. Eine davon stelle ich wieder auf den Tresen und trinke nun wirklich einen Schluck.

Es schmeckt abgestanden, aber man sieht es nicht. *Wie viel Zeit mag vergangen sein?*

Um vor Klaus so unauffällig wie möglich zu wirken, schalte ich den DVD Player und den Fernseher ein. Ich nehme mir die DVD »MV Anna Dusche«. Ich weiß nicht genau, was mich hier erwartet, aber schlimmer als das tatsächliche Erleben dieser Situation in der Dusche wird es wohl nicht sein.

Wieder grün-schwarzes Licht. Ich sehe mich selbst am Boden liegen. Die Kamera schwenkt in die Runde. Hier sind etwa 20 nackte Menschen mit Nachtsichtgeräten auf den Köpfen. Manche knutschen herum und befummeln sich obszön. Zwei ebenfalls nackte Männer zielen in höchster Erregung mit den Wasserpistolen, aus denen das Wasser mit unglaublichem Druck kommt, auf mich. Aus einer anderen Perspektive wird nun auch Klaus sichtbar. Er trägt oberkörperfrei nur seine Bundfaltenhose.

Das Wasser wird ausgestellt und Klaus greift sich meinen Arm, um eine Rasierklinge durch meine Haut zu ziehen. Die anwesenden Menschen waren näher gekommen, um das bloß nicht zu verpassen. Dann ist der Film zu Ende.

Ich bin nicht schockiert über die Szenen. Inzwischen habe ich mich fast an dieses kranke Umfeld gewöhnt. Die Menschen scheinen sich zu Tieren, die nichts anderes im Hirn haben, als ihren Sexualtrieb zu befriedigen, zurück zu entwickeln. Auch Lydia halte ich für primitiv sexgesteuert. Klaus nicht. Ihn lenken Geld und Macht. Er weckt und steigert die Bedürfnisse seiner Mitbürger, um sie dann zunächst als Gastgeber, später gegen Bezahlung zu erfüllen. Und es ist so genial einfach! In einer Welt, in der alle gleich sein sollen, in der es keinen Besitz mehr gibt, in der man nur arbeiten und beten soll, werden pornographische Filme zum heimlichen Lebensinhalt einer ganzen Siedlung, vielleicht sogar des ganzen Landes? Klaus gibt den Menschen das Schmutzige, das sie so lange entbehrt hatten, zurück. Immer bereit, die Sudelei noch zu steigern.

Gedankenverloren starre ich auf das noch immer flimmernde Fernsehbild, als Klaus den Raum betritt.

»Klaus, es tut mir leid. Ich wollte einen Schluck trinken, da ist mir die Flasche runtergefallen«, sage ich sofort, bevor er es selbst entdeckt.

»Ist nicht schlimm«, antwortet er. Er scheint selbst in Gedanken zu sein, so als plane er irgendetwas. Und tatsächlich. Nachdem er sich auf das Sofa gesetzt hat, eröffnet er mir eine neue Ungeheuerlichkeit. »Du hast ja gestern mitbekommen, dass neue

Filmprojekte anstehen. Jetzt die Zeit, in der ich von meiner Arbeit freigestellt bin, ist die beste, um schon mal einen Teil davon umzusetzen! Dabei wirst du mir helfen!«, bestimmt Klaus.

Ich sehe ihn fragend an. »Lydia und Christian waren gestern von der Idee ganz angetan, dass man nahezu jeden Bürger zu einem MV machen kann. Ja, dass man sich sogar vorab auf der Straße einen reinen, jungfräulichen Menschen aussuchen kann, um ihn abzurichten und in seinen Besitz zu nehmen«, fährt er fort.

»Ihr seid satanisch und größenwahnsinnig!«

»Dass deine Meinung niemanden interessiert, solltest du langsam gemerkt haben!«

Ich befürchte, dass er schlechte Laune bekommt und ungehalten wird, deshalb lenke ich ein: »Soll ich dir einen Whisky holen? Ich würd selbst auch gern etwas trinken!«

Das war jetzt volles Risiko. Er könnte jetzt sagen, dass er auch lieber Wodka trinken will. Aber die Gefahr, dass er von alleine an die Wodkaflaschen geht, ist mir zu groß und sie wird verringert, wenn er sein eigenes Getränk vor sich stehen hat und mich auch nicht ständig zum Trinken nötigen muss. Er sieht mich etwas verwundert an, sagt dann aber »Ja, tu das!«

Ich hole die Whiskykaraffe, ein Glas und eine der Wodkaflaschen, in der nur Wasser ist. Am Tisch schenke ich ihm den Whisky ein und trinke selbst einen sehr großen Schluck von dem ekeligen Wasser aus der Flasche. Er ahnt nichts und redet einfach weiter.

»Christian hat nun ein junges Mädchen in einer

Kirche gesehen. Sie ist Anfang 20 und unverheiratet, also noch Jungfrau. Sie soll unser erstes Versuchsobjekt werden!«

»Was heißt das?«, will ich entsetzt wissen.

Klaus grinst: »Nein, keine Sorge. Die wird noch nicht an die Gruber Brüder weitergegeben, zumindest nicht beim ersten Mal. Christian möchte die Entweihung selbst vornehmen vor laufender Kamera und im Rahmen einer kleinen Party.«

Ich schlucke und werde blass. Ich hätte nicht gedacht, dass sie ihre Abartigkeiten so schnell steigern würden.

»Und du wirst uns helfen, sie zu bekommen, Anna!«

»Das werde ich NICHT! Was hat dieses Mädchen euch getan, dass ihr aus Spaß ihr Leben zerstört?«

»Du sagst es ja gerade selbst: Wir machen es aus Spaß! Zu unserem und zum Vergnügen unserer Freunde! Und Anna: Du wirst es tun! Du wirst es sogar nicht nur einmal tun! Ich könnte dir auf der Stelle das Leben nehmen und niemanden würde es interessieren! Du wirst also für mich arbeiten, wenn dir dein Leben lieb ist! Und noch etwas: Deine Tochter. Ich könnte sie jederzeit aus dem Internat holen und verschwinden lassen.«

In seiner Stimme liegt jetzt wieder die bedrohliche Ruhe und er erklärt weiter: »Du wirst sie als Bürgerin in der Kirche ansprechen. Da sie jeden Tag dort zu finden ist, wirst du dich jeden Tag ein klein wenig mehr mit ihr anfreunden, bis sie dir vertraut und in deinem Haus deinem 20-Jährigen Sohn vorgestellt werden soll! Solltest du sie warnen, wirst du deine Tochter nie wieder sehen! Ich würde ja Lydia beauftragen, zumal es ihr Spaß machen würde, aber sie ist gerad in eigener Sache unterwegs. Sie hat sich einen jungen Mann ausgeguckt, den sie unbedingt zu ihrem MV machen will.«

Ich muss mich sehr beherrschen, nicht sofort los zu weinen. »Lydia ist doch schon verheiratet!«, wende ich ein.

»Sie denkt über eine Scheidung nach, da Dennis ihr sehr viel Ärger bereitet hat.«

Was das wohl für Ärger ist? Ob er eine Sekunde zu spät beim Schubkarrenlauf war? Mir ist zum Heulen zumute. *Ich kann doch nicht das Leben eines anderen Menschen zerstören! Aber ich kann auch nicht mit der Angst leben, dass er meiner Tochter etwas antut.*

»Ich werde dich heute Nachmittag zur Kirche bringen und dir das Mädchen zeigen. Ich gebe dir bis übermorgen Zeit. Dann bringst du sie mit nach Hause! Alles Weitere haben wir bis dahin arrangiert.«

Es gibt für mich keinen Ausweg. Hatte ich bislang geglaubt, es kann nicht schlimmer kommen, so hab ich mich getäuscht. In dieser Siedlung kommt es jeden Tag um einiges schlimmer als noch am Vortag.

Noch bevor wir nachmittags das Haus verlassen, trinke ich in Klaus Beisein die Flasche leer. Er schöpft keinen Verdacht. Dann bringt er mich zu Fuß zu der Kirche. Sie befindet sich am Rand der Siedlung.

»Denk dran, du bist eine Bürgerin! Verhalte dich entsprechend!«, ordnet Klaus noch an und zeigt durch die Glastür auf eine junge Frau.

Das auserwählte Mädchen steht barfuß am Desinfektionsbecken. Ich stelle mich daneben, weiß aber gar nicht, wie sich die Bürger miteinander unterhalten. Klaus bleibt wie ein Wachhund vor der Glas-

Kirchentür stehen. Ich sehe das Mädchen an. Es ist niedlich. Und mir tut unendlich leid, was ich ihr antun werde, doch die Angst um meine Tochter ist größer.

Noch während ich überlege, wie ich mit ihr ins Gespräch kommen kann, spricht sie mich an: »Finden Sie nicht auch, dass dieses eine der schönsten Kirchen der Stadt ist?«

Scheinheilig lächle ich sie an und antworte: »Da bin ich ganz Ihrer Meinung. Es ist ein ganz besonderer Ort der Ruhe und Demut. Diese Kirche wurde übrigens von meinem lieben Mann entworfen. Oh Entschuldigung, ich habe mich Ihnen gar nicht vorgestellt: Mein Name ist Anna Becker.« Ich reiche ihr die Hand.

»Isabell Leitner, sehr erfreut!«, erwidert sie. »Sind Sie etwa die Frau von Klaus Becker, dem bekannten Kirchenarchitekten?«, fügt sie erfreut hinzu.

»Ja, das bin ich. Ich bin sehr stolz auf meinen Mann«, lüge ich.

»Wissen Sie, ich studiere auch Architektur. Ich bin eine große Bewunderin Ihres Mannes und würde ihn sooo gerne einmal kennenlernen, um mich über das Thema auszutauschen. Natürlich nur mit Ihrem Einverständnis und in Ihrem Beisein!«

Sie sieht mich bittend an. *Mensch Mädchen, warum machst du es mir bloß so einfach, dich ins Verderben zu stürzen?*

»Wir würden uns freuen, Sie zum Kaffee einladen zu dürfen. Vielleicht wäre es Ihnen übermorgen recht? Mein Mann wird übermorgen Nachmittag zuhause sein. Er erzählt so gerne von seiner Arbeit und hat mit mir leider keinen kompetenten Gesprächspartner.« Ich lächle sie wieder an.

»Oh, Sie würden mir eine solche Freude erweisen!« Die Kleine ist richtig dankbar.

Ich frage sie: »Wollen wir uns dann übermorgen Nachmittag zum gemeinsamen Gebet hier treffen und Sie begleiten mich dann zu unserem Haus, wir wohnen nur zwei Straßen von hier.« *Wo nehme ich bloß diese Kaltschnäuzigkeit her? Jetzt hab ich sie noch schneller als geplant, dort wo Klaus sie haben will.*

»Dann übermorgen um Drei, wäre Ihnen das recht?«, fragt sie.

»Sehr recht. Ich freue mich!«, lüge ich weiter.

Sie zieht sich ihre Socken und Schuhe an. »Ich muss jetzt los, ich habe heute noch eine Vorlesung! Auf Wiedersehen, Frau Becker!«

»Auf Wiedersehen, Frau Leitner! Bis übermorgen!«

Sie winkt mir noch einmal zu und verlässt die Kirche. Klaus steht jetzt mit dem Rücken zu ihr. Falls sie ihn von irgendeinem Bild im Deutschnet kennen sollte, hat sie ihn jetzt nicht erkannt. Mir ist hundeelend. Ich setze mich auf den Rand des Desinfektionsbeckens. Klaus kommt herein. »Wie ist es gelaufen?«, will er wissen.

»Sie wird uns übermorgen besuchen!«, antworte ich aufgewühlt.

»Ich wusste, dass ich mich auf dich verlassen kann, Anna! Ich bin sehr stolz auf dich! Vielleicht wird aus dir ja doch noch eine gute Bürgerin!«

Klaus ist sehr zufrieden. *Ich bin zur Mittäterin geworden.* Ich kann an nichts anderes mehr denken.

Zuhause sitzen Lydia und Christian rauchend in der Sitzecke. Keine Ahnung, wie die hier hineingekommen sind. Wahrscheinlich hat Lydia eine Chipkarte für das Haus. Das würde auch erklären, warum ich manchmal das Gefühl hatte, dass sich noch andere Personen außer Klaus und mir im Haus befinden.

Klaus drückt mich auf das Sofa und setzt sich selbst neben Lydia.

»Klappt es denn jetzt übermorgen mit der Entweihung?«, will Christian aufgeregt von Klaus wissen.

»Wenn Anna nicht noch irgendwelche Fehler macht, ja!«

Ich möchte nichts mehr darüber hören und frage: »Darf ich in mein Zimmer gehen, Klaus?«

Vielleicht sollte ich meine Spiegelscherben heute Nacht zum Einsatz bringen. Dann kann Klaus meiner Tochter nichts antun und auch Isabell wäre gerettet.

Klaus antwortet mir: »Nein! Du bleibst hier! Schließlich ist es auch deine Party, die wir hier planen.«

»Ich hab da nix mit zu tun!«, versuche ich mich vor mir selbst zu rechtfertigen.

»Ohne dich gäbe es keine Entweihung! Du bist mein Ehrengast!«, behauptet Christian.

»Wir sollten jetzt nochmal ein paar Einzelheiten durchgehen, damit es ein rundum gelungener Event wird, an den man sich noch lange erinnern wird! Christian, willst du den Gebetsraum, oder die Duschen?«, will Klaus wissen.

»Zur Entweihung gehört ein Gebetsraum, oder nicht? Fänd ich passender. Außerdem gehen da auch mehr Gäste rein! Ich brauche noch ein etwa zwei Meter hohes Kreuz! Kannst du es mir noch bis dahin besorgen?«, fragt Christian.

»Klar! Brauchst du sonst noch was? Denn ansonsten könnten wir uns dann mal über das Aufräumen nach der Party unterhalten.«

»Ich brauch sonst nix. Weniger ist oft mehr!« Christian lacht böse und fährt fort: »Zum Aufräumen hab ich mir überlegt: Wenn die Gäste fort sind, wird Lydia mit dem Mädchen zu den Gruber Brüdern fahren. Dort wird dann der erste Film *Befruchtung* von ihr gedreht. Ich werde jetzt schon ganz geil, wenn ich an das Ergebnis denk. Danach wird das Mädchen etwa sechs bis sieben Monate bei den Brüdern leben und ihnen ein wenig zur Hand gehen! Tja und dann kann sie nach Hause. Wir werden die Behörden informieren, dass wir eine schwangere, unverheiratete Bürgerin in der Siedlung gesehen haben. Der Rest geschieht dann automatisch. Sie wird als MV erfasst. Und je nachdem, ob ich dann noch Interesse habe, werde ich sie mir vermitteln lassen. Aber ich glaube, wohl eher nicht, weil wir sicherlich noch einige andere Bürgerinnen zu bekehren haben!« Christian lacht wieder.

Ich möchte nicht mehr hinhören. Ich habe dieses Mädchen schon jetzt auf dem Gewissen. Wenn ich es nicht noch irgendwie bis übermorgen abwenden kann.

Lydia mischt sich jetzt ein. »Ihr könnt mir übrigens auch gratulieren. Mein künftiger Verlobter wird mich Montag besuchen. Können wir die Scheidung von Dennis und mir dann vielleicht am Sonntag feiern?«

Mir wird das zu viel! »Bitte Klaus, lass mich doch schlafen gehen! Ich bin sehr erschöpft!«, bettle ich.

»Ja verschwinde! Ich schließ gleich hinter dir die

Tür!«, antwortet Klaus.

Wenn er mich einsperrt, werde ich ihn nicht umbringen können. Aber nur ihn auszuschalten, reicht ohnehin nicht. Lydia und Christian würden es auch alleine durchziehen. Allerdings kommen die nicht an meine Tochter heran. Ich könnte Isabell warnen und selbst flüchten. Vielleicht würde ihre Familie mir helfen. Also werde ich die Ermordung von Klaus auf morgen verlegen. Ich habe keine andere Wahl.

Die Nacht bleibt ruhig.

Um acht Uhr dann das Übliche: »Guten Morgen liebe Sorgen, ...« und die Glaslampe erstrahlt. Ich stehe auf und klopfe gegen die Tür.

»Klaus, kannst du mich bitte rauslassen. Ich muss mal zur Toilette!«

Klaus öffnet die Tür, nimmt mein Gesicht in seine Hände und sieht mich an. Ich versuche ihn wegzustoßen, weil es mich nervös macht.

»Anna, Anna!«, sagt er nun und zieht ein Paar Handschellen aus der Pyjamatasche. »Ich muss das jetzt leider tun, weil du mich mit dem Wodka betrogen hast. Warum kann ich dir denn bloß nicht vertrauen? Streck deine Hände vor!«

Ich tue es, völlig bestürzt, weil er das mit dem Wodka herausgefunden hat und ich eigentlich mit einer schlimmeren Strafe gerechnet hätte. Er lässt die Handschellen um meine Handgelenke einrasten.

»Du wirst die Dinger bis morgen Nachmittag tragen müssen, weil ich nicht mehr weiß, auf welche Art und Weise du mich noch hintergehen wirst. Wenn du auch ohne Wodka gehorsam bist, soll mir das recht sein, denn das ist auch billiger für mich. Nach deiner

OP nächste Woche wirst ohnehin *du* diejenige sein, die die Ware über die Grenze bringt. Du kannst dir ja schon mal überlegen, wie du die Lieferanten bezahlen wirst. Denn die acht Flaschen möchte ich ersetzt haben!«

Wieso ist der so ruhig? Hat er Angst, dass seine Party morgen doch nicht stattfinden kann, wenn er jähzornig reagiert? Noch ist er auf mich angewiesen. Mich beruhigt das aber in keiner Weise. Ich stehe den gesamten Tag unter seiner Beobachtung, selbst beim Essen hilft er mir, weil er nicht einsieht, mir die Handschellen abzunehmen.

Auch der Wunsch, Alkohol zu trinken kommt heute noch wellenartig alle 20 Minuten in mir hoch. Aber ich bin stark genug, dem nicht nachzugeben. Und je mehr Stunden vergehen, desto weniger schwer fällt es mir.

Abends kommt Lydia ins Haus gestürmt mit den Worten: »Klaus, ich brauche es jetzt ganz dringend! Bis Morgen halte ich es nicht mehr aus!«

Diese notgeile kleine Drecksau! In deren Hirn ist nichts außer Triebhaftig- und Maßlosigkeit. Dieses Bakterium!

Klaus deutet ihr an, dass sie schon einmal in sein Zimmer vorgehen soll. Er befreit eine meiner Hände aus der Handschelle und kettet diese an ein Rohr neben seiner Schlafzimmertür. Gott-sei-Dank so, dass ich nicht hinein sehen muss oder kann.

Aber ich muss mir ihr Gekeuche wieder anhören. Dieses Mal noch um einiges deutlicher als vorgestern im Auto. Aber schon nach zehn Minuten hört man, dass es nicht mehr lange dauern kann. Sie werden sehr laut.

Klaus schreit: »Aaaaaaaaaaaa! Annaaaaaaaaaaaaaa! Aaaaaaaaaaaaaaaa!«

Mir läuft ein eiskalter Schauer über den Rücken! *Er hat meinen Namen geschrien!* Ich kann mich nicht verhört haben! Er hat meinen Namen bewusst und versteckt eingesetzt, Lydia hat es in ihrer Ekstase nicht einmal bemerkt.

Dann sind sie fertig. Angezogen kommen sie aus dem Zimmer. Lydia pflanzt sich in die Couch und raucht eine Zigarette, selig grinsend.

Klaus kettet mich vom Rohr ab und meine Hände wieder vor dem Bauch zusammen. Er flüstert mir ins Ohr: »Na Anna, wie hat dir das gefallen?«

»Ihr Zwei seid echt zum Kotzen!«, antworte ich ihm.

Lydia hält eine DVD in Luft. »Willst du Dennis sehen, wie er seine letzte Tour mit Waren schiebt und dabei fast am Abkratzen ist, Klaus? Es ist herrlich!«

»Nee, lass mal... kleine Jungs sind nicht so mein Ding!«

Ich glaube wirklich, dass Lydia die größere Sadistin von beiden ist. Klaus geht es ums Geschäft und Lydia um ihre sexuelle Befriedigung. *Was wird sie mit mir anstellen, wenn ich mit ihr zur Borderlinie muss?* Lydia schiebt jetzt irgendeine andere DVD in den Player. Ich schaue nicht hin, ihre Orgien will ich mir nicht ansehen.

»Klaus, ich möchte ins Bett«, bitte ich ihn.

Komischerweise hat er nichts dagegen, bringt mich zum Zimmer, entfernt die Handschellen und flüstert mir ins Ohr: »Gute Nacht meine kleine Anna, Annaaaaaaaaaaaaaaaaaaaaaaaaaa!«

Er schließt die Tür. Ich liege im Bett und kann nicht schlafen, weil ich sein Stöhnen nicht aus dem Kopf kriege. Und das schockiert mich. Eigentlich sollte ich mir Gedanken darüber machen, wie ich Klaus am nächsten Tag noch aus dem Weg räumen könnte, statt dessen denke ich an Sex mit ihm. *Er hat meinen Namen geschrien!*

Donnerstag.... Der Tag des Events.

Klaus öffnet die Zimmertür, noch bevor mein Lieblingslied ertönt. Schlaftrunken wird mir nur langsam bewusst, dass ich heute Isabell in die Hölle führen muss.

»Klaus, muss ich denn wirklich Isabell hier herbringen? Könnt ihr nicht jemanden von euch nehmen, der solche Spielchen gerne mitspielt?«

Klaus sieht mich verächtlich an.

»Und welchen Sinn sollte das machen? Meine Gäste und Kunden wollen nichts Gewöhnliches, sie wollen richtige Unterhaltung! Das kann man nicht schauspielern! Sie wollen echte Angst und Verzweiflung sehen. Sie haben tagein tagaus Sauberkeit und Ruhe um sich, da ist der gelegentliche Wunsch nach Schmutz und Gewalt doch völlig normal!«

»Und wo wird das hinführen? Irgendwann reichen euch die Vergewaltigungen doch auch nicht mehr! Fangt ihr dann Krieg an?«

»Zerbrich dir darüber nicht den Kopf! Wichtig ist nur, dass *du* heute alles richtig machst, da draußen! Versuch nicht, mich zu hintergehen, du wirst ununterbrochen beobachtet durch einen Freund von mir! Und sieh es doch mal so: Vielleicht wird ein einziges

Mädchen ein wenig unglücklich sein, dafür macht sie aber mindestens 30 Menschen schon heute Nacht sehr glücklich. Und durch den späteren Verkauf der DVDs erreicht das Glück dann auch noch andere.«

»Du bist krank und pervers!«

»Ach Anna. Warte mal ab, heute Abend wird es dir dann auch gefallen.«

»Ich werde es mir nicht ansehen!«

»Doch, das wirst du! Mit mir, deinem Mann, an deiner Seite!«

»Klaus, was willst du denn noch alles von mir verlangen? Kann nicht irgendwann mal Schluss sein?«

»Das kannst du selbst entscheiden! Denk an deine Tochter!«

Er hält die Erpressung also wirklich noch aufrecht.

Ich fange an zu weinen. »Klaus, ich kann das nicht! Ich kann das wirklich nicht!«

»Anna, du bist eine starke Frau! Du kannst das! Du kannst das richtig gut. Das weiß ich! Vor deinem Unfall konntest du noch ganz andere Sachen!«, behauptet er. »Aber ich muss dir nun wieder die Hände fesseln, weil du ein wenig durcheinander bist. Ich befürchte, du möchtest mir was antun! Gib mir bitte deine Hände!« Er nimmt sie sich und schließt sie in die Handschellen. »Wodka möchtest du keinen, oder?«

Ich schüttle den Kopf.

»Ich gebe dir etwas anderes!« Er nimmt aus seiner Pyjamatasche die Dose mit den Beruhigungstabletten. Er entnimmt eine der Pillen. »Schluck die bitte, in einer halben Stunde geht es dir dann besser!«

Ich nehme die Tablette, weil ich glaube, langsam selbst verrückt zu werden. Ich denke an Tristan, den schönen, religiösen Tristan. Hätte ich mich auf das Gebetsritual eingelassen, wäre ich jetzt vielleicht noch bei ihm und nicht in dieser Hölle. Noch nicht einmal eine Woche bin ich in dieser surrealen Welt, aber ich habe hier schon Dinge erlebt, die andere in ihrem ganzen Leben nicht erleben müssen.

»Klaus, warum schickst du denn nicht Lydia, um das Mädchen zu holen? Sie könnte ihr ausrichten, dass deine Frau kurzfristig verhindert ist!«, versuche ich es erneut in meiner Verzweiflung.

»Erstens muss Lydia von der ersten Sekunde an filmen und zweitens würde es nichts ändern. *Du* Anna hast die Kleine bereit gemacht für unser Haus.«

Er hat Recht. Niemand anderes als ich hat Isabell dazu gebracht, hier ins Haus zu wollen.

»Hast du überhaupt schon mal gebetet, Anna? Ihr wolltet doch erst beten, bevor ihr hierher kommt, oder?«

»Nein, ich habe noch nie gebetet!«

»Ich hab ein passendes Gebet für dich!« Klaus lacht. »Das Schuldbekenntnis. Vielleicht hilft es dir ja!«

Er sprudelt mehrmals den Text herunter und fordert mich auf, es bis zum Nachmittag zu lernen. Ich vergesse die Zeilen immer wieder. Vielleicht liegt das schon an den Tabletten.

Ich gehe zur Sitzecke. Klaus kommt mit einem kleinen Schälchen und einem Löffel an den Tisch. In dem Schälchen dampft heißes Wasser. Nun nimmt er vier der *Tavor* Tabletten aus der Pillendose und zerdrückt diese mit dem Löffel auf der Tischplatte. Das Pulver schiebt er in seine Handfläche und schüttet diese über dem Wasser aus. Er rührt die Flüssigkeit, bis sich das Pulver komplett aufgelöst hat.

»Was machst du da?«, frage ich völlig entgeistert.

Er legt zwei Spritzen auf den Tisch und antwortet: »Keine Ahnung, ob das funktioniert, hab´s selbst noch nicht ausprobiert!«

Er lacht und zieht die Flüssigkeit aus dem Schälchen in die erste Spritze. »Das ist für deine kleine Freundin, dann muss sie sich nicht so aufregen! Von Christian bekommt sie später noch ein anderes Medikament, das ihr gut tun wird!«

Er hält die zweite Spritze hoch.

»Ihr Schweine! Wollt ihr sie vergiften? Ihr bringt sie damit um! Ihr könnt doch nicht irgendwelche Substanzen mischen und ihr in die Adern jagen!«

»Warum nicht? Irgendwer muss ja mal ausprobieren, wie die Wirkung ist, sonst erfährt man es ja nie! Vielleicht gefällt es ihr ja richtig gut!«

»Bitte Klaus, ich flehe dich an. Lasst den Scheiß! Sie könnte daran sterben!«

»So schnell stirbt man nicht!«, lacht Klaus unbeirrbar.

Sicherlich ist das nicht sein Ernst. Er will mir bestimmt nur Angst machen! Oder täusche ich mich? Ist er tatsächlich ein solches Monster? Aber egal, was heute noch passiert: Es ist auch ohne Spritzen hochgradig kriminell und menschenverachtend.

Und ich kann nicht verhindern, dass noch heute diese teuflischen Handlungen vollzogen werden. Im Gegenteil: Durch mich haben diese Psychopathen erst die Möglichkeit, am Abend übelste Fantasien auszuleben.

Aber kann ich meine Tochter wirklich damit retten? Vielleicht hat er sie längst aus dem Weg geräumt? Ich glaube auch nicht, dass auf der Party irgendjemand eingreift und den anderen zu verstehen gibt, dass sie zu weit gehen!

Wenn Isabell erst hier im Haus ist, dann ist es zu spät. *Isabell, bitte vergib mir, dass ich dir das angetan habe!*

Trotz der *Tavor* bleibe ich den ganzen Tag unruhig. Ich gehe auf und ab.

Dann ist der Nachmittag da.

»Anna, du musst jetzt los!«, ordnet Klaus an. Ich ziehe mir apathisch meine Schuhe und eine Jacke an. Wir fahren zur Haustür ins Erdgeschoss.

»Wenn ihr zum Haus kommt, klingle bitte und stell dich hinter sie. Ich werde sie freundlich begrüßen bis sie ganz drinnen ist. Dann kommst du rein und ziehst sofort die Tür hinter dir zu! Du gehst weiter durch in den Gebetssaal. Während Lydia und ich das Mädchen für Christian vorbereiten, bietest du unseren Gästen Getränke an, das lockert die Stimmung und hilft die Wartezeit zu überbrücken! Hast du alles verstanden?«

Ich starre ihn nur an.

»Ach und noch etwas: Dort vorne siehst du Dirk, er wird immer in Deiner Nähe sein«, er zeigt auf die gegenüberliegende Straßenseite. »Sollte irgendetwas durch dein Verschulden nicht nach Plan laufen, wird er es mir melden und deiner Tochter wird es noch heute sehr, sehr schlecht ergehen! Und nun geh los!«

Ich setze mich in Bewegung. Die Schuldgefühle werden unerträglich! Aber auch seine Drohung setzt mir zu. Ich werde jetzt Isabell hier herbringen. Ich tue es für das Leben meines Kindes. *Isabells Leben ist ja nicht unmittelbar in Gefahr,* versuche ich mich für mein

Handeln zu rechtfertigen. *Das meiner Tochter schon. Isabell wird das Ganze überleben, meine Tochter nicht, wenn ich etwas falsch mache.*

Tief in Gedanken, höre ich plötzlich von der Seite: »Frau Becker! Guten Tag! Das ist ja schön, dass wir uns hier schon treffen, dann können wir zusammen zur Kirche gehen!«

Isabell! … Ich sehe sie an. Sie ist noch niedlicher als vorgestern, so fröhlich lachend und lebensfroh. Sie hat große, schöne Rehaugen. *Ein Reh, das heute noch geschossen wird!*

»Oh guten Tag, Frau Leitner«, presse ich hervor.

»Geht es Ihnen nicht gut, Frau Becker? Sie sind so blass!«

»Nein, nein. Machen Sie sich keine Sorgen, es ist alles in Ordnung.« Ich versuche zu lächeln.

»Ich freue mich schon so, Frau Becker, auf ihr Zuhause und auf ihren Mann!«

Wenn du wüsstest: Du würdest rennen, so schnell du kannst!

»Oh, sehen Sie Frau Becker, dort drüben ist mein Cousin!« Sie winkt und ruft über die Straße: »Guten Tag Dirk!« Dirk winkt überrascht tuend zurück. »Hallo Isabell, gehst du zur Kirche?« Sie nickt und wir gehen weiter.

»*Das* ist Ihr Cousin?«

»Ja, ich glaube, er kennt Ihren Mann auch, oder?«

»Kann sein«, murmle ich. *Ist es wirklich möglich, dass der Cousin die eigene Cousine für eine Party und eine DVD opfert?*

Wir kommen zur Kirche. Im Desinfektionsbecken reinigen wir uns die Füße.

»Wollen wir dort hinüber gehen, von da kann

154

man das Kreuz und die Madonna besser sehen!«, fragt Isabell.

Ich nicke und folge ihr zu ihrem ausgewählten Platz. Wir knien uns nebeneinander nieder. Ich schließe die Augen und bete:

»Confiteor Deo omnipotenti, et vobis, fratres, quia peccavi nimis cogitatione, verbo, opere et omissione:

Mea culpa, mea culpa,

MEA MAXIMA CULPA!

Ideo precor beatam Mariam semper Virginem, omnes Angelos et Sanctos, et vos, fratres, orare pro me ad Dominum Deum nostrum.«

Isabell flüstert mir zu: »Sie beten das Schuldbekenntnis, Frau Becker? Es ist ein sehr schönes, aufrichtiges Gebet, nicht wahr?« Ich nicke.

Ungefähr 15 Minuten verweilen wir noch in der Kirchenhalle. Ich würde sie am Liebsten nie mehr verlassen, aber jetzt drängelt Isabell plötzlich: »Wollen wir gehen, Frau Becker? Ich freu mich doch so auf ihr Haus. Sie haben doch auch einen Altar, wir können notfalls ja auch da noch weiter beten!«

»Ist gut!«, sage ich nur. Mein Mund ist trocken.

Der Rückweg dauert normalerweise nur fünf Minuten. Immer wieder bleibe ich aber stehen, einmal weil ich einen Stein im Schuh habe, einmal weil ich angeblich umgeknickt bin... *ich kann das nicht tun!* Ich blicke über die Straße. Dirk scheint schon wieder in unserem Haus zu sein. Ich sehe jetzt einen anderen Mann, der immer in unserer Nähe ist. *Das wird ein weiterer Spitzel von Klaus sein.* Irgendwann gibt es keine Gelegenheit mehr anzuhalten oder umzukehren.

Wir stehen vor unserer Haustür. Ich stelle mich

hinter Isabell und drücke auf die Klingel. Schritte nähern sich. Die Tür wird geöffnet. Ein gut aussehender Klaus steht in der Tür.

»Sie sind Herr Becker? Ich habe schon so viel über Sie gelesen. Ich freu mich so, Sie kennen zu lernen!«, plappert Isabell fröhlich los.

»Und ich mich erst, Fräulein?«

»Isabell Leitner!«

»Fräulein Leitner!« Klaus reicht ihr die Hand...

und zieht sie hinein... Noch bevor sie begreift, was geschieht, presst er ihr ein Tuch auf Mund und Nase, bis ihr die Augen zufallen. *Gott-sei-Dank nicht die Spritzen!*

Jetzt erst sehe ich Lydia. Sie hat von der ersten Minute an gefilmt.

»Anna, du gehst jetzt zu den Gästen und gibst ihnen zu trinken«, ordnet Klaus an.

Er hat Isabell auf den Boden vor das Desinfektionsbecken gelegt und beginnt sie auszuziehen. Lydia filmt. »Wir bereiten Isabell für ihren großen Auftritt vor!«

Ich verlasse den Desinfektionsraum, um den Gebetsraum zu betreten. Hier stehen dicht gedrängt zwischen 30 und 40 Menschen. Es ist so skurril! Manche von ihnen sind nackt, manche in Bürgerkleidung, manche in Lack und Leder. An der Wand, an der eigentlich der Altar steht, wurde eine Bühne aufgebaut, darüber hängt ein Plakat mit der Aufschrift:

»Die Entweihung - Live«

Die meisten der Gäste haben sich ihre Getränke schon selbst genommen. Alkohol steht kistenweise an den Wänden.

Dann wird die Tür des Desinfektionsraumes geöffnet: Vier Männer im schwarzen Anzug und mit schwarzen Zylindern tragen ein ungefähr zwei Meter hohes Kirchenkreuz auf die Bühne. Sie lehnen es an eine Seitenwand, so dass es in etwa in einem 45 Grad Winkel auf dem Podest steht.

Die Gäste applaudieren und die Männer verschwinden wieder, um kurz darauf einen Tisch mit weißer Decke und vier brennenden Altarkerzen hereinzutragen. Diesen stellen sie auf der Bühne ab. Das Publikum klatscht weiter.

Nun tragen die Männer mit gestreckten Armen hoch über sich die reglose Isabell, die jetzt mit einem weißen Nachthemd bekleidet ist, herein. Sie wird auf dem Altartisch abgelegt, sodass ihre Beine über die Tischkante baumeln. Die vier Männer stellen sich an ihre Arme und Beine, während die psychopathische Menge im Saal tobt.

Und es wird noch schlimmer, als jetzt Christian, ebenfalls in einem knielangen, weißen Nachthemd und mit einem Mikro am Mund, den Raum betritt. Er trägt die Maske aus dem Film »Scream« über dem Kopf.

Er reißt nun die Arme hoch wie ein gefeierter Superstar und springt auf die Bühne.

»Liebe Gäste, ich freu mich, dass ihr so zahlreich zur Entweihung erschienen seid… Begrüßt mit mir: Meine Hohepriester!«

Er hält seine Hand in Richtung der Zylinderköpfe.

Die Gäste applaudieren phrenetisch. Lydia filmt jede Einzelheit…

Das Licht erlischt, nur noch die vier Kerzen auf dem provisorischen Altartisch brennen. Das Publikum wird ruhiger, konzentriert auf das, was jetzt kommt.

Christian fragt leise in sein Mikro: »Darf ich fragen, wäre denn jemand für den heutigen Abend bereit, mein Messdiener zu sein?«

Sofort gehen alle Arme nach oben. Er entscheidet sich für einen der Nackten. Vielleicht um das Bühnenbild noch bizarrer zu machen. Der Superstar stellt sich zwischen Isabells vom Tisch baumelnde Beine, während die Hohepriester jetzt ihre Arme und Beine festhalten. Er beugt sich über die junge Frau, klopft ihre Wangen, damit sie zu sich kommt.

Leise stöhnend wird sie nur langsam wach. Das Publikum hält den Atem an. Isabell öffnet die Augen, begreift überhaupt nicht, was los ist und schreit. Sie schreit aus Leibeskräften und versucht sich loszureißen. Das Publikum grölt!

Christian lässt sie einen Moment schreien, dann hält er ihr den Mund zu und ruft mit teuflischer Stimme ins Mikro:

»Mein Name ist Jesus Christus, ich bin der uneheliche Sohn der Maria. Ich werde jetzt ihre Unbefleckheit überprüfen und die MV Maria dann ans Kreuz nageln!«

Die Gäste geraten beinahe in Ekstase.

»Ave Maria! Benedictus fructus ventris tui, qui pro nobis sanguinem sudavit«, wendet Christian sich laut an Isabell.

Ich muss mich an eine Wand lehnen, weil mir schlecht wird. Klaus steht plötzlich neben mir. Er verfolgt wie ein Eventmanager das Treiben auf der Bühne. Ich spüre aber, dass er auch mich nicht aus den Augen lässt.

Christian nimmt die Hand von Isabells Mund. Das Publikum soll ihre Schreie hören. Nun schiebt Christian ihr das Nachthemd hoch und beginnt, sie brutal zu vergewaltigen. Das Tischtuch färbt sich rot. Isabells Schreie werden leiser. Sie wimmert nur noch. Aber auch das ruft bei den Voyeuren keinerlei Mitgefühl hervor. Im Gegenteil: Sie wollen immer noch mehr sehen.

Christian fragt nun seinen Messdiener: »Möchtest jetzt du dich davon überzeugen, dass die angebliche Jungfrau Maria tatsächlich nicht unbefleckt ist?«

Das lässt sich dieser nicht zweimal sagen. Christian zieht sich zurück und der nackte Messdiener schändet Isabell. Er bringt es zu Ende und stottert dann: »Nein, sie war nicht unbefleckt!«

Christian schickt den Mann von der Bühne: »Applaus für meinen Messdiener!« Alle klatschen wieder.

»Wenn die Maria also bewiesenermaßen nicht unbefleckt war, dann ist sie eine MV. Und ich werde die MV Maria nun ans Kreuz nageln.«

Die schwarzen Hohepriester ziehen die fast leblose Isabell nun vom Tisch herunter auf das beinahe waagerecht liegende Kreuz hinauf. Sie binden ihre Arme mit Seilen an den Querbalken. Ihren Bauch fesseln sie an den Längsbalken. Christian zieht das Becken der armen Isabell ein Stück zu sich heran, vergewaltigt sie erneut und ruft im Rhythmus dazu laut ins Mikro:

»Ich nagele dich ans Kreuz, ich nagele dich ans Kreuz, …«

Irgendwann ist er laut schreiend fertig und lässt von Isabell ab.

»Ich habe sie gekreuzigt!«, ruft er ins Mikro und verbeugt sich vor seinem Publikum.

Die Hohepriester richten das Kreuz auf und verankern es im Boden. Isabell hängt in einem blutigen Nachthemd am Kreuz. Ihr Kopf ist zur Seite gekippt. Sie ist wahrscheinlich bewusstlos.

»Ich wusste, dass es dir gefallen wird!«, provoziert Klaus mich jetzt und drückt mich gegen die Wand. Da rund um mich Menschen stehen, komme ich hier nicht weg. »Ich würde dich jetzt auch gern kreuzigen!«, bedrängt er mich weiter.

Ich sage gar nichts ... ich bin schockiert über das Gesehene. Das Licht geht jetzt an.

Christian verbeugt sich noch einmal, zeigt dann auf Isabell und sagt »Applaus auch für Isabell als Maria!«

Ein Vorhang wird von oben herabgelassen.

Der Applaus verklingt und die Gäste widmen sich weiter ihren sexuellen Handlungen, die sie anscheinend schon länger tätigen. Die Vergewaltigung eines unschuldigen Mädchens hat die Masse geil gemacht. Manche sind zu zweit beschäftigt, manche zu dritt, manche alleine. Einer der Nackten hat sich mit der Madonnenfigur des Wohnzimmeraltars auf den Fußboden gesetzt, sie zwischen seine Beine gestellt und zeigt ihr jetzt fast liebevoll, wie schön er onanieren kann.

Einer der Hohepriester hat Isabell vom Kreuz befreit und sie sich über die Schulter geworfen, um sie hinauszutragen.

Lydia ruft Klaus zu: »Ich bringe die nun zu ihrem nächsten Auftritt bei den Grubers. Hab keine Ahnung, wie lang das dauert!«

Klaus stemmt die Arme rechts und links von mir an die Wand und flüstert: »Wollen wir unsere Gäste nicht noch alleine weiter feiern lassen und ins Bett gehen? Du und ich?«

»Nein! Lieber schlafe ich hier in der Dusche! Ihr habt Isabell fast umgebracht! Und ihr Leiden hat noch immer kein Ende. Ihr seid völlig entmenscht!«, schreie ich ihn an.

»Dir zuliebe hat sie von mir keine einzige Spritze bekommen!«

»Dafür den brutalsten Stecher der Stadt!«

Ich entkomme aus Klaus` Umklammerung, fahre nach oben und lege mich ins Bett. Für heute habe ich genug! Ich schlafe ein.

»Guten Morgen liebe Sorgen, ...« *Ja, genau: Die Sorgen sind schon alle da!* Ich nehme einen Schuh und schleudere ihn in den Lautsprecher über der Tür, noch bevor die Frage im Lied zu Ende gespielt wurde.

Ich war jetzt lange genug leise. Dass ich innerhalb von einer Woche gleich zweimal das Bedürfnis habe, ein Zimmer zu zertrümmern, entspricht eigentlich nicht meinem Wesen, glaube ich zumindest. *Aber was weiß ich schon noch von mir?*

Ich schreie laut: »ICH WILL HIER RAUS!«, dann breche ich, auf meinem Bett liegend, in Tränen aus. Ich kann gar nicht mehr aufhören.

Plötzlich steht Klaus wütend in der Tür. Er hält die große Spritze von gestern in der Hand.

»Es gibt jetzt zwei Möglichkeiten: Entweder beruhige *ich* dich jetzt, oder du tust es selbst! Und zwar auf der Stelle!«

Ich glaube, er meint das ziemlich ernst. Er muss *richtig* schlechte Laune haben, um so zu reagieren. Aber auch da bin ich mir nicht sicher: Klaus reagiert mal wegen nichts ganz extrem und mal reagiert er bei schwerer wiegenden Anlässen gar nicht.

Heute reagiert er also ohne Anlass extrem. Ich stoppe sofort meine Heulerei, zumal ich eine höllische Angst vor der Spritze habe. Das ist nicht so eine Baby-Plastikspritze, sondern eine aus Glas mit Metall. In Filmen bringen solche Spritzen meist einen qualvollen Tod mit Schaum vor dem Mund und weggedrehten weißen Augen.

Klaus kommt zum Bett und setzt sich auf den Rand. Er betrachtet die Spritze und sagt jetzt freundlicher: »Hier ist jetzt ein richtiges Beruhigungsmittel drin, nicht die zerbröselten Pillen. Also nicht gefährlich. Wenn du möchtest, kann ich es dir geben!«

»NEIN! Erstens traue ich dir keinen Millimeter über den Weg und zweitens habe ich mich doch bereits beruhigt und drittens habe ich Angst vor Spritzen!«

»Anna, du liebst Spritzen... genau wie Rasierklingen und Messer. Du hast es nur vergessen!« Er streichelt über die Nadel.

»Ja genau! Und wenn ich eine Schere hier hätte, würde ich die auch lieben, einzig um sie dir in den Bauch zu rammen!«, antworte ich entrüstet.

Klaus steht auf, um kurze Zeit darauf mit einer riesigen Schere wiederzukommen. Er reicht sie mir.

»Komm! Tu es!«, fordert er mich auf.

»Was?«

»Mir die Schere in den Bauch rammen!«

Ich stehe auf und stelle mich direkt vor ihn. Die

Schere habe ich fest im Griff. Klaus zieht sich nun sein T-Shirt ein Stück hoch.

»Komm!«, fordert er mich noch einmal auf.

Sein Bauch ist makellos. Ich streichle kurz über die Stelle, die ich mir für die Schere ausgesucht habe. Dann drücke ich die Scherenspitze leicht dagegen.

Jetzt wäre die Gelegenheit, ihn zu ermorden.

Plötzlich packt er mich an den Schultern und zieht mich näher an sich heran. Entsetzt versuche ich die Schere zwischen ihm und mir wegzudrehen, dabei ziehe ich ihm eine Schramme über den Bauch.

Er lacht: »Versuch's nochmal Anna! Das war nix!«

Er denkt, ich schaff das nicht? Sofort richte ich die Spitze wieder auf ihn. *Ich werde dich jetzt töten, Klaus Becker!* Er schließt die Augen und lässt seinen Kopf ein wenig in den Nacken fallen.

Sein Hals liegt frei. *Warum denke ich jetzt daran, seinen Hals zu küssen?*

Er atmet durch den Mund. Dabei hebt und senkt sich sein schöner Bauch. *Warum denke ich jetzt an* »Annaaaaaaaa?«

Er ist mir körperlich gerade zu nah, so kann ich ihn nicht töten.

»Zurück an die Wand!«, befehle ich ihm jetzt und drücke ihn mit der linken Hand in die Richtung, sodass er rückwärts gehen muss.

Er hebt die Arme hoch, so als wolle er sich ergeben und entgegnet: »Hui! So streng?« Er grinst.

*Du wirst dich noch wundern, **wie** streng ich noch werde!*

»Ich habe eine letzte Bitte, bevor ich sterbe«, sagt er jetzt, immer noch grinsend.

»Und die wäre?«, frage ich.

»Ich möchte, dass du mir die Wunde küsst, die du mir gerade zugefügt hast!«

Ich bekomme weiche Knie. Er hat gemerkt, dass ich seinen Bauch reizvoll finde.

»Diese Bitte ist leider ungültig!«, bestimme ich.

»Was heißt ungültig? Gab es dafür schon mal ´ne Gültigkeit? Wann ist die abgelaufen?« Klaus lacht.

»Na gut, dann eben: Diese Bitte kann nicht erfüllt werden!«

Wie soll man denn bei so viel Gerede jemanden umbringen können?

»Heb` dein T-Shirt hoch! Ich werde mir jetzt den Platz aussuchen, an dem die Schere dich durchbohren wird!«

»Nur wenn du näher kommst!«

Nie im Leben! Ich muss es jetzt vollbringen, setze also die Scherenspitze auf dem T-Shirt an und drücke ihn mit der Schere weiter gegen die Wand.

Ich muss nur zustoßen, dann bin ich frei!

Er sieht mich an. Er lacht nicht mehr. Er hat einen Blick, den ich noch nie zuvor an ihm gesehen habe und plötzlich finde ich, dass Klaus ein formvollendetes Gesicht hat. Ich habe das vorher noch nie so gesehen.

Trotzdem: Eine bessere Gelegenheit, ihn zu ermorden, wird nicht mehr kommen. Er denkt, es ist Spaß, aber *ich* habe die Schere in der Hand. Er sieht mich immer noch so an, ohne etwas zu sagen.

Plötzlich presst er sich richtig an die Wand, drückt die Schere jetzt selbst mit beiden Händen gegen seinen Bauch, wobei er meine Hand umgreift, hebt seinen Kopf wieder in den Nacken und stöhnt:

»Annaaaaaaaaaa!«

Seine Hände lassen die Schere los und schlagen gegen die Wand.

Ich lasse die Schere fallen, springe einen Schritt zurück. Ich muss raus aus seinem Wirkungskreis.

Klaus stellt sich gerade hin und lacht: »Siehst du Anna, ich wollte dir zeigen, dass du alles liebst, womit man schneiden, ritzen, stechen und durchbohren kann. Es hat dich erregt, mit der Schere zu spielen!«

»So ein Quatsch! Ich wollte dich töten! Das hat nix mit Liebe zu Schneidewerkzeugen, sondern vielmehr mit Hass auf dich zu tun!«

»Und warum hast du es nicht durchgezogen?«

»Weil du so viel geredet hast, da kann sich ja kein Mensch konzentrieren! »

Er grinst.

Die weiteren Tage bis Sonntag verlaufen ruhig, das heißt also genauer: Der restliche Freitag, der Samstag und der Sonntag-Vormittag verlaufen ruhig.

Ich werde in Ruhe gelassen und beschäftige mich weitestgehend nur mit Klaus Kunst- und Kulturbüchern. Zumindest kann ich hier über die Geschehnisse bis zum Jahr 2015 lesen. Danach wurde das Drucken von Büchern eingestellt. Um sich weiterzubilden oder einfach nur um aktuelle Nachrichten zu verfolgen, ist man auf Veröffentlichungen des Deutschnet angewiesen. Ich habe es mir angesehen, das Deutschnet. Wenn man keinen anderen Zugang zu aktuellen Texten hat, mag es ja ganz informativ sein, aber es ist eben stark gefiltert und mir fehlen die Bilder. Klaus hatte sich nie an die Vorgaben des Staates und der Kirche gehalten, so dass er sich einen kleinen kulturellen Schatz erhalten hat, in den ich eintauche.

Ab und zu schneit Lydia in unseren Würfel hinein, *weil sie es wieder braucht*, wie sie sagt. Sie verschwinden dann kurz in Klaus Schlafzimmer. Ich vermeide in diesen Momenten hinzuhören, ob Klaus mich wieder provozieren will. Aber ich glaube, er tut es nicht, denn er lässt mich auch sonst in Ruhe. Keine Handschellen, keine Ohrfeigen, keine Vergewaltigungen durch Dritte. In diesen wenigen Tagen erscheint mir das Eheleben mit ihm schon fast normal.

Ich denke, dass das nur die Ruhe vor dem Sturm ist, denn Menschen wie Lydia, Christian und Klaus brauchen immer wieder ihren Kick. *Wer weiß, was die jetzt schon wieder planen!* Da ich bei der Ermordung von Klaus versagt hatte, habe ich beschlossen, das Vorhaben auf die Zeit nach meiner OP zu verschieben. Am Montag habe ich den Termin.

Der Gedanke, dass ich nach meiner KLFMV-Entlassung mit Lydia zu den Borderlinien muss, bereitet mir großes Unbehagen. Aber wenn ich meine Angst zeige, wird der Reiz für Lydia umso größer. Ich verliere also gar keine Worte mehr darüber und zeige mich eher gelangweilt. Vielleicht hat Lydia bis nach meiner OP dann jemand anderes für diesen Job gefunden. Jemanden, der die Opferrolle überzeugender ausfüllt und durch den so ihre sadistischen Begierden stärker entfacht und befriedigt werden.

Ich freue mich zunächst auf Montag, weil ich dann Tristan vielleicht wiedersehe. Ich muss also nur noch einen einzigen Abend überstehen.

Dass Klaus, Lydia und Christian tatsächlich wieder in Programmplanungen steckten, merke ich am Sonntagnachmittag, als sich alle Drei in der Sofaecke versammeln. Es geht um Lydias Scheidung von Dennis, die heute Abend gefeiert werden soll, das hatte ich völlig vergessen. Dieses Mal wurde ich weder in die Vorabplanungen noch in die Organisation einbezogen. Ich könnte erleichtert sein, aber es beunruhigt mich. *Was haben die vor?*

Am Abend erfahre ich es: Klaus kommt in mein Zimmer und übergibt mir ein Paket. »Zieh' das bitte an!«

Ich nehme das schwere Paket entgegen, wende es hin und her. »Was ist das?«

»Deine Robe für die Gerichtsverhandlung heute Abend. Es ist ein Manteau-Kleid mit Schnürleib, Stecker und Jupe aus dem 18. Jahrhundert.«

Ich sehe ihn verwundert an: »Wo hast du das her?«

»Gekauft!«, gibt er als knappe Antwort.

»Und *ich* soll das jetzt anziehen?«

»Ja, und da deine Haare zu kurz sind, trägst du bitte die hier heute Abend!« Er reicht mir eine Weiß-Haar-Perücke mit Hochsteckfrisur und einzeln herunterfallenden Locken.

»Lydia trägt heute Abend etwas Ähnliches!«

Wo hat der die Kleider her? Hat der früher irgendein Museum ausgeraubt? Und was wird das da heute Abend wieder für eine Inszenierung?

Ich brauche lange, um mich mit den Kleidungsstücken zurecht zu finden. *Hatten die im Rokoko nicht sogar Helfer beim Anziehen? Und ich muss das hier alleine machen!* Aber sie sind wunderschön aus dunkelgrüner Seide mit Goldstickereien. Sie riechen auch nicht muffig. *Bestimmt nur Blender!*

Endlich fertig! Ich stelle mich vor meinen Spiegel, drehe mich ein wenig um mich selbst und singe leise:

»Amadeus, Amadeus…« Aber ich habe keine Schuhe!

»Klaus, bekomme ich keine Schuhe?«, rufe ich ins Wohnzimmer.

Er ist wieder alleine. Wahrscheinlich ziehen sich Lydia und Christian auch gerade für die Scheidungsfeier um.

»Ihr Frauen geht barfuß, dann bleibt ihr dem Boden näher!« ruft Klaus zurück. »Und beeile dich jetzt! Du kannst dann schon nach unten gehen. Unsere Gäste sind sicherlich schon da! Ich komme etwas später nach.«

Ich habe keine Ahnung, was mich da unten heute nun wieder erwartet. Aber da bisher alles so ruhig ablief, niemand also von Vergewaltigungen oder Demütigungen gesprochen hat, verspüre ich fast so etwas wie positive Neugier.

Ich fahre nach unten und betrete den Wohnraum.

Erstaunt blicke ich mich erst einmal um, weil ich den Raum kaum wiedererkenne. Es wurden Bänke aufgestellt. Darauf folgt ein Einzeltisch mit zwei Stühlen, zu dem quer ein weiterer Tisch mit mehreren Stühlen steht. Fast an der Wand befindet sich eine längere bestuhlte Tafel. In der Mitte der Tafel steht ein Mikro und an der Wand dahinter ist ein Banner mit der Aufschrift: »High Court of Justice« befestigt.

Es wird also ein Gerichtssaal simuliert. *Wann haben die das alles gemacht? Ich habe rein gar nichts davon mitbekomme*n.

Gedrängt sitzen auf den Bänken schon die Gäste. Die sorgen nicht weniger für meine Verwunderung: Heute ist hier keiner nackt oder in Leder. *Alle* tragen

Gewänder aus dem Rokoko. *Gehört das alles Klaus oder hat jeder Bürger eine solche Tracht bei sich zuhause im Schrank hängen?* Insgesamt sind heute weniger Leute hier als am Donnerstag, nur so um die 20.

An der langen Tafel steht Christian. Er trägt zu einer roten, scheinbar auch historischen Robe eine weiße Rosshaarperücke, so eine, wie sie englische Richter traditionell aufsetzen.

Oje, Christian als Scheidungsrichter? Aber ein wenig typisch ist es schon: Er mimt mal wieder den Star des Abends.

Jetzt sehe ich auch Lydia. Ausgesprochen hübsch ist sie in ihrem royalblauen Manteau-Kleid und unter der weißen Perücke. *Ob die wirklich auch barfuß ist? Ich zumindest habe ziemlich kalte Füße auf dem Fliesenboden.*

Ich schaue mich weiter um. In jeder Ecke hängt unter der Decke eine riesige Kamera, alle auf die Mitte des Raums ausgerichtet.

Bestimmt gibt es eine Live-Übertragung ins Deutschnet, denke ich spöttisch.

Gerade als ich mich zur Tür umsehe, kommt Klaus herein. Seine Gäste erheben sich von den Bänken. Die Männer verbeugen sich, die Frauen machen einen Hofknicks.

Was geht denn hier ab? Wer ist er denn? Ein König? Haben die so etwas hier schon öfter veranstaltet oder wurde es ihnen am Eingang eingetrichtert? Oder sind die alle einfach nur nicht ganz dicht? Ich bleibe starr stehen. Aber ich muss zugeben, er sieht beeindruckend aus. Er trägt zur Kniehose goldbestickte Justaucorps aus weinrotem und weißem Seidenbrokat. Dazu schwarze Schuhe mit großer Schnalle und Absatz. Seine weiße Perücke hat einen geflochtenen Zopf. Aber überwältigender noch als seine Kleidung ist seine geheimnisvolle Aura. Er sieht mich an. Wieder mit diesem Blick ohne Lächeln. Ein Blick, der sich in mein Gehirn bohrt und meinen Verstand ausschaltet. Mir wird das zu gefährlich, deshalb wende ich mich von ihm ab. Aber er lässt nicht locker und stellt sich direkt neben mich. Er spricht nicht, aber ich merke, wie er mir Gedanken in den Kopf pflanzt. Mir wird heiß und kalt, obwohl er gar nichts macht. Er steht nur da.

Plötzlich und unerwartet sagt er etwas. Etwas, das meine schlimmsten Befürchtungen noch übersteigt. Er sagt es, ohne jegliche Mimik und ohne sein Gesicht zu mir zu drehen. Er sagt nur: »Ich liebe dich, Anna!«

Da ich jetzt kurz vor einer Ohnmacht stehe, kann ich nichts anderes sagen außer: »Aha!«

Er grinst und ich gehe auf die andere Seite des Raums.

Richter Christian meldet sich jetzt über das Mikro zu Wort: »Wir möchten nun alle Anwesenden bitten, ihre Plätze einzunehmen!«

Ich weiß gar nicht, wo mein Platz ist, aber Lydia gibt mir ein Zeichen, dass ich mich neben sie an den Quertisch setzen soll. Klaus nimmt in der ersten Reihe der Zuschauerbänke Platz und lässt mich nicht mehr aus den Augen. Rechts und links von Richter Christian setzen sich nun zwei Männer, auch im Rokoko-Stil angezogen, die ich noch nie zuvor gesehen habe.

Was wird hier jetzt passieren? Da hier alle edel bekleidet sind, wird es wenigstens nicht in einer Orgie ausarten, versuche ich mich selbst zu beruhigen.

170

Die Tür des Küchenraums öffnet sich und zwei Uniformierte bringen Dennis herein, um ihn auf einen der Stühle in der Mitte zu setzen. Er trägt Handschellen und Fußketten und wirkt reichlich benommen. Bekleidet ist er mit einem schwarzweiß gestreiften, knielangen Hemd.

»Was habt ihr Schweine ihm gegeben?«, will ich entsetzt von Lydia wissen.

»Ein Beruhigungsmittel. Wir wollen ja keine Schreierei in diesem anständigen Gerichtssaal!«

»Ich will hier raus!«

Beim Versuch aufzustehen, drückt Lydia mich zurück auf den Stuhl. »*Du* bleibst! Zu dir kommen wir nämlich auch noch! Und von Klaus soll ich dir sagen: Denk an das Wohl deiner Tochter!«, zischt sie.

»Ich eröffne die Hauptverhandlung im Strafprozess gegen MV Dennis Hansen und Bürgerin Sonja Sanders. Die Anwesenheit aller Verfahrensbeteiligten wurde festgestellt. Die Zeugin Sonja Sanders befindet sich noch in Sitzungssaal 2«, tönt Christian jetzt ins Mikro. »Kommen wir zum Verlesen der Anklageschrift! Bitte schön Herr Staatsanwalt!« Christian reicht das Mikro nun dem rechts von ihm sitzenden Mann. Der erhebt sich. »Dem 24-jährigen MV Dennis Hansen wird vorgeworfen seine Bürgerinnengattin Lydia Hansen mehrmals und ohne später je Reue gezeigt zu haben, mit der 20-jährigen Bürgerin Sonja Sanders betrogen zu haben. Wir fahren jetzt fort mit der Vernehmung des Angeklagten. Dennis Hansen erheben Sie sich!«

Dennis, der noch magerer wirkt als noch vor ein paar Tagen, steht mit wackeligen Beinen auf und sagt leise: »Ich habe nichts gemacht! Ich habe mich mit

Frau Sanders immer nur unterhalten.«

»Im Haus der Sonja Sanders?«

»Ja, aber das heißt doch nicht, dass ich meine Frau betrüge!«

»Dennis Hansen! Ist es nicht so, dass Sie sich im Haus der Sonja Sanders trafen, hier sexuelle Handlungen mit der benannten Jungfrau vornahmen, um dann den heimtückischen Mord an Ihrer Ehefrau zu planen? Ich möchte Sie darauf hinweisen: Ein Geständnis würde eventuell das Strafmaß senken.«

»Es gibt nichts zu gestehen!«, versucht sich Dennis noch zu verteidigen.

Christian nimmt sich nun wieder das Mikro. »Dann kommen wir jetzt zur Beweisaufnahme!«

Ich erhebe mich und schreie laut: »Hört endlich auf mit der Scheiße! Habt ihr denn nie genug?«

Sofort hab ich einen Uniformierten an meiner Seite, der mir meine Hände mit Handschellen auf dem Rücken fesselt und mir einen Klebestreifen über den Mund zieht.

»Ruhe im Gerichtssaal!«, ruft Richter Christian ins Mikro und klopft mit einem kleinen Hammer auf den Tisch. Er nimmt sich äußerst wichtig. »Die Zeugin Sonja Sanders möge jetzt bitte hereingeführt werden!«

Die Uniformierten führen Sonja herein. Sie ist ebenfalls gefesselt und trägt genauso ein Strafgefangenenhemd wie Dennis. Sie ist derart betäubt, dass sie kaum gehen kann. Die Uniformierten setzen sie auf den Stuhl neben Dennis.

»Frau Sanders. Sie möchten als Zeugin gegen den Angeklagten aussagen. Bitte schön!«, fordert Christian Sonja auf.

»Nein.«

»Sie hatten ausgesagt, dass Dennis Hansen sie gewaltsam zum außerehelichen und für sie erstmaligen Beischlaf genötigt hat und Sie des Weiteren für den Mord an seiner Frau missbrauchen wollte!«, behauptet Christian jetzt.

»Nein, Dennis und ich hatten keinen Beischlaf und über Mord haben wir nie geredet!«

Ihre Worte kommen schleppend, wie bei jemandem, der im Schlaf redet. Die zwei Uniformierten gehen auf ein Zeichen Christians wieder zum Tisch der Zeugin und des Angeklagten.

»Dann haben Sie nichts dagegen, dass Ihre Unschuld durch einen Sachverständigen bewiesen wird?«

»Nein, ich habe nichts dagegen«, antwortet Sonja.

»Setzen Sie sich dazu bitte auf den Tisch vor Ihnen«, ordnet Christian an.

Sonja steht dermaßen unter Drogen, dass sie nicht mehr mitbekommt, was passiert. Sie steht auf, um sich auf den Tisch zu setzen. Dennis will das verhindern, wird aber sofort von den bereitgestellten Uniformierten festgehalten.

»Der Sachverständige Petersen wird sich nun von der Unschuld der Sonja Sanders überzeugen!«

Der Mann links von Christian erhebt sich und geht zum Anklagetisch. Dennis tobt trotz Beruhigungsmittel, aber die Uniformierten haben ihn fest im Griff. »Heben Sie jetzt bitte ihr Hemd hoch und machen sie die Beine etwas auseinander! Ich werde jetzt die Untersuchung vornehmen«, fordert der Sachverständige von Sonja. Apathisch tut sie, was er verlangt.

Ich springe auf! Versuche »NEIN!« zu schreien und laufe zum Tisch, um mich zwischen Sonja und den Sachverständigen zu stellen. Der schiebt mich beiseite und sofort bin ich in den Händen eines der Uniformierten.

Christian fragt ins Mikro: »Herr Becker, sollen wir Ihre Frau des Saales verweisen?«

Klaus schüttelt den Kopf: »Das ist nicht nötig. Bringen Sie sie zu mir. Ich habe sie im Griff.«

Der Uniformierte drückt mich neben Klaus auf die Bank. Klaus drückt mir die Handschellen, die meine Hände auf dem Rücken fesseln, runter auf die Bank, so dass ich mich so gut wie gar nicht mehr bewegen kann.

Er flüstert mir ins Ohr: »Sieh hin, Königin Anna. Stell dir vor, du würdest dort sitzen und ich wäre der Sachverständige!«

Ich würde dir ins Gesicht kotzen, möchte ich gern sagen, kann es aber leider nur denken.

»Die Untersuchung wird nun ohne weitere Unterbrechung fortgeführt!«, bestimmt Christian jetzt.

Sonja sitzt noch genauso da wie vorhin. Sie wirkt geistig völlig weggetreten.

»Ich werde jetzt die Untersuchung an der angeblichen Jungfrau vornehmen!«, beteuert Petersen. Er öffnet seine Rokoko Kniehose, zieht Sonja zu sich heran, sucht mit halb heraushängender Zunge den richtigen Winkel und durchbohrt sie dann gierig. Sonja schreit auf und fängt dann leise an zu weinen, wehrt sich aber noch immer nicht. Seine weitere Untersuchung beschränkt sich auf das minutenlange brutale Zustoßen und lautes Keuchen. Als seine Prüfung für ihn selbst erfolgreich abgeschlossen ist, zieht er sich von Sonja zurück, schließt seine Hose und geht zurück zum Richtertisch. Hier verkündet er in das Mikrofon: »Sonja Sanders hat uns nicht die Wahrheit gesagt. Sie ist ganz gewiss keine Jungfrau mehr!«

Einer der Uniformierten hilft ihr vom Tisch, auf dem sie immer noch verharrt, und setzt sie zurück auf ihren Stuhl.

»Wir führen nun die weitere Beweisaufnahme fort«, kündigt Richter Christian an.

Der Staatsanwalt erhebt sich: »Der Sachverhalt kann außerdem als Tatsache festgestellt werden durch folgendes Beweismittel:«

Er greift nach etwas. Er greift nach etwas und hält es hoch: Es ist MEINE Handtasche aus dem KLFMV, die eigentlich in meinem Schrank liegen müsste. Ich möchte hochspringen, aber Klaus hält mich fest.

»In dieser Tasche befinden sich die Werkzeuge des geplanten Mordes. Der MV Dennis hat die Bürgerin Sonja aus niederen Beweggründen sexuell abhängig gemacht und somit zum Instrument seiner mörderischen Absichten«, behauptet der Staatsanwalt. Er öffnet die Tasche und holt nun nacheinander drei große Spiegelscherben hervor.

»Durch diese Scherben sollte die brave Bürgerin Lydia Hansen sterben! Dennis Hansen hatte sich die Sonja Sanders gefügig gemacht, damit diese den Mord ausführt. Wir konnten diese Tasche glücklicherweise noch rechtzeitig sicherstellen! Der werte Herr Richter möge dieses Beweismittel bitte in Augenschein nehmen!«

Christian betrachtet meine Tasche und nickt.

»Hinsichtlich der erdrückenden Beweislage, dass

die Bürgerin Sonja Sanders längst keine Jungfrau mehr ist und dass Mordwerkzeuge in ihrer Tasche gefunden wurden, beantragt die Staatsanwaltschaft, den Angeklagten Dennis Hansen für schuldig im Sinne der Anklage zu erklären«, plädiert der Staatsanwalt.

»Das letzte Wort hat die Klägerin!«, bestimmt Richter Christian.

Lydia erhebt sich: »Ich bin eine betrogene Ehefrau. Ich vertraue der Beweisführung des Gerichts. Da es eine herkömmliche und altertümliche Scheidung in unserem Land nur noch in Ausnahmefällen gibt und ich mich an mein Ehegelöbnis: *Bis dass der Tod euch scheidet* halte, fordere ich für meinen Mann die Todesstrafe, die noch heute vollstreckt werden soll.«

Ich hatte heute Mittag noch geglaubt, ich muss nur noch einen einzigen Abend überstehen, um in die Sicherheit des KLFMV zu kommen, aber dieser eine Abend schickt mir noch einmal alles Böse, Widerwärtige und Abgründige.

»Ja Anna. Das Hintergehen seines Gatten ist bei uns die größte Straftat, die es gibt. Dass Lydia wirklich das höchste Strafmaß fordert, hätte ich selbst nicht unbedingt gedacht, aber es ist jetzt nun mal ihr Wunsch und dem fügt sich das Gericht!«, rechtfertigt Klaus den geplanten Mord an Dennis. »Du kannst jetzt nach oben gehen. Ich komme nach, wenn die Veranstaltung zu Ende ist!«

Er zieht mir den Klebestreifen vom Mund und löst mir die Handschellen. Ich falle vor Klaus auf die Knie: »Bitte Klaus, verhindere das. Dennis ist völlig unschuldig. Die Spiegelscherben gehören mir. Das weißt du. Ich wollte dich damit umbringen. Bitte verschone Dennis' Leben«, flehe ich ihn an.

Klaus lächelt mich an: »Ich habe darauf keinen Einfluss mehr, mein Liebling!«

Im Duschraum werden nun die Duschen angestellt.

Christian spricht ins Mikro: »Dennis Hansen wird hiermit zum Tode durch den elektrischen Tisch verurteilt!«

Die Zuschauer klatschen jetzt Beifall. Aus dem Küchenraum wird nun einer der Geschirrwagen hineingeschoben, an ihm baumeln Handschellen. Dennis und Sonja sitzen am Anklagetisch und starren vor sich hin. Dennis wird nun von einem der Uniformierten aufgefordert, sich mit dem Rücken auf den Geschirrwagen zu legen.

»Wir bitten die Zuschauer, sich gleich vom Vollstreckungsraum fern zu halten«, warnt Christian noch. »Keine Sorge, es wird alles von Kameras aufgezeichnet, sodass niemand etwas verpassen wird!«

Ich halte das nicht mehr aus. Weinend bettle ich noch einmal bei Klaus um Gnade für Dennis, dann renne ich hinaus…

Oben reiße ich mir als erstes die beengenden Rokoko-Kleider vom Körper. Mir ist egal, ob dabei etwas kaputt geht. *Was für ein Wahnsinn! Die zerstören Menschen! Die haben hier ihre eigenen Gesetze ganz unabhängig von den Gesetzen des Landes. Gehen die wirklich soweit, dass sie Dennis vor Publikum hinrichten? Und inwieweit ist mein eigenes Leben in Gefahr, jetzt wo Klaus von den Spiegelscherben weiß?*

Ich nehme mir eine *Tavor* aus der Dose, die noch in der Bar steht, stecke mir die Dose mit den restlichen Pillen in meine Jackentasche. Vielleicht kann ich die nochmal irgendwann gebrauchen.

Wann Klaus nach oben gekommen ist, und ob sie tatsächlich die Hinrichtung durchgezogen haben, weiß ich nicht, weil ich durch die Tablette sehr schnell einschlafe und erst am nächsten Morgen mit den lieben Sorgen wieder aufwache.

Klaus steht vor meinem Bett. »Du kannst dich jetzt anziehen und deine Sachen packen. Christian und ich müssen uns noch um die Sauerei unten in den Duschen kümmern. In einer Stunde bringe ich dich ins KLFMV.«

Dass er mich gleich morgens beim Aufwachen an seine bösen Spiele erinnert, bestärkt mich nur in meinem Vorhaben, ihn noch heute zu verraten.

5 – Die Revanche

Im KLFMV bekomme ich dasselbe Zimmer, das ich schon vor einer Woche hatte. Anscheinend gibt es in diesem Haus keine Einteilung in Stationen.

Nachdem Klaus mich angemeldet hatte und wir in Begleitung einer Schwester mit dem Fahrstuhl nach oben gefahren sind, will er sich zügig verabschieden. Im Moment ist er mir so fremd wie an dem Tag, als ich ihn zum ersten Mal sah. Vielleicht liegt es daran, dass er sich in der Öffentlichkeit einer MV gegenüber anders verhalten muss als in seinem Würfel. Er ignoriert mich und spricht mit dem Personal in der dritten Person über mich. Ich weiß nicht, warum ich ausgerechnet das, nach dem, was in der letzten Woche alles vorgefallen ist, als besonders verletzend empfinde. Vielleicht möchte König Klaus durch sein Verhalten auch den Reiz an seiner Person aufrecht erhalten. Ein weiteres Spiel, um nach meiner OP in zwei Tagen dort weiterzumachen, wo er heute aufgehört hat. Er ahnt nicht, dass ich im Begriff bin, mich von ihm zu lösen und dass ich nicht vorhabe, in seinen Würfel zurückzukehren.

Ich bin allein im Zimmer. Die haben den Gardinenkasten und den Fernseher ersetzt. Ansonsten hat sich nichts verändert. Ob die Tür zugeschlossen wurde, weiß ich nicht. Es ist mir relativ egal, denn ich möchte diese Operation nicht gefährden. Also ziehe ich mir das Krankenhaushemd an und lege mich ins Bett mit Vorfreude darauf, bald meinen Körper von 2013 zurück zu haben.

Wie lange ich im Zimmer gewartet habe, kann ich ohne Sonne und Uhr nicht einschätzen. Irgendwann öffnet sich jedenfalls die Tür und meine zwei knochigen Lieblingsschwestern, die Kurze und die Lange, betreten den Raum. Wieder eine Altarkerze vor sich hertragend. Feindselig und verächtlich blicken sie mich an.

Ich richte mich im Bett auf, während die Frauen sich wieder ans Fußende stellen.

»Gebetsritual zur Säuberung der Gedanken und zum Erbitten um Gnade bei der Diagnose«, kündigt nun die Kurze an.

»Guten Tag liebe Schwestern. Ich habe Sie schon erwartet und freue mich, nun mit Ihnen beten zu dürfen!«, heuchle ich.

Irritiert schauen die Schwestern sich nun zuerst gegenseitig und dann mich an. Ich falte die Hände, schließe die Augen und bete leise:

»Salve, Regina, mater misericordiae: Vita, dulcedo, et spes nostra, salve! Ad te clamamus, exules, filli Hevae. Ad te suspiramus, gementes et flentes in hac lacrimarum valle. Eia ergo, Advocata nostra, illos tuos misericordes oculos ad nos converte! Et Jesum, benedictum fructum ventris tui, nobis post hoc exilium ostende! O clemens: O pia: O dulcis Virgo Maria!«

»Amen«, antworten nun beide Schwestern.

Ja, damit habt Ihr nicht gerechnet, was? Ich weiß nicht, ob es üblich ist, dass die Patienten den Schwestern ein Gebet aufsagen, genauso wenig weiß ich, ob ich mich für ein passendes Gebet entschieden habe. Trotzdem fühle ich mich gut. So hatte die Zeit bei Klaus zumindest den Nutzen, dass ich mich durch seine Bücher weiterbilden konnte. Noch vor einer Woche kannte ich kein einziges Gebet. Das hat sich nun geändert. Die Schwestern scheinen beeindruckt, wollen es aber nicht zugeben. Die Lange murmelt nur: »Der Arzt wird gleich kommen«, woraufhin Beide den Raum zügig wieder verlassen.

Es dauert nicht lange. Die Tür wird nahezu aufgeschlagen, in der Art, wie es nur Ärzte machen, um dann unvermittelt mit einer Kartei unter dem Arm und einem Stethoskop am Hals im Raum zu stehen. Mit festem Schritt eilt der kleine bebrillte Mann, um die 60, auf mein Bett zu und streckt mir seine Hand entgegen.

»Siegfried Sacherung, guten Tag Frau Becker!«, stellt er sich vor. »Ich freue mich, dass nun auch Sie sich endlich den bürgerlichen Schönheitsidealen anpassen möchten und sich für eine Liposuktion entschieden haben. Ich verspreche Ihnen, dass Sie es nicht bereuen werden!«, fährt er fort.

»Ich freue mich auch!«, kann ich nur sagen.

»Sie wissen, wie eine solche Schönheitsoperation abläuft?«

»Nein.« *Ich will es eigentlich auch gar nicht wissen!*

»Nun, dann will ich Ihnen das erklären: Wir werden den Eingriff mit der Tumeszenztechnik durchführen. Das ist schon seit Jahrzehnten die weit verbreitetste und bewährteste Methode. Sie geht folgendermaßen vonstatten: Zunächst zeichne ich auf Ihrem fettleibigen Körper die Absaugbereiche und – mengen ein. Das wird sich bei Ihnen ja richtig lohnen! Hoffentlich haben wir genug Zeichenstifte!«

Ich hasse ihn jetzt schon. Er lacht blöd über seinen spektakulären Witz und fährt weiter fort: »In die Fettschicht werden anschließend eine größere Menge einer physiologischen Kochsalzlösung, ein Lokalanästhetikum und weitere Medikamente gespritzt. Nach einer halben Stunde wirken die Medikamente und die Operation kann beginnen. Mithilfe von Kanülen und Absauggerät werde ich Ihnen dann also die Fettzellen entfernen. Möchten Sie hierzu noch etwas wissen?«

»Ja, wie lange dauert das und was passiert danach?«, interessiert mich wirklich.

»Normalerweise dauert so ein Eingriff zwischen einer und drei Stunden. Gehen Sie bei sich davon aus, dass wir eher mehr Zeit brauchen, da ja doch erheblich was zu machen ist!« Jetzt wirkt das Lächeln des Bodyformers fast mitleidig.

»Etwa 24 Stunden nach der Operation werden Sie sich wieder fit fühlen. Sie werden dann aber noch vier bis sechs Wochen Kompressionsstützen, also ein Mieder von der Taille bis zu den Knien, tragen müssen, damit das Gewebe zusammengehalten wird!«, erklärt er weiter.

»Werde ich Schmerzen haben?«, will ich wissen.

»Naja, so wie Sie aussehen, wissen Sie nicht, was Sport ist und wie sich Muskelkater anfühlt. Deshalb bringt es wenig, Ihnen zu sagen, dass Sie etwa zwei Wochen lang einen muskelkaterähnlichen Schmerz an den betroffenen Stellen spüren könnten.«

Du Arsch, Du kriegst dein Fett noch weg, denke ich, sage aber: »Vielen Dank, Herr Doktor für Ihre routinierten Erklärungen. Wann fangen wir an?«

»Morgen früh um Acht«, antwortet der Silhouettenkünstler. Er verabschiedet sich und geht.

Ich brauche also heute nicht im Krankenzimmer zu bleiben, hoffe ich. Von irgendwelchen Vorabuntersuchungen hat er nichts gesagt. Es ist komisch:

Eigentlich müsste ich mich befreit fühlen, endlich raus aus Klaus' Kontrollbereich, aber irgendwie fühle ich mich hier fast genauso überwacht wie in der Siedlung. Ich muss Tristan irgendwo finden und mich ihm anvertrauen, ihm von den Ereignissen in der Siedlung erzählen.

Wieder angezogen gehe ich aus dem Zimmer hinaus auf den unheimlichen Flur. Als ich das letzte Mal in Richtung Fahrstuhl ging, hatte ich meine zwei Bodyguards bei mir und ich fühlte mich wie einer Hüpfburg. Bei dem Gedanken muss ich lächeln.

Ich laufe die Treppe hinunter bis zum Vereinigungssaal. Ein wässriger Kaffee für acht Euro wäre jetzt nicht schlecht. Aber beim Wühlen in meinen Jackentaschen muss ich feststellen, dass ich leider überhaupt kein Geld bei mir habe. In der Jacke befindet sich ausschließlich die Pillendose, die ich hier gestern vor Klaus versteckt hatte. Unentschlossen stehe ich im Saal und sehe mir die Leute an, die genauso aussehen wie die, die hier vor einer Woche saßen. Auch die Krankenschwestern sind wieder fleißig am Putzen und Polieren.

Einige Minuten lasse ich diese seltsame Stimmung auf mich wirken, als mir jemand auf die Schulter tickt: »Guten Tag Frau Becker! Darf ich Sie zu einem Kaffee einladen?«

Die Stimme kenne ich! Nie könnte ich sie vergessen! Ich fahre herum und er steht vor mir: *Tristan!* Etwas anderes, als ihn anzulächeln, fällt mir nicht ein. Es ist wieder so, als stünde ein Engel vor mir.

»Ich habe gehört, dass Sie sich zu einer Schönheitsoperation entschlossen haben und dass Sie unsere Schwestern im Gebetsritual sehr überrascht haben.

Darüber freue ich mich sehr«, sagt er. Auch jetzt kommt nur ein leises »Ja« aus mir heraus.

Sprich mit ihm, du dumme Nuss, bevor er wieder abhaut! Aber ich finde keine Worte.

»Was ist? Möchten Sie nun einen Kaffee?« Tristan grinst.

»Nein, ähm, danke!«, antworte ich, obwohl ich sehr wohl einen Kaffee trinken möchte. Aber der Gedanke, mich vor ihm eventuell mit Kaffee zu bekleckern, ist plötzlich so beängstigend.

»Aber Herr zu Wollersheim, ich muss dringend mit Ihnen reden. Es ist sehr wichtig. Hätten Sie vielleicht irgendwann einen Augenblick für mich Zeit?«, sprudele ich nun mutig hervor.

»Hm, worum geht es denn?«, will er wissen.

»Es geht um die Siedlung, in der ich wohne und um meine Erinnerungslücken und um das, was gläubige Bürger tun dürfen oder nicht!«

Ich merke, dass er versucht zu verstehen, was ich ihm sagen will, dass es ihn aber trotzdem eher verwirrt.

»Bitte Herr Doktor, ich brauche Ihre Hilfe. Sie sind der einzige Mensch in diesem Land, dem ich traue!«, bettle ich weiter.

Ich selbst habe noch mehr Schwierigkeiten, einen klaren Gedanken zu fassen. *Du bist so schön, Tristan!* Das ist alles, was ich gerade im Kopf habe. Und ich muss genau aufpassen, ihm nicht genau das zu sagen. Ein versehentliches »Sie sind so schön, Herr Doktor!« würde er wahrscheinlich gar nicht einordnen können.

»Also gut!«, unterbricht er meine Verlegenheit »Ich verbringe meine Freistunden nachmittags oft an der Michaeliskirche, möchten Sie mich heute dahin begleiten? Dort können wir in Ruhe reden!«

»Sehr gerne, vielen Dank Herr Doktor!«

Er kennt die Michaeliskirche, die Kirche aus meiner Vergangenheit! Die Kirche, an der ich mit Klaus Wodka getrunken und bis zum Sonnenuntergang zwischen den Steinen gesessen habe, wird nun zu dem Ort, an dem ich Klaus denunzieren werde.

»Dann treffen wir uns in einer Stunde in der Tiefgarage! Ich muss mich nun noch ein wenig um meine Patienten kümmern«, sagt Tristan.

»Ich werde da sein!«

Tristan verlässt den Vereinigungssaal, während ich noch einen Moment gedankenverloren bleibe. *Wie soll ich weiter vorgehen? Was passiert, wenn er mir nicht glaubt und Klaus von meinem Verrat erfährt? Und… ob Tristan wohl verheiratet ist?*

Die Stunde vergeht sehr schnell, nervös finde ich mich pünktlich am Fahrstuhl in der Tiefgarage ein.

Tristan erscheint in Bürgerkleidung. Es ist das erste Mal, dass ich ihn so sehe. Das Klischee, dass Frauen Uniformen lieben, zu denen ich auch Arztkittel zähle, erfülle ich wohl nur bedingt, da ich Tristan in Bürgerkleidung für noch attraktiver empfinde als im Arztdress. Aber vielleicht kann man die Bürgerkleidung ebenfalls als eine Art Uniform sehen. Dann habe ich mich wohl nur für die dezentere von beiden entschieden.

Wie gewohnt werde ich für die Autofahrt im DDA nach hinten verfrachtet. Es folgt eine schweigsame Fahrt durch die weiße Betonwüste in die Würfel-Stadt. Ich denke an die erste gemeinsame Autofahrt mit Klaus, an seine Frage, ob ich Angst hätte, mit einem fremden Mann zu fahren und an sein Grinsen in den Rückspiegel. Tristan spricht nicht, er sieht mich auch nicht an.

Bei Ankunft an der Kirche denke ich diesmal überhaupt nicht an das Jahr 2013, sondern an den Nachmittag vor einer Woche. Tristan und ich steigen, noch immer schweigend, den Kummerberg hinauf. Im Sand und im Rasen sehe ich zum Teil noch die Spuren, die Klaus und ich hinterlassen haben.

Bevor mich seine unsichtbare Anwesenheit wieder gefangen nimmt, muss ich gegensteuern.

»Bitte Herr zu Wollersheim. Bevor ich mit Ihnen rede, möchte ich hier in dieser Zuflucht der Gläubigen beten!«

Ich weiß nicht, ob ich damit zu weit gegangen bin, jedenfalls sieht Tristan mich nun wirklich verwundert an, aber gleich darauf lächelt er: »Es ist schön zu sehen, wie Sie mehr und mehr zur guten Bürgerin werden möchten! Kommen Sie!«

Gemeinsam durchqueren wir die Ruine bis wir zu den Resten des Altars kommen. Ich knie mich hin. Tristan bleibt hinter mir stehen. Dass ich in diesem Moment nicht an Gott denke, sondern an meinen Mann und wie ich gegen diesen am besten weiter vorgehen könnte, bemerkt Tristan nicht. Tristans Wesen ist für so viel Falschheit einfach zu sauber, und das ist auch gut so.

Ich beginne flüsternd zu beten: »Ego autem in Te speravi, Domine; dixi: Deus meus es tu, in manibus tuis sortes meae. Eripe me de manu inimicorum meorum et a persequentibus me; illustra faciem tuam super servum tuum, salvum me fac in misericordia tua. Domine, non confundar, quoniam invocavi te;

erubescant impii et obmutescant in inferno. Amen.«

Nach ein paar stillen Sekunden fragt Tristan mich plötzlich: »Wovor haben Sie Angst?«

»Warum?«, frage ich ein wenig heuchlerisch zurück.

»Ihr Gebet ist eines zur Abwehr des Bösen. Sie haben Gott um Hilfe gebeten!«, antwortet Tristan, nicht ahnend, dass ich dieses Gebet weder aus Angst, noch durch Zufall auswählte, sondern ganz gezielt, um seine Aufmerksamkeit zu bekommen.

Tristan und ich begeben uns zu einer alten Parkbank an der Ruine und setzen uns. Hier beginne ich, leise zu weinen. Ich hätte nie für möglich gehalten, dass das auf Kommando funktioniert, aber es wirkt glaubhaft.

»Herr Doktor, bitte glauben Sie mir. Ich kann mich an die vergangenen zehn Jahre nicht erinnern, doch seit meinem Unfall möchte ich ein guter Mensch sein, mich anpassen und nichts Unredliches tun.« Tristan sieht mich fragend an und ich fahre fort: »Dann kam ich mit meinem Mann in die Siedlung, habe mich auf mein Eheleben in unserem Haus gefreut und auf seine Freunde. Ich habe ihnen allen vertraut!« Ich schluchze.

»Was ist dann passiert?«, fragt Tristan.

»Bitte glauben Sie mir, ich möchte niemanden verraten. Ich liebe meinen Mann. Aber ich kann das alles nicht mehr mit meinem Glauben und meiner Gesetzestreue vereinbaren. Ich möchte nicht, dass jemand bestraft wird, ich möchte nur, dass sich etwas ändert!«, rede ich weiter um den heißen Brei herum.

»Ja, was denn nur?«, will Tristan jetzt besorgt wissen.

»Kann ich Ihnen vertrauen? Bitte reden Sie mit niemandem darüber. Ich möchte meine Ehe nicht aufs Spiel setzen!«

»Ja, reden Sie. Ich bin Arzt und an die Schweigepflicht gebunden«, versucht er mich mit Humor zu beruhigen.

»Also gut. Freunde meines Mannes sind Schmuggler. Sie schmuggeln wöchentlich verbotene Waren ins Land und lagern diese in einem Wohnhaus. Das ließe sich sogar beweisen!«

»Um Gottes Willen!« Tristan ist sichtlich erschüttert.

»Das ist noch nicht alles«, füge ich hinzu.

»Was denn noch?«

»Mein Mann…« Ich unterbreche meinen Bericht, um zu schluchzen. »Mein Mann und seine Freunde veranstalten manchmal sexuelle und blasphemische Schauspiele in unserem Haus. Es ist so schlimm, sie verunreinigen unseren Altarraum damit und es tut mir weh, dass mein Mann fremdgeht, auch wenn ich nur eine MV bin.«

»Können Sie denn das beweisen? Das sind ja ziemlich schwere Anschuldigungen!«, sagt Tristan nach einem kurzen Moment.

»Herr zu Wollersheim, ich möchte nicht, dass meinem Mann etwas geschieht. Ich möchte doch nur, dass das aufhört.«

»Aber Ihr Mann und seine Freunde machen sich strafbar, wenn das alles so stimmt, wie Sie es erzählen. Diese Menschen müssen dann ihren Bürgerstatus verlieren, das wissen Sie!«

»Und was wird dann aus mir? Ich muss dann ins Obdachlosenheim?«

»Aber nein, die Regierung hat die Möglichkeit, besonders staatstreuen MV ihren Bürgerstatus zurück zu geben. In Ihrem Fall kann man fast zu hundert Prozent davon ausgehen, dass das dann auch passieren wird. Der Staat ist niemals undankbar gegenüber der Treue des Einzelnen! Aber Sie müssten es beweisen können«, erklärt Tristan mir.

»Gibt es denn keine andere Möglichkeit, dem ganzen Treiben ein Ende zu setzen? Ich möchte meinen Mann nicht verraten. Nicht weil ich es nicht beweisen kann, sondern weil ich ihn liebe!«, heuchle ich weiter.

»Können Sie es wirklich beweisen?«

»Ja, ich weiß sogar genau, dass bereits intensive Planungen für eine weitere blasphemische und ungeheuerliche Veranstaltung in unserem Haus auf Hochtouren laufen«, lüge ich.

»Wann wird die Veranstaltung sttfinden?«, fragt Tristan.

»Wenige Tage, nachdem ich aus dem KLFMV zurück bin. Auch ich werde während dieser Veranstaltung anwesend sein müssen. Über andere Teilnehmer wurde ich bislang noch nicht informiert«, erkläre ich.

»Aber wenn diese Veranstaltung als Beweis dienen soll, müssten Sie zunächst daran teilnehmen, um keinen Verdacht aufkommen zu lassen. Würden Sie denn das durchstehen?« Tristan ist besorgt.

»Wenn Recht und Gesetz dadurch wieder auf den richtigen Weg gebracht werden, dann würde ich es tun! Was könnte es im Leben wichtigeres geben, als die Ordnung wieder herzustellen?«

Ein wenig befürchte ich schon, zu sehr zu übertreiben, aber ich habe Tristan jetzt genau dort, wo ich ihn haben will.

»Sie sind bemerkenswert, Frau Becker!«, sagt er anerkennend.

»Nein, ich möchte nur ein guter Mensch sein!«, lüge ich.

Nachdenklich geht Tristan nun in der Ruine umher. Ich nutze die Gelegenheit, außerhalb seines Sichtbereichs zu sein, um aus meiner Jackentasche die Pillendose mit den Beruhigungstabletten zu ziehen. Diese vergrabe ich mit einer Hand in der Erde rechts neben der Bank, auf der ich sitze. Es ist gut, dass ich sie aus dem Würfel mitgenommen habe. Wer weiß, was Klaus damit sonst noch anstellen würde, wenn ich zurück bin. Aber im KLFMV kann ich sie auch nicht lassen. Zu groß wäre hier die Gefahr, dass sie von irgendjemandem entdeckt würden. Die Michaeliskirche halte ich für einen guten verschwiegenen Ort.

Nach einiger Zeit setzt Tristan sich wieder zu mir.

»Ich würde vorschlagen, wir unternehmen jetzt und heute noch gar nichts, sondern warten erst einmal Ihre Operation und die darauffolgenden Stunden ab. Wenn Sie sich wieder kräftig genug fühlen, werden wir uns an die Polizei wenden, um Anzeige gegen alle involvierten Personen zu erstatten. Schaffen Sie es, sich bis dahin so unauffällig wie möglich Ihrem Mann gegenüber zu verhalten?«

Ich lächle. »Ich glaube, damit werde ich kein Problem haben, zumal ich morgen nach der OP sicherlich ein paar Stunden mit meinen Schmerzen beschäftigt bin und über nichts anderes reden können werde!«

Tristan lächelt auch. »So schlimm wird es nicht

werden!«

Er legt seine Hand auf meine. »Lassen Sie uns nun zurück fahren. Morgen Abend werde ich Sie in Ihrem Zimmer besuchen und vielleicht können wir dann schon Genaueres sagen!«

Meinem Gewissen geht es jetzt nicht mehr ganz so gut. Ich hintergehe gerade einen Engel.

»Ich möchte nur ganz kurz noch einmal beten, wenn ich darf!«, antworte ich und laufe zum Altar. »Gott, verzeih, dass ich Tristan nicht die ganze Wahrheit gesagt habe. Amen«, bete ich stumm.

Wir fahren zum KLFMV zurück. Im Zimmer warten gerolltes Brot und gerollter Käse auf mich. Ich freue mich! Nach einer Woche Tütenbrei erscheint mir dieses Essen wie der größte Luxus. Der Fernseher an der Wand gibt natürlich nur verschiedene Programme des Deutschnet wieder. Mit der Fernbedienung, die ich inzwischen beherrsche, klicke ich mich noch ein wenig durch die gefilterten Nachrichten und schlafe dann früh ein.

Geweckt werde ich am Operationsmorgen gegen sechs Uhr durch das Aufschlagen der Tür. Siegfried Sacherung steht im Zimmer.

»Guten Morgen Frau Becker. In einer Stunde beginne ich mit dem Einzeichnen. Halten Sie sich also zur Verfügung!«, befiehlt er und verschwindet wieder. Schade, lieber wäre ich von Tristan oder sogar von Klaus geweckt worden als von dem. Aber ich werde höflich und nett bleiben, solange er seinen Job noch nicht gemacht hat.

Nachdem ich geduscht habe, ziehe ich mein Hemd wieder über und warte im Bett, dass es endlich losgeht. Mich vor dem kleinen Giftzwerg gleich nackig machen zu müssen, passt mir gar nicht, aber ich will es hinter mich bringen.

Und da ist er auch schon wieder! Mit Kartei und Stethoskop kommt er ins Zimmer gewetzt. Aus seinen Kitteltaschen ragen lauter bunte Stifte. Er sieht skurril aus mit seiner Halbglatze und den dicken Brillengläsern. Ein fieser, kleiner Wadenbeißer, der sich gerne die Schwachpunkte anderer sucht, um daran herum zu nagen, das habe ich ja nun gestern schon bemerkt.

Er stellt sich vor mein Bett. »Stehen Sie bitte auf!«, fordert er jetzt.

Ich tue es und stehe nun fast auf Augenhöhe mit ihm, ich bin sogar ein paar Zentimeter größer als er. Siegfried nimmt sich einen Zeichenstift aus der Kitteltasche. »Ziehen Sie Ihr Hemd aus!«

Während ich mein Hemd langsam fallen lasse, flüstere ich: »Sie sind ein sehr dominanter Mann, Herr Doktor! Das gefällt mir!«

Er tut, als habe er es überhört und fängt an, mir Kreise und Linien auf die Haut zu kritzeln. Ich atme jetzt bewusst lauter und tiefer. Siegfried fängt an, nervös zu werden, die Schweißperlen, die sich auf seiner Stirn bilden, verraten ihn.

Als er sich tiefer beugt, um meine Beine zu bemalen, streichle ich ihm kurz über die Halbglatze und sage: »Oh Entschuldigung, ich war gerade in einer ganz anderen Welt!«

Sofort steht er wieder gerade. Aber er wehrt sich nicht. Vielleicht glaubt er, ein Gegenangriff könnte ihn jetzt noch retten? Er greift nach meinen Brüsten, zieht sie ein Stück nach vorne und fragt: »Was ist mit

denen? Sollen wir die mit dem abgesaugten Fett auf-
füllen?«

*Keine Chance Siegfried, aus dieser Schlinge kommst du
nicht mehr raus.*

Ich stöhne leicht, laut genug, dass er es hören
kann. »Ich mag es, wenn Männer zupacken können.
Sie sind so stark, Herr Doktor. Gefallen Ihnen meine
Brüste denn nicht? Meinen Sie, man müsste sie auf-
polstern?«

»Nein!«, krächzt er und lässt die Brüste wieder
los.

»Bitte Herr Doktor Sacherung. Prüfen Sie das richtig! Ich vertraue Ihnen!« Ich ziehe seine Hände wieder auf meine Brüste und stöhne: »Ich verlasse mich
auf Ihr Urteil, bitte überprüfen Sie sie! Bitte!«

Er kann nicht mehr widerstehen, er kontrolliert
jetzt selbstständig meine Brüste.

*Ja, Du kleine Drecksau, ich sehe, dass es dich erregt,
aber ich bin noch nicht fertig mit dir!*

»Herr Doktor, ich weiß, dass Ihnen mein Körper
nicht gefällt. Aber Sie haben es in der Hand. Seien Sie
mein Schöpfer, modellieren Sie mich neu, ganz nach
Ihrem Geschmack. Ich möchte Ihnen gefallen und
Ihnen dann meine Dankbarkeit richtig zeigen!«

Ich greife mit beiden Händen seinen Kopf und
küsse ihn stürmisch auf den Mund. Er erwidert diesen Kuss.

*Du sitzt in der Falle, Siegfried Sacherung! Wer mich
beleidigt, muss mit den Konsequenzen klar kommen. Das
hier ist erst der Anfang!* Ich lasse ihn los und er steht
verwirrt vor mir.

»Ich gehöre Ihnen, Herr Doktor Sacherung. Bitte
weisen Sie mich nicht weiter so ab, besonders dann

nicht, wenn Sie mich fertig operiert haben. Ich als Ihre Schöpfung möchte mit Ihnen als meinem Schöpfer verschmelzen. Kein Millimeter soll Ihren Körper dann noch von meinem trennen!« Ich ziehe ihn noch einmal an mich heran, küsse ihn erneut und spüre durch seinen Arztkittel, dass ihn das Szenario nicht kalt gelassen hat.

Er nickt. »Ich werde Sie jetzt zu Ende einzeichnen und dann operieren. Nach der OP brauchen Sie ein paar Tage Ruhe. Aber dann kommt Ihr Schöpfer und gibt Ihnen, was Sie brauchen und genau das, was Ihnen kein anderer geben kann!« Er glaubt wirklich, ich sei ihm verfallen! *Wie naiv und armselig Du doch bist!*

»Danke Herr Doktor!«, hauche ich mit einem Blick, als habe er mir soeben das Leben gerettet.

Die weiteren Einzeichnungen und auch die spätere Operation in einem weißen Operationssaal verlaufen ohne Probleme und Komplikationen. Nach drei Stunden, in denen mir stricknadeldicke Kanülen ins Gewebe gejagt und hin-und hergedreht werden, bin ich scheinbar fertig, denn mir wird ein Kompressionsmieder angezogen. Wieviel Liter Fett Doktor Siegfried mir abgezapft hat, möchte ich gar nicht wissen. Ich halte ohnehin während des gesamten Eingriffs die Augen geschlossen. Erst als ich wieder in meinem eigenen Bett liege und zurück in mein Zimmer geschoben werden soll, öffne ich die Augen. Doktor Sacherung steht neben mir und flüstert: »Ich habe mich heute selbst übertroffen. Meine Schöpfung ist anbetungswürdig geworden und ich kann es kaum erwarten, mir meinen Lohn dafür zu holen.«

*Deine chirurgische Eitelkeit wird dir das Genick bre-
chen, Siegfried Sacherung!* Ich flüstere zurück: »Ich bin
Ihnen so zu Dank verpflichtet, Doktor Sacherung
und ich freue mich auf den Tag, an dem Sie sich
nehmen, was Ihnen zusteht!«

Dann bin ich wieder allein in meinem Zimmer. Da
das Liegen etwas an den abgesaugten Stellen drückt,
stehe ich auf. Zum ersten Mal kann ich jetzt auch
selbst sehen, was sich verändert hat. Ich trage zwar
das Mieder, aber ich erkenne schon, dass der darin
eingepresste Körper um einiges schmaler geworden
ist. Sacherung hat ganze Arbeit geleistet. Würde ich
ihn nicht so verachten, wäre ich ihm jetzt vielleicht
sogar dankbar.

Einige Zeit verbringe ich mit Wasser trinken und
auf und ab laufen. Viel lieber würde ich mich hinlegen, weil ich müde bin. Aber das Gefühl, überall
blaue Flecken zu haben, hält mich davon noch ab.
Während ich noch am Überlegen bin, was ich jetzt
machen soll, öffnet sich plötzlich die Tür: Klaus.

Mir wird bewusst, dass ich nichts trage außer dem
Mieder, das hoch bis zur Taille geht, aber dass ich
ansonsten *oben ohne* da stehe und bedecke erschreckt
meine Brüste mit den Armen!

»Anna, was tust du da? Wir sind verheiratet, ich
darf dich so sehen!«, lacht Klaus. »Mach die Arme
wieder runter!«

Ich tue sofort, was er sagt. *Warum mache ich das?
Es ärgert mich.*

Klaus kommt auf mich zu, sieht mich an und sagt:
»Sexy! Aber man kommt ja gar nicht mehr an dich
ran!«

»Erstens wolltest du noch nie an mich ran, zweitens hat das Teil Klettverschlüsse und drittens kann man es auch ganz ausziehen!«, antworte ich. Er steht jetzt dicht vor mir. *Das ist zu nah!* Ich gehe einen Schritt zurück. Klaus grinst, wie er es immer tut, wenn er meine Unsicherheit bemerkt.

»Klaus, ich muss mit dir reden!«, lenke ich ab.

»So, so, worüber denn, Anna? Über uns?« Er hört nicht auf zu grinsen und kommt schon wieder näher.

»Setz dich doch einfach mal, Klaus!«, fordere ich ihn auf.

»Was könnte denn jetzt wichtiger sein, als deinen neuen Körper zu studieren? Ein bisschen zu dünn, meinste nicht auch?«, provoziert er.

»Du weißt auch nicht, was du willst. Für dich war ich doch immer viel zu fett!« Er hat es geschafft, in meinem Kopf herrscht Verwirrung.

»So ein Quatsch, Anna! Ich liebe dich in jedem Aggregatzustand!«

Jetzt fängt der wieder mit Liebe an. Bevor er meine Nervosität noch mehr ausnutzen kann, laufe ich zur Duschecke und ziehe mir mein Krankenhaushemd über das Mieder. »Jetzt hör mir doch mal zu, Klaus. Es ist wichtig!«

»Ich höre!« Klaus setzt sich jetzt tatsächlich auf einen Hocker und sieht mich erwartungsvoll an.

Ich setze mich vorsichtig auf das Bett und lasse die Beine rausbaumeln. Wenn jemand Fremdes uns so sehen würde, der würde glauben, wir wären ein ganz normales relaxtes Ehepaar. »Kann ich dir vertrauen?«, will ich wissen.

»Natürlich kannst du mir vertrauen! Ich bin dein Mann!«, antwortet Klaus so, wie es zu erwarten war. Die Frage hätte ich mir wirklich sparen können. »Ich brauche deine Hilfe und die deiner Freunde«, fange ich jetzt langsam an. Er unterbricht mich nicht. »Es geht um einen Arzt hier. Mit dem habe ich ein großes Problem. Um es kurz zu sagen: Ich möchte ihn vernichten!«

Jetzt ist sogar Klaus erstaunt: »Anna! Du doch nicht!«

»Doch, ich und ich meine es ernst! Wenn ihr mir nicht helfen wollt, muss ich es alleine machen, aber ich hatte gedacht, es wäre auch für euch ein Spaß!«

Klaus weiß nicht recht, wie er das einordnen soll und fragt: »Anna, sag ehrlich! Bist du wieder auf den Kopf gefallen?«

»Nein Klaus! Du sagtest doch, dass ich früher war wie ihr und nun zeig ich mal Eigeninitiative und jetzt willst du sie nicht!«, antworte ich ein wenig beleidigt.

»Doch, aber es ist eben derzeit ein wenig ungewohnt! Wie groß muss dein Hass sein, wenn du von dir aus eine öffentliche Darstellung möchtest? Oder hast du plötzlich die pure Lust am Schauspiel wiederentdeckt?«

»Es ist eine Mischung aus beidem!«

»Und was hast du vor?« *Klaus wirkt interessiert. Gott-sei-Dank.*

»Ich werde euch den Mann ins Haus locken. Ihr müsstet euch mit Kameras und Zuschauern zunächst im Hintergrund halten, sodass er euch nicht sieht. Den Raum also vielleicht entsprechend abdunkeln. Auf einem großen Altar werde ich angekettet in meinem aufgeknöpften Mieder liegen. Ich werde ihn dazu bringen, sich selbst laut und schmutzig als Schöpfer zu bezeichnen, der seine eigene Schöpfung richtig rannimmt, wann immer er will. Vielleicht

schaffe ich es sogar, dass er sich selbst als Gott bezeichnet. Das dürfte genügen. Danach wird er keinen
Bürgerstatus mehr haben. Und damit ihr auch euren
Spaß habt, verkleidet euch als Ärzte und Schwestern,
die sich ihre Anregungen vom Altar holen. Wenn ihr
das Wort *Schöpfer* oder *Gott* auf Film habt, ist es egal,
ob er euch sieht. Und wenn es euch zu unblutig ist,
macht danach einfach mit ihm weiter! Ihr könntet
richtige Operationen ohne Narkose inszenieren. Aber
bitte nicht mit mir… mein Körper tut nämlich schon
jetzt weh!« Ich lächle Klaus an.

»Dein erstes Bühnenbild, Anna! Du bist eine
Künstlerin! Aber ist das wirklich deine Art von
Kunst?« *Klaus zweifelt also noch an der Ernsthaftigkeit
meines Vorhabens.*

»Ja, das ist es. Es wurde mir klar in den Stunden,
in denen ich hier im KLFMV ohne dich sein musste«,
ich sage es, ohne die Bedeutung der Worte an mich
heranzulassen und somit, ohne merken zu müssen,
ob es nicht vielleicht sogar die Wahrheit ist. Aber
Klaus ist nicht Tristan, kauft Klaus mir solche Emoti-
onen überhaupt ab?

»Für wann planst du das?«, fragt er nach ein paar
Sekunden.

»Ich dachte an Freitag. Heute ist Dienstag, dann
hätte ich selbst noch etwas Zeit, den Mann vorzube-
reiten«, antworte ich.

»Freitagabend um Sieben wäre ok? Ich bin gespannt auf dein erstes Schauspiel, Anna!« Klaus lächelt.

*Wenn du wüsstest, mein armer Liebling, wie böse die-
ses Spiel wirklich ist!*

Klaus verabschiedet sich bald wieder, aber ich

erwarte heute ja auch noch Tristan. Den schönen Tristan. Er wird mich heute zum ersten Mal mit neuer Figur sehen. Ich bin aufgeregt. *Ob es ihm gefällt?* Normalerweise würde ich Menschen, denen es nur um die Optik geht, für oberflächlich halten. So war es jedenfalls im Jahr 2013. Aber jetzt im Jahr 2023, in einem Land mit ganz neuen Gesetzen, da hat das Achten auf das Äußere nichts mehr mit Oberflächlichkeit zu tun, sondern es ist vielmehr zu einem Zeichen innerer Disziplin und Demut geworden. Tristan ist ein staatstreuer Bürger, er muss also eine Verpackung mögen, um sich überhaupt für den Inhalt interessieren zu können. Er ist zu unschuldig und zu gutgläubig, als dass er auf die Idee käme, das Äußere und das Innere könnten sich voneinander unterscheiden. Ein Engel eben. Es gibt nur gut oder böse. Beides zusammen passt nicht. Klaus ist da ganz anders. Er ist, außer sich selbst, niemandem gegenüber treu, schon gar nicht dem Staat. Und ich glaube ihm sogar, wenn er sagt, dass er mich in jeder Körperform mag, weil es für ihn einfach nebensächlich ist. Er blickt ohne Umwege in tiefste Seelenabgründe, um diese ausgiebig zu studieren. Ein Puppenspieler, der seine Marionetten ganz genau kennt und nach seiner eigenen Vorstellung tanzen lässt.

Ich schrecke aus meinen Gedanken, weil es klopft.

Wie erwartet ist es Tristan. »Frau Becker, wie geht es Ihnen? Haben Sie alles gut überstanden?«

»Es geht mir sehr, sehr gut mit dem neuen Körper. Sehen Sie mich an, ist es nicht schön geworden?«

Ich hebe mein Hemd hoch, etwas zu hoch. Bei einem Arzt sollte man doch meinen, er habe in seinem

Leben schon alles gesehen, also auch nackte Brüste. Tristan wirkt jetzt dennoch etwas verlegen und ich ziehe das Hemd schnell wieder herunter. *Das habe ich nicht gewollt.* Ich war nur einfach so stolz auf die neue Form, das Hochziehen des Hemdes war absolut nicht sexuell motiviert.

Jetzt lächelt er wenigstens. »Ja, Sie sehen wirklich sehr gut aus. Ich freue mich für Sie!«

»Danke Herr Doktor!«

»Um noch einmal auf unser gestriges Gespräch zu kommen!« Tristan setzt sich auf den Hocker, auf dem Klaus vorhin noch saß. »Wären Sie bereit, morgen Vormittag mit mir zur Polizei zu fahren, um auszusagen und um Anzeige zu erstatten?«, fragt er.

»Darf ich als MV denn so etwas überhaupt machen?«

»Ja natürlich. Sie haben ja mich als Bürger dabei!«

»Und wie läuft das Ganze dann ab?«, frage ich interessiert.

»Sie werden den Beamten genau das erzählen, was Sie mir gestern erzählt haben und dann geht alles seinen Weg«, erläutert Tristan.

»Aber was heißt das denn?«, hake ich nach.

»Genau kann ich Ihnen das auch nicht sagen. Wahrscheinlich werden Razzien nötig sein, um die Straftäter zu überführen!«

»Hm, aber was ist, wenn die Beamten denken, ich würde freiwillig an der Veranstaltung teilnehmen?«

»Das werden sie nicht denken. Denn *Sie* erstatten ja die Anzeige, dadurch ist es offensichtlich, dass Sie zu der Veranstaltung genötigt und missbraucht wurden! Wissen Sie denn schon, wann genau die nächste blasphemische Veranstaltung in Ihrem Haus stattfinden wird?«

»Am Freitagabend.«

»Schon am Freitag? Dann müssen wir morgen wirklich dringend zur Polizei. Und was ist mit Ihnen? Schaffen Sie es denn körperlich schon wieder, Gast einer solchen Abendveranstaltung zu sein?«, fragt Tristan besorgt.

Ich schaue verlegen auf den Boden: »Ich werde nicht nur als Gast dort anwesend sein, Herr Doktor. Mir ist das sehr unangenehm… aber ich werde einem reichen Bürger zum Geschenk gemacht. Mein Mann ist ein guter Gastgeber und hat so etwas in der vergangenen Woche regelmäßig getan. Ich bin ja nur eine MV und muss tun, was er sagt.«

Tristan ist geschockt. So viel Unmoral gibt es in seiner Welt normalerweise nicht und ich glaube, meine Schilderung überschreitet gerade seine Vorstellungskraft. »Dann müssen Sie da raus geholt werden, bevor es zu Missbrauch und Gewalt kommt!«

»Und was ist dann mit den Beweisen?«, will ich wissen.

»Die Beweise liegen doch allein durch das Stattfinden einer solchen Veranstaltung vor.« Man merkt Tristan seine Erschütterung an. Ich habe das Bedürfnis, ihn in den Arm zu nehmen und ihm zu sagen: »Ist doch alles nicht so schlimm. Deine Welt ist bald wieder sauber.« Stattdessen nehme ich seine Hand und lächle ihn an: »Danke Herr Doktor, dass Sie so für mich da sind. Ohne Sie würde alles immer so weiter gehen in der Siedlung und vielleicht sogar noch viel schlimmer werden!«

Er lässt seine Hand in meinen Händen liegen. *Jetzt*

*wäre die beste Gelegenheit, ihn zu fragen, ob er verheiratet ist, und falls nicht, ob er dann vielleicht **mein** Mann werden will.* Seine Hände sind schön. Warm, kräftig, maniküurt. Aber er ist nicht wie Klaus, der sogar Gedanken körperlich spüren kann. Tristans Hand liegt in meinen Händen, ich fühle die dünne Haut seiner Finger auf der Haut meiner Handflächen, aber gleichzeitig fühle ich auch gar nichts. Seine Gedanken lassen keine physische Sensibilität zu. Vielleicht hat er keine Nerven in den Fingerspitzen, oder keine in den Gedanken. Vielleicht haben Engel einfach gar keine Nerven?

»Herr Doktor zu Wollersheim, ich habe noch ein anderes Problem«, unterbreche ich das Schweigen.

»Normalerweise werde ich morgen früh aus dem KLFMV entlassen. Wenn ich aber von hier fortgehe, werde ich keine Möglichkeit mehr haben, das Haus in der Siedlung zu verlassen. Mein Mann lässt das nicht zu. Ich könnte also nicht zur Polizei fahren!«

»Ich würde ohnehin vorschlagen, dass wir Sie bis Freitagvormittag hierbehalten, um Sie keiner weiteren unnötigen Gefahr auszusetzen. Ich werde Doktor Sacherung informieren, dass Sie eine intensivere Nachsorge benötigen. Ihren Mann werden wir in Kenntnis setzen, dass er Sie morgen nicht abholen oder besuchen muss, da Sie in Untersuchungen sind und dass Sie am Freitag entlassen werden.«

Das wird Siegfried aber freuen! Aber auch für mich ist es gut, denn so kann ich ihn weiter um den Finger wickeln, sodass er an nichts anderes mehr denken kann, als mich möglichst bald in meinem Haus zu besuchen, um sich hier zu holen, was er sich verdient hat. Ich bin sehr zufrieden.

»Dann hab ich noch eine allerletzte Frage, bevor Sie gehen, Herr Doktor.« Ich merke, dass Tristan weiter muss. Er sieht mich fragend an.

»Könnten Sie für mich bei Gelegenheit herausbekommen, in welchem Internat meine Tochter sich befindet? Mein Mann lässt mich auf diese Daten nicht zugreifen.«

»Ja, das mache ich.« Er steht auf. »Treffen wir uns morgen Früh gegen Neun in der Tiefgarage, um zur Polizei zu fahren?«

»Ja, ich werde da sein! Vielen Dank, Herr Doktor für alles und machen Sie sich jetzt einen schönen Feierabend!«

Tristan winkt noch einmal kurz zu mir herüber und geht.

Am frühen Mittwochmorgen steht mein Lieblingsarzt Siegfried plötzlich im Zimmer. Er schließt die Tür von innen ab. *Oje, das kann jetzt ja heiter werden!*

Siegfried kommt an mein Bett gewackelt. *Zielstrebig und mutig ist er heute, der kleine Terrier. Möchte er sich wirklich jetzt schon seine Belohnung holen?* Ich lächle ihn mit meinem glücklichsten Lächeln, das ich vortäuschen kann, an. »Doktor Sacherung! Es ist so schön, am Morgen aufzuwachen und dann Sie als erstes sehen zu dürfen.«

»Ich werde dich heute eingehend untersuchen müssen«, stellt er forsch fest.

»Ich habe die ganze letzte Nacht an nichts anderes denken können. Die Sehnsucht nach Ihrer Untersuchung hätte mich fast zerrissen!«, lüge ich. Ich weiß nicht, ob Siegfried jemals in seinem Leben eine Frau hatte. Ich glaube, er kennt nicht einmal brave Frauen. Wie soll er da merken, dass ich hemmungslos übertreibe? Aber ich habe kein Mitleid mit ihm. Im Gegenteil, es macht mir Spaß, ihn von Sekunde zu Sekunde mehr in den Abgrund zu treten.

»Zieh das Mieder aus«, verlangt er jetzt frech. Seine nicht vorhandene Dominanz und seine dafür umso größere Stumpfheit bringen mich fast zum Lachen. *Aber ich darf nicht lachen!* »Warten Sie bitte, Doktor Sacherung. Ich würde nie wagen, etwas anderes zu tun, als das, was Sie von mir verlangen, aber ich möchte Ihnen einen Vorschlag machen, der Ihr Wohlbefinden bis ins Unermessliche steigern wird!«

Ich springe aus dem Bett, ziehe ihn mit der linken Hand am Kragen zu mir heran und greife ihm mit der rechten Hand zwischen die Beine. Er reagiert sofort und meine Hand spielt einen kurzen Moment mit dem Stöckchen. Dabei hauche ich ihm ins Ohr: »Ich denke an nichts anderes mehr, als Ihre Ekstase zu erleben. Laut… ungebändigt… animalisch. Beherrschen Sie mich! Okkupieren Sie den Körper, den Sie allein geschaffen haben. Aber Sie wollen das doch nicht hier im Krankenzimmer. Hier müssten Sie sich zu sehr zurückhalten!«

»Nein, ich will mich nicht zurückhalten.« *Da hat er mich wohl falsch verstanden!* Er fängt nun an, wild meine Brüste unter dem Hemd zu betasten.

»Oh, Herr Doktor, Ihre Hände, sie sind … göttlich… Sie sind mein Schöpfer…das werde ich niemals vergessen«, ich stöhne, während meine rechte Hand das Stöckchen lieber wieder los lässt. »Aber gedulden Sie sich. Auch der liebe Herrgott hat sich bis zum siebten Tag Zeit gelassen, um sein Werk zu genießen. Sie sind doch genauso stark, liebster Doktor und Sie müssten nicht einmal sieben Tage warten. Ich möchte Sie in mein Haus einladen… Freitag… da werde ich hier entlassen und ich bin ganz allein. Ich möchte Ihnen dann in Ruhe meine Dankbarkeit beweisen. Niemand wird uns stören oder hören… solange und so oft Sie wollen… bitte Herr Doktor… bitte sagen Sie *Ja*!« Ich schiebe Siegfried ein Stück von mir fort und sehe ihn bettelnd an.

»Also gut!« Er rückt sich den Kittelkragen zurecht. »Am Freitag sagten Sie?« *Plötzlich siezt er mich also wieder. Er scheint ein wenig durcheinander zu sein.*

»Am Freitagabend, ja. Ich werde um halb Sieben oben vor der Tiefgarage auf Sie warten und führe Sie dann ins Paradies!«

»Und was ist mit der Untersuchung jetzt?«, will er pflichtbewusst wissen.

»Sie müssen mich jetzt nicht untersuchen. Sie werden am Freitag spüren, wie gesund und stabil Ihr Werk ist!« *Bloß jetzt keine Untersuchung! Dann muss ich womöglich mit der Laberei nochmal von vorne anfangen!* Ich schiebe Siegfried Richtung Tür.

»Gehen Sie jetzt mein Liebster! Auch für mich ist es schwer, die Stunden ohne Sie zu überstehen. Aber wir werden am Freitag die göttliche Verschmelzung erleben, bis dahin sind meine Gedanken bei Ihnen… in jeder Sekunde!«

Endlich geht er!

Und ich muss mich jetzt schon wieder beeilen, um pünktlich unten bei Tristan zu sein. Meine Klamotten sind jetzt etwas zu groß. *Naja, besser als zu klein!*

Was Klaus jetzt wohl macht? Ob Lydia die Nächte bei

ihm verbringt?

In der Tiefgarage gehe ich nervös auf und ab. *Dass ich Tristan von der Schmuggelware erzählt habe, war ein Fehler. In Zukunft immer auf Alkohol, Zigaretten und Schokolade verzichten, das will selbst ich nicht. Lydia kann ich auch anders ans Messer liefern, sie wird ja als Filmerin bei der Veranstaltung am Freitag dabei sein. Glücklicherweise hatte ich noch keine Namen verraten, außer den meines Mannes. Also kann ich die Beamten noch in die Irre leiten. Ich werde sie zu Christian schicken. Ich habe keine Ahnung, ob die dort im 1.OG irgendetwas finden. Zumindest aber kein ganzes Schmuggel-Lager und weitere Beweise für das Schmuggeln gibt es dann eben nicht, da ich vermute, dass Christian seine Lydia nicht verpfeifen wird. Es reicht aus, wenn alle Beteiligten wegen der Teilnahme an der sexuell-blasphemischen Party verurteilt werden. Hoffentlich geht alles gut.*

»Hallo Frau Becker! Wollen wir los?« Tristan kommt aus dem Fahrstuhl.

»Guten Morgen Herr Doktor. Ja, ich möchte es hinter mich bringen«, antworte ich.

»Keine Angst! Es ist die richtige Entscheidung und in wenigen Tagen werden Sie eine richtige Bürgerin sein und können einen Neubeginn starten!« *Neubeginn, mir wird das Von-Vorne-Anfangen langsam etwas zu viel.*

Während der Fahrt in die Stadt muss ich natürlich wieder hinten im Käfig sitzen.

Nicht mehr oft, dann sitzen Klaus, Lydia und Christian hinten. Besondere Genugtuung bereitet mir der Gedanke, dass dann nicht mehr Lydia mit mir zu den Borderlinien fahren kann, sondern dass *ich* sie dort hinbringe, um ihr beizubringen, dass ihr eigene Erniedrigung doch mehr liegt, als das Erniedrigen anderer. *Vielleicht lasse ich sie mir sogar eigens dafür als Ehefrau aus der MV Datei vermitteln, nur um das Schauspiel zu erleben, wie sie nackt und verfroren in Bestzeit mit einer vollen Schubkarre über den Acker stolpert. Vielleicht nehme ich mir auch Klaus als MV-Mann. Er darf dann angekettet in der Dusche wohnen. Bei dem Gedanken muss ich fast lachen. Vielleicht bleibe ich als Bürgerin doch lieber allein. Oder ich nehme Tristan… Kann man Engel überhaupt heiraten?*

Wir sind da. Vor einem recht hohen Würfel parkt Tristan das Auto und lässt mich aussteigen.

Jetzt habe ich doch etwas Angst. Tristan bemerkt das, nimmt meine eiskalten Hände und sagt: »Sie brauchen keine Angst zu haben. Ich bin bei Ihnen und ich werde Ihnen helfen!«

Warum tut er das? Ist er vielleicht doch ein Abgesandter Gottes? Ich schäme mich dafür, ihm nur die halbe Wahrheit gesagt zu haben. »Ich war noch nie in einem solchen Polizei-Gebäude, zumindest kann ich mich nicht erinnern. Ich weiß nicht, wie man sich als MV dort benimmt. Wollen wir nicht lieber wieder abhauen, Herr Doktor?« Ich sehe ihn verzweifelt an.

»Anna!«, sagt er jetzt. *Er hat »Anna« gesagt, er redet mich mit meinem Vornamen an!* Jetzt wirbelt das Chaos perfekt durch meinen Kopf. Er redet weiter: »Anna! Vertrauen Sie mir. Ich kann für Sie sprechen da drinnen, Sie brauchen keine Angst zu haben. Eine MV zu sein, heißt nicht, dass Ihnen niemand jemals wieder glauben wird. Das ist ja das Schöne an unserer neuen Rechtsordnung. Es gibt keine Gefängnisse mehr, dafür haben wir die familiäre Obhut. In dieser sollen die MV neu aufblühen, sich selbst und den Staat annehmen. Durch den Partner in Liebe lernen, was gut und was schlecht ist, um selbst wieder zu einem guten Bürger zu werden. Sie, Anna, sind völlig allein zurückgekehrt auf die Wege der Tugend und der Moral. Durch Ihr häusliches Umfeld haben Sie keinerlei Unterstützung erfahren, im Gegenteil: Sie, liebe Anna, hatten den viel schwereren Weg.« Er unterbricht sich selbst, um dann zu zitieren: »Stehe auf und gehe nach Damaskus! Dort wird man dir alles sagen, was du tun sollst.«

»Was ist das… ein Bibelzitat?«, frage ich verwirrt.

»Ja Anna…lassen Sie weiterhin Ihren Saulus zum Paulus werden, geben Sie nicht auf, weil Sie zeitweilig meinen, blind geworden zu sein. Stehen Sie auf und gehen Sie in dieses Polizeigebäude… mit mir.«

Stehen Sie bitte auf, gehen Sie direkt ins Gefängnis, gehen Sie nicht über Los… anscheinend bin ich zu einer Monopoly-Spielfigur geworden. Vielleicht sind wir alle nur Spielfiguren, diesen Verdacht hatte ich schon einmal vor fast zwei Wochen: Als ich mit Klaus zum ersten Mal von der Anhöhe aus auf die Siedlung geschaut habe. Die Siedlung sah aus wie ein Spielbrett und heute habe ich gelernt, dass ich nur eine kleine schwarz-weiße Figur darauf bin, deren Schicksal einzig abhängig vom Würfelglück eines Riesen ist.

Dann wollen wir mal sehen, wieviel Glück der Riese heute beim Würfeln gehabt hat: Wir betreten das Polizeigebäude. Drinnen sieht es aus, wie ein Kommissariat aus dem Jahr 2013, nur ohne Fenster. Ein langer Tresen trennt den Besucherbereich von den Polizeibeamten. Hinter dem Tresen stehen drei Schreibtische, an denen aber niemand sitzt. Ein Beamter steht am Tresen und blättert in irgendwelchen Papieren.

Naja, in einem Land, in dem niemand mehr kriminell sein will, haben Polizisten wahrscheinlich nicht so viel zu tun.
Tristan spricht ihn an: »Guten Tag, wir möchten gerne eine Strafanzeige erstatten und bei der Gelegenheit dann auch gleich den Bürgerstatus für die MV Anna Becker beantragen!«

Der Polizist deutet auf eine Tür im Besucherbereich und sagt: »Ich öffne Ihnen gleich die Tür, dann gehen wir in mein Büro.«

Tristan und ich begeben uns zu der Tür. Der Polizist öffnet sie und führt uns durch einen schmalen Flur in einen der Büroräume. Er setzt sich an seinen Schreibtisch, bietet uns zwei Besucherstühle an und fragt: »Worum geht es denn und wer soll angezeigt werden?«

Tristan antwortet: »Es geht um Schwarzhandel, also Schmuggelei und zusätzlich um verbotene sexuell-blasphemische Veranstaltungen in einem Bürgerhaus. Die anzuzeigenden Personen sind...« Tristan sieht mich an und ich gebe ihm die Namen.

»Lydia Hansen, Christian Wolters und Klaus Becker.« Der Beamte schreibt sich die Namen auf.

»Gibt es denn für diese schweren Anschuldigungen irgendwelche Beweise?«, will er wissen.

Jetzt antworte ich direkt: »Bezüglich des Schmuggelns kann ich Ihnen eine Adresse nennen, unter der in einem Bürgerhaus ein Schmuggelwarenlager geschaffen wurde. Die Waren wurden hier in die erste Etage gebracht, weil diese von niemandem aufgesucht werden darf. Die Adresse ist: Christian Wolters, 5. Ring 3 in 30902.«

Noch mitschreibend fragt der Polizist: »Wissen Sie zufällig, über welche Borderlinie die Schmuggelware ins Land gebracht wird?« Um die tatsächliche Borderlinie nicht zu gefährden, lüge ich: »Etwa 400 Kilometer in östlicher Richtung, ich denke es ist an der polnischen Borderlinie.« *Hoffentlich gibt es das Land Polen überhaupt noch.*

»Ok. Sind in die Schmuggelgeschäfte noch andere Personen verwickelt?«, fragt der Polizist, immer noch schreibend.

»Ich kenne nur den einen. Die Schwarzhandel-Kontakte von Herrn Wolters sind mir nicht bekannt«, antworte ich.

Der Polizeibeamte liest sich seine Notizen noch einmal durch und fragt nach einer kurzen Pause: »Die andere Sache: Die blasphemischen Veranstaltungen. Wie muss ich mir das vorstellen?«

»Mein Mann, Klaus Becker, lädt regelmäßig Gäste in sein Haus ein. Im Altarraum werden sexuelle, meist auch ketzerische Handlungen durchgeführt, oftmals mit einer videodokumentierten Vergewaltigung meiner Person. Die anderen Hauptbeteiligten sind Christian Wolters und Lydia Hansen. Die Namen der Gäste kenne ich nicht. Für übermorgen ist wieder eine große Vergewaltigung auf dem Altar mit anschließender Orgie geplant«, erkläre ich.

Tristan mischt sich ein: »Das Problem ist, dass Frau Becker, meine Patientin, an einer Amnesie leidet. Wir arbeiten daran, haben aber noch keinen Zugang zu ihrer Erinnerung gefunden. Es kann also durchaus sein, dass Frau Becker schon seit einigen Jahren von ihrem Mann und anderen missbraucht wird, sich selbst aber nur an die vergangenen zwei Wochen erinnern kann.«

»Verstehe«, murmelt der Beamte. »Für Sie als Opfer ist das natürlich unangenehm. Aber für uns, die Polizei, ist es unerheblich, ob Sie 100 Mal oder nur einmal blasphemisch missbraucht wurden, da ein einziges Mal für eine Entmündigung der Beteiligten ausreicht. Übermorgen, sagten Sie, findet wieder eine Veranstaltung in Ihrem Haus statt? Haben Sie denn die Möglichkeit, dem zu entgehen? Wir würden als polizeiliche Maßnahme eventuell eine Razzia durchführen.«

»Nein, mein Mann würde sofort merken, dass etwas nicht stimmt, wenn ich fort wäre, zumal ich ja als Geschenk für einen Ehrengast dienen soll. Ich möchte aber, dass das alles bald für immer aufhört. Ich habe dann eben am Freitag keine andere Wahl, als mich unauffällig zu verhalten und zu warten, dass die Polizei die Veranstaltung stört. Dann wäre die Schuld aller Beteiligten bewiesen.«

»Um wieviel Uhr wird das stattfinden?«, fragt der Beamte.

»Soweit ich weiß, um halb Acht abends«, lüge ich. Wenn die Polizei zu früh kommt, wird noch nicht genügend Videomaterial vorliegen, aus dem hervorgeht, dass Siegfried Sacherung aus eigenem Willen an der Veranstaltung teilnimmt.

»Wo wohnen Sie?«

»Im 8.Ring 5.«

»Sie können sich darauf verlassen, dass wir zur Gefahrenabwehr den Einsatz am Freitagabend durchführen, vielleicht sogar in Verbindung mit einer Razzia im Schmuggellager. Wenn die Schuld der Teilnehmer bewiesen ist, wird Ihr Antrag auf den Bürgerstatus sofort bearbeitet. Ihre Daten haben wir in der MV Datei. Ihr Mann wird bei erwiesener

Schuld sofort seinen Bürgerstatus verlieren, als MV geführt und vorläufig in eine Obdachlosenklinik gebracht. Falls Sie die Scheidung wünschen, wird er in der Klinik bleiben, bis ihn jemand aus der Datei zum Ehelichen auswählt. Falls Sie sich gegen eine Scheidung entscheiden, können Sie selbst entscheiden, ab wann er wieder in Ihrem Haus wohnen darf.«

Tristan lächelt mich an und drückt meine Hand. Ich bin zufrieden. Vor ein paar Tagen noch war meine größte Sorge, als MV mit Lydia zu den Borderlinien zu müssen und dass Klaus meinen MV-Status weiter ausreizt. Jetzt werden beide bald selbst MV sein und ich entscheide über ihr weiteres Leben.

Tristan und ich verlassen das Polizeigebäude. Draußen auf der Straße umarme ich ihn: »Danke Tristan! Ohne Sie hätte ich das alles nicht geschafft. Ich bin sehr glücklich, dass nun alles Schlimme bald ein Ende haben wird!«

»Jetzt müssen wir nur noch den Freitag überstehen. Schaffen Sie das wirklich?«

»Mit der Gewissheit, dass danach alles vorbei ist, schaffe ich das. Ich habe dank Ihnen jetzt keine Angst mehr. Gott wird mich beschützen!«

»Anna, ich freue mich für Sie, dass sich Ihr Leben innerhalb von zwei Wochen so großartig gewandelt hat. Jetzt sollten wir allerdings zurück zum KLFMV fahren. Falls Ihr Mann doch auf die Idee kommen sollte, Sie noch einmal zu besuchen!«

Der restliche Mittwoch und auch der Donnerstag verlaufen ruhig. Klaus kommt mich nicht besuchen, was mich schon ein wenig stört. *Interessiert es ihn denn gar nicht, wie es mir geht?*

Auch von Siegfried Sacherung werde ich in Ruhe gelassen. Wahrscheinlich kann er den Freitag gar nicht mehr abwarten und möchte keine Absage riskieren.

Ab und zu schneit Tristan hinein. Wir reden dann über Glauben und Moral und Bürgerleben, aber ich weiß noch immer nicht, ob er verheiratet ist. Trotz der neuen Vertrautheit, die ich für ihn empfinde, bleibt er dennoch irgendwie unnahbar. Den Engel Tristan darf man nicht einfach fragen: »Sind Sie verheiratet?« Vielleicht möchte ich auch gar keine Antwort auf die Frage. Wenn er verheiratet ist, dann ist er doch nur ein gewöhnlicher Sterblicher. Wenn er nicht verheiratet ist, bestärkt sich mein Glaube, dass er ein Himmelswesen ist, das man nicht einfach heiraten darf.

In diesen eineinhalb Tagen bete ich viel mit meinen neuen Freundinnen, den knochigen Schwestern, esse Brot mit Käse und klicke mich durchs Deutschnet.

Freitagmorgen besucht Tristan mich ein letztes Mal vor meiner Entlassung. »Ich hatte Ihnen doch versprochen, zu recherchieren, wo sich Ihre Tochter befindet«, beginnt er.

»Ja, haben Sie etwas rausgefunden?«, frage ich erfreut.

»Ihre Tochter war bis vor sieben Jahren im Internat in 90402, das ist etwa 500 KM von hier entfernt. Sie wurde dann von einem Bürgerpaar in 80331 adoptiert, dort lebt sie seitdem.«

»Und was heißt das? Ich kann sie nicht besuchen, oder?«

»Wenn Sie selbst wieder Bürgerin sind, dürfen Sie sie natürlich besuchen. Aber wollen Sie das wirklich? Wahrscheinlich weiß ihr Kind nicht einmal, dass es adoptiert ist. Es wäre vermutlich ein großer Schock für Ihre Tochter, zu erfahren, dass die Menschen, die sie für ihre Eltern hält, in Wirklichkeit nicht ihre Eltern sind. Vermutlich wäre es für Ihr Kind besser, wenn Sie mit einem Besuch noch ein paar Jahre warten, bis es verstehen kann, dass es ein MV Kind war.« Tristan versucht es wirklich schonend zu erklären, aber ich bin dennoch erschüttert.

»Hat mein Kind gute Eltern?«

»Ja, darauf können Sie sich verlassen. Nur moralisch gefestigte Menschen dürfen MV Kinder adoptieren. Es wird behütet und in christlicher und moralischer Geborgenheit aufwachsen.«

»Dann soll es so sein«, antworte ich vernünftig, aber nicht wirklich überzeugt davon, ob das tatsächlich meine Meinung ist. Um die Trauer nicht noch größer werden zu lassen, wechselt Tristan das Thema: »Wie fühlen Sie sich körperlich, Anna? Werden Sie den heutigen Abend durchstehen?«

»Ja, ich fühle mich gut. Die Druckschmerzen sind zurückgegangen. Ich bin trotzdem froh, wenn ich es hinter mir habe«, antworte ich.

»Ihr Mann wird jetzt bald kommen, um Sie abzuholen. Falls Sie noch irgendwelche Fragen an mich haben, können Sie mich telefonisch erreichen«, sagt er und will mir eine Nummer aufschreiben.

»Herr Doktor, ich habe kein Telefon. Ich kann Sie nicht anrufen!« Ich lächle ihn an.

Jetzt lacht er auch. »Ok, solange Sie noch hier im Haus sind, können Sie mich auch über die Anmeldung im ersten Stock anpiepen lassen, aber ich denke, dass Sie innerhalb der nächsten Stunde abgeholt werden!«

»Hätten Sie mir das mit dem Pieper eher gesagt, hätte ich Sie nicht immer solange im ganzen Haus suchen müssen«, scherze ich.

Er lacht wieder.

»Werde ich Sie irgendwann wiedersehen, Tristan?«, frage ich jetzt mutig.

»Nun, ich hätte jetzt fast gesagt: Jedes Mal wenn Sie krank sind. Aber als Bürgerin werden Sie ja nicht mehr in einem KLFMV behandelt... Wir werden nach heute Abend noch einmal gemeinsam zur Polizei fahren müssen, damit Sie Ihren Bürgerstatus erhalten. Da Sie noch wenige Tage nicht mobil sein werden, werde ich Sie am Montag abholen, ok?«

»Danke Herr Doktor. Warum tun Sie das alles für mich?«, frage ich, gerührt von seiner Fürsorge.

»Weil es mich freut, wenn Menschenkinder zurück auf den rechten Pfad kommen. Es bestätigt, dass Kriminelle nicht auf ewig kriminell bleiben müssen und dass Gefängnisse tatsächlich überflüssig geworden sind. Wir leben in einem guten System.«

Ich frage ihn jetzt nicht, ob die Ehe für einen MV nicht auch eine Art Gefängnis ist.

6 - Showdown

Nachdem Tristan gegangen ist, warte ich angezogen auf meinem Bett sitzend auf Klaus. Ich bin unruhig und kann nicht richtig einordnen, warum das so ist. Vor dem heutigen Abend habe ich keine Angst. Es ist eine andere Art von Aufregung: Ich habe Klaus und seine Frechheiten vermisst in den letzten Tagen. Das ändert jedoch nichts an meinem Entschluss, aus ihm noch heute einen MV zu machen.

Als sich aber mittags die Tür zum Krankenzimmer öffnet, steht nicht Klaus da, sondern Christian. Ich werde sauer.

»Wo ist Klaus?«, will ich wissen.

»Du weißt doch Anna, wie das mit Klaus und Lydia ist. Die können einfach nicht voneinander ablassen. Da hat Klaus mich gebeten, dich abzuholen.«

»Was soll das heißen? Ist Lydia in unserem Haus?«, frage ich gereizt.

»Ja, schon die ganze Woche. Ich glaube, Klaus war sogar ganz froh darüber, dass du länger als erwartet im KLFMV bleiben musstest! Aber gut siehst du aus, Anna. Wollen wir auf der Rückfahrt irgendwo anhalten, damit ich mal deinen neuen Körper ausprobieren kann?« Christian grinst.

»Blödmann! Bring mich zu meinem Mann!«, verlange ich jetzt wütend.

Schweigend verlassen wir das KLFMV und fahren in unsere Siedlung. Am Haus lässt Christian mich aussteigen. Ich klingle im Erdgeschoss.

Wie demütigend. Die eigene Ehefrau kommt nur ins Haus, indem sie vorher klingelt. Aber irgend so ein daher-

gelaufenes Miststück wie Lydia, eine Mörderin, hat einen Schlüssel zum Haus und nistet sich auch noch ein. Ich könnte mich auf der Stelle vor Wut hier vor der Haustür übergeben. Wenn Lydia jetzt auch noch die Tür öffnet, wird sie ihr blaues Wunder erleben.

Die Tür wird geöffnet. Ich hole aus, um Lydia die Ohrfeige ihres Lebens zu verpassen. Doch da steht Klaus, der wieder einmal meine Hand in letzter Sekunde abfängt. Sekundenlang stehen wir einfach nur so da und sehen uns an. Er sieht gut aus und plötzlich schießen mir Bilder seines makellosen nackten Bauches durch den Kopf. *Geht weg! Ich will euch nicht sehen!*

Deshalb sage ich nur, so kalt wie möglich: »Lass mich rein und wirf die Schlampe raus!«

»Hier ist niemand, Anna«, antwortet Klaus. Er ist also wieder in Spiellaune. *Heute zum letzten Mal, mein lieber Klaus Becker!*

Wir fahren nach oben. Lydia ist tatsächlich nicht mehr da. Ich setze mich in die Sitzecke und freue mich seltsamerweise zuhause im Würfel zu sein. Klaus geht zur Bar.

»Anna, möchtest du auch etwas trinken?«

Ich schüttle den Kopf und frage: »Hast du für heute Abend alles vorbereitet?«

»Ja, es war in der Kürze nicht ganz einfach, aber ich denke, es wird eine gute Veranstaltung... Operation Böser Arzt!«

Klaus setzt sich zu mir. »Wir haben den Raum in einen richtigen OP-Saal mit zentralem Operationstisch, computergesteuertem Chirurgiesystem und Narkosegerät verwandelt. Natürlich haben wir auch an umfangreiches OP-Besteck gedacht. Rundherum sind Altarkerzen und Madonnenfiguren aufgestellt. Über dem OP-Tisch hängen eine große OP-Lampe und ein Banner: *Der Schöpfer und sein Werk.*«

»Wo habt ihr denn all die Sachen so schnell her?«, will ich beeindruckt wissen.

»Anna, es gibt nichts, was wir nicht besorgen könnten«, antwortet Klaus. *Das macht mich jetzt auch nicht schlauer.*

»Habt ihr euch auch schon Gedanken über den zeitlichen Ablauf gemacht?«, frage ich.

»Ja, unsere Gäste werden zunächst im Duschraum sein. Kameras im OP-Saal senden alle Aufnahmen hier direkt auf eine Leinwand. Die Kameras sind direkt auf den OP-Tisch fokussiert. Du wirst mit dem Arzt hereinkommen und ihn richtig heiß machen. Das kannst du ja! Lass dich dann mit den Handschellen am OP-Tisch festketten, damit später auf dem Film eine Vergewaltigung erkennbar wird. Du kannst zwischendurch auch schreien, aber bring ihn leise dazu, dass er sich selbst als Schöpfer oder Gott bezeichnet. Sobald wir diese Aufnahmen im Kasten haben, werden unsere Gäste direkte Zuschauer. Du wirst dann leider den OP-Tisch verlassen müssen«, Klaus grinst und fährt fort: »Weil dann dein Arzt zum Not-OP-Patienten und Christian und Lydia zu den leitenden Ärzten werden. Dein Arzt wird nun einer Intensivbehandlung unterzogen. Es wird ihm gefallen.«

Gut dass der Polizeieinsatz frühestens eine halbe Stunde nach Veranstaltungsbeginn stattfinden wird! So können Christian und Lydia eventuell noch auf richtig schwerer Tat ertappt werden. Für Siegfried Sacherung wird schon vorher durch die Filmaufnahmen alles verloren sein und Klaus wird als Veranstaltungsorganisator überführt. *Ich lasse mich vorsichtshalber wirklich anketten, um den eventuellen Verdacht, ich könnte es freiwillig mitmachen, komplett zu entkräften. Alles läuft, wie ich es mir vorgestellt habe.*

Ich lächle Klaus an: »Ich danke Dir!« Und das meine ich sogar ernst. Er hilft mir dabei, sich selbst zu vernichten.

»Bringst du mich nachher zurück zum KLFMV, sodass ich gegen halb Sieben da bin?«, frage ich ihn.

»Ja, werde ich machen!«, antwortet er knapp.

»War Lydia eigentlich die Woche über hier?«, will ich nun endlich und so beiläufig wie möglich erfahren.

»Warum willst du das wissen, Anna?«, antwortet Klaus mit einer Gegenfrage.

»Weil du *mein* Mann bist und die hier nichts zu suchen hat. Schon gar nicht, wenn ich nicht da bin!«

»Aber Lydia behandelt mich sehr viel mehr, als sei ich ihr Mann als du das tust! Du willst mich doch immer nur ermorden.«

»Mit Recht will ich das!«, antworte ich.

Mehr fällt mir nicht ein. Klaus sieht mich schon wieder so an. *Warum habe ich dumme Nuss bloß gefragt?* Er nutzt jede Chance, mich in die Enge zu treiben, deshalb stehe ich auf und gehe an die Bar. Hier weiß ich aber noch weniger, was ich machen soll, da ich überhaupt nichts trinken will.

»Klaus, möchtest du noch was trinken?«, frage ich blöd.

Klaus grinst. »Anna, mein Getränk steht hier auf dem Tisch. Soll ich zwei Sachen gleichzeitig trinken?«

»Habe ich nicht gesehen«, lüge ich.

»Bist du nervös, Anna?« Klaus steht auf und kommt zur Bar.

Nicht auch das noch! Jetzt habe ich keine Fluchtmöglichkeit mehr. Er stellt sich vor mich und fragt leise: »Warum wolltest du wirklich wissen, ob Lydia hier war? Bist du etwa eifersüchtig?«

»Ich? Du spinnst ja! Ich hasse dich, das weißt du genau! Und Lydia will ich hier nicht im Haus haben, weil … weil sie stinkt… mir wird übel von ihrem Geruch, gegen den kommt nicht einmal das schärfste Desinfektionsmittel an!«, reite ich mich immer weiter rein.

»Ach so ist das! Dann weißt du ja selbst, ob sie während der Woche hier war oder nicht. Du kannst es ja riechen!«

Klaus lacht und geht zurück in seine Sitzecke. Ich lache jetzt auch über meine eigene Dummheit und folge Klaus zum Sofa, setze mich aber weit weg auf die andere Seite.

»Warum hast du *mich* eigentlich geheiratet, Klaus?«

»Weil in der MV-Datei zu der Zeit außer dir nur 80-Jährige waren!«, will er mir vorgaukeln.

»Du hättest doch auch Lydia oder eine andere Bürgerin nehmen können!«, forsche ich nach.

Er sieht mich jetzt etwas ernster an. »Wir Zwei kannten uns schon, lange bevor es MV-Dateien gab, Anna. Unsere Liebe ist unsere Bestimmung, eine beständig fließende Unvermeidlichkeit in Raum und Zeit.«

Bevor er mich jetzt noch weiter veralbert, stelle ich lieber keine Fragen mehr, zumindest nicht zu diesem Thema.

»Wie war das eigentlich an dem Tag, an dem ich

den Unfall hatte? Mir wurde im KLFMV erzählt, ich hätte geglaubt meine Tochter auf der anderen Straßenseite zu sehen. Wenn ich aber gar keinen Kontakt zu ihr habe, kann ich ja gar nicht wissen, wie sie aussieht«, erkundige ich mich.

»Die Geschichte mit deiner Tochter habe *ich* erfunden, damit die Ärzte nicht so viel Fragen stellen. In Wirklichkeit bist du bei dem Supermarkt im 7. Ring ganz einfach vor *mir* weggelaufen, so wie du es immer tust... direkt vor ein Auto. Ich habe mich ziemlich erschrocken«, antwortet Klaus.

»Vor dir kann man ja auch nur weglaufen!«, behaupte ich.

»Niemand kann vor seinem Schicksal davonlaufen, Anna!«, entgegnet er.

Der Nachmittag vergeht. Klaus und ich machen uns bereit für die Fahrt zum KLFMV, damit ich Siegfried abfange. Es wird meine letzte Autofahrt sein, bei der ich in Klaus' Auto hinten sitzen muss. Ich sehe während der Fahrt aus dem Fenster:
Wie sehr ich mich doch in so kurzer Zeit an all das hier gewöhnt habe! An den Beton und an das Weiß. Es strahlt tatsächlich Ruhe aus und im Hinblick auf das, was ich heute Abend noch vor mir habe, fühle ich mich in diesem Augenblick erstaunlich gelassen. Bin ich wirklich so abgebrüht?

Es ist 20 nach Sechs, als wir ein paar hundert Meter vom KLFMV halten, Klaus lässt mich aussteigen. Während ich schon im Begriff bin, zur Tiefgarage zu gehen, ruft Klaus mir beiläufig hinterher: »Ach Anna, was ich noch vergessen hatte zu sagen!« Ich bleibe stehen und drehe mich um.

»Die Veranstaltung heute Abend findet nicht in *unserem* Haus statt, sondern in Christians. Es gab einen Wasserrohrbruch in unseren Duschen letzte Woche, deshalb mussten wir den Veranstaltungsort verlegen!« Er wirft mir eine Chipkarte zu.

»Waaaas? Und das sagst du mir erst jetzt?« Ich bin entsetzt.

Klaus antwortet: »Es ist doch im Grunde egal, wo es stattfindet. Die Hauptsache ist doch, dass du gleich mit dem Arzt zur richtigen Adresse kommst!« Klaus steigt in sein Auto und fährt los.

Ich stehe erstarrt auf der Straße und kann kaum einen klaren Gedanken fassen. Die Razzia war für halb Acht in *unserem* Haus geplant. Ich habe kein Telefon, um irgendjemandem Bescheid zu sagen. Ich muss Tristan finden. Er ist der einzige, der die Polizei jetzt noch umleiten kann. Aber wie erkläre ich ihm, wie ich hier zum KLFMV gekommen bin? Was ist, wenn *er* mich dann zurück zur Siedlung bringen will? Er darf mich hier nicht treffen.

Die Veranstaltung droht zu scheitern.

Es gibt nur eine kleine Chance, die Planungen für den Abend zu retten. Hierfür habe ich jetzt weniger als zehn Minuten. Ich laufe los, hinein in die Tiefgarage bis zum Fahrstuhl. Immer wieder geht mir durch den Kopf: *Es darf mich niemand sehen!*

Mit dem Fahrstuhl fahre ich hoch zur Anmeldung des KLFMV. *Hoffentlich steht Tristan hier nicht durch Zufall!*

Als ich aus dem Fahrstuhl komme, ist der weiße Gang leer. Im Anmeldekabuff sitzt einsam eine Schwester. *Gott-sei-Dank!*

»Entschuldigung!«, wende ich mich an die

Schwester.

»Ja bitte?«

»Könnten Sie für mich Herrn Doktor zu Wollersheim anpiepen und ihm dann eine Nachricht zukommen lassen?«

Die Schwester lächelt und antwortet: »Ich könnte ihn auch ausrufen und herkommen lassen!«

»Nein, das ist nicht nötig. Ich habe es sehr, sehr eilig und muss sofort wieder los!«, antworte ich fast panisch.

»Worum geht es denn?«, will jetzt die Schwester wissen.

»Bitte richten Sie ihm nur aus: *Heute 19.30 Uhr 5. Ring 3* **nicht** *8. Ring 5. Bitte die Beamten informieren!*«

»Wenn es sich hierbei um eine Privatverabredung handelt, darf ich ihn nicht anpiepen«, äußert die Schwester patzig.

Ich werde leicht ungehalten: »Hört sich das etwa an wie eine Privatnachricht? Tun Sie es bitte, es geht um Recht und Ordnung!«

Ob diese Schwester Tristan anpiept, warte ich nicht ab. Ich muss raus aus diesem Haus. Siegfried liegt bestimmt schon draußen auf der Lauer.

Im Fahrstuhl habe ich Angst, dass sich auf dem Weg vom 1. Stock bis in die Tiefgarage entweder im Erdgeschoss oder ganz unten die Tür öffnet und Tristan vor mir steht. Aber ich habe Glück. Kein Tristan. Jetzt muss ich nur noch die Tiefgarage durchqueren.

Plötzlich packt mich jemand am Arm.

Zu Tode erschrocken drehe ich mich um: Siegfried!

»Was machst du hier? Ich dachte wir wollten uns draußen treffen?«, fragt er misstrauisch und fast feindselig.

»Doktor Sacherung! Ich habe es oben nicht mehr ausgehalten, ich hatte Angst, dass Sie nicht kommen. Da bin ich hier hineingelaufen, um nach Ihnen zu suchen. Endlich sehe ich Sie! Die Zeit bis heute war so lang!«

Bevor er noch weitere Fragen stellt, küsse ich ihn. Ich bin erst einmal froh, dass nur diese kleine Kanalratte mich hier erwischt hat und nicht Tristan. Aber Siegfried scheint noch nicht recht in Stimmung zu sein. Er schiebt mich ein Stück von sich fort und sagt: »Komm jetzt! Ich möchte nicht gesehen werden!«

Er geht vorweg zu seinem Auto und lässt mich hinten einsteigen. »Leg dich hin, damit dich keiner sieht!«, ordnet er an.

Du kleiner Schisser! Willst ein spannendes Abenteuer, aber das bitte-schön im abgesicherten Modus. Da ich selbst aus viel schwerwiegenderen Gründen nicht gesehen werden möchte, tue ich brav, was er sagt.

»Die Adresse ist 5. Ring 3«, sage ich ihm noch, bleibe allerdings weiterhin auf den Rückbänken liegen. Ich habe keine Lust auf irgendeine Art von Blickkontakt durch den Rückspiegel. Außerdem mache ich mir Sorgen, ob Tristan meine Nachricht rechtzeitig erhält. Im Moment ist mir nach allem zumute, aber nicht danach, einen verklemmten Fettabsauger zu verführen. Hoffentlich kommt meine Konzentration zurück, wenn wir in der Siedlung sind.

Auch Siegfried spricht während der gesamten Fahrt nicht. *Vielleicht hat auch er Angst?* Allerdings weiß der ja nicht im Entferntesten, was da heute noch auf ihn zukommt. Ich möchte mir gar nicht im Detail vorstellen, wie Christian und Lydia ihn später bei ihren Doktorspielen auseinandernehmen. Mitleid habe ich trotzdem keines.

Wir sind da. Siegfried lässt mich aussteigen und ich ziehe ihn an der Hand zur Haustür: »Komm, mein Schöpfer. All deine Mühen sollen jetzt belohnt werden!«

Nichts auf der Straße oder am Haus deutet darauf hin, dass sich in den Duschen bereits zahlreiche Spanner befinden, die sich wahrscheinlich schon mit Alkoholika in Hochform gebracht haben. *Ob Klaus mich reingelegt hat und die Veranstaltung findet hier gar nicht statt? Oder hat er alles ganz einfach nur mal wieder großartig arrangiert?*

Zumindest lässt sich mit der Chipkarte die Tür öffnen. Ich schiebe Siegfried in den Desinfektionsflur und schließe die Tür hinter uns. »Zieh mich aus, Siegfried, aber lass mir das Mieder an. Ich möchte, dass du mich erst auf dem OP-Tisch untersuchst!«, hauche ich ihm ins Ohr, während ich anfange ihn zu entkleiden und zu küssen.

»Wieso OP-Tisch?«, ächzt er.

»Ich habe etwas vorbereitet, das nur einem Gestalter wie dir würdig ist. Ich möchte noch einmal von dir operiert und untersucht werden«, stöhne ich ihn an.

Wenn es doch bloß nicht so widerlich wäre! Ich versuche, an etwas anderes zu denken, aber kein Gedanke dieser Welt kann sich heute als Deo über meinen Ekel legen. Siegfrieds stümperhafte Hände ziehen mir ruppig die Kleidung vom Körper und lassen dabei keine Gelegenheit aus, mich zu betasten. Plötzlich schießen mir Bilder von Klaus durch den Kopf. *Das hat mir gerade noch gefehlt! Ich habe hier nicht meinen beherrschten, eleganten Mann vor mir, sondern einen speichelnden, bebrillten Köter, der mir seine Sabber-Zunge in den Hals steckt.* Diese Gedanken muss ich schleunigst abstellen, sonst gefährde ich selbst noch meine Veranstaltung. Siegfried steht nackt mit Brille vor mir. Ich greife ein OP-Hemd, das an einem Haken neben dem Desinfektionsbecken hängt und stülpe es ihm über. Nun öffne ich die Tür zum Altarraum.

»Kommen Sie, Herr Doktor, jetzt sollen Sie nicht länger warten müssen... und auch ich kann nicht länger warten. Meine Begierde wird unerträglich.«

Klaus und seine Freunde haben ganze Arbeit geleistet. Es ist alles, wie Klaus es beschrieben hatte. Die Altarkerzen auf dem Fußboden sind angezündet. Die OP-Lampe über dem Operationstisch brennt noch nicht. Ich denke, dass die erst angeschaltet wird, wenn Siegfried zum Patienten wird. Bis dahin soll der Raum wohl diese merkwürdig sakral-sterile Stimmung behalten. Ich spüre, dass Siegfried und ich nicht alleine sind. Es ist mir nicht einmal unangenehm, vielmehr fühle ich mich tatsächlich wie ein Schauspieler, der seine Bühne betritt.

Siegfried traut seinen Augen nicht. Der Anblick des Operationstisches mit dem darüber hängenden Banner erregt ihn. Das Wort »Schöpfer« erregt ihn. Aber am meisten berauscht ihn der Gedanke, ganz allein mit einer Frau hier zu sein, die er völlig in seiner Gewalt zu haben glaubt. Ich merke das an der latenten Aggressivität, die er nicht mehr länger verbergen kann.

»Komm jetzt! Ich will nicht länger auf das, was mir zusteht, warten!«, befiehlt er. Wenn er es wenigstens mit ein klein wenig Charisma täte, aber da ist nichts. Seine Worte haben so viel Ausstrahlungskraft wie der Geruch eines Hundehaufens. Siegfrieds plötzliche Angriffslust kann ich mir allerdings zu nutzen machen, damit das gesamte Schauspiel zu einer perfekten Vergewaltigungsveranstaltung wird. Er muss nur noch ein wenig wütender werden, indem ich mich zu sträuben anfange. Ein nie gekanntes Gefühl von Macht wird ihn überwältigen und letztendlich auch zur Strecke bringen.

»Bitte nicht so schnell mein Liebster! Ich weiß plötzlich nicht, ob es richtig ist, was wir hier tun!«, äußere ich leise meine Zweifel. Mein Plan geht auf. Er zieht mich an der Hand zum OP-Tisch und herrscht mich an: »Du hast das nicht zu entscheiden! Ich werde mir jetzt von dir holen, was mir zusteht!« *Hoffentlich war das laut genug für die Mikros.* »Leg dich da hin!«, fordert er.

»Nein, bitte nicht!«, flehe ich ihn an. Es ist erstaunlich, was die totale Wehrlosigkeit einer Frau bei einem Mann, der Autorität nur aus seiner unterdrückten Fantasie kennt, auslösen kann. Siegfried hat hier jetzt die perfekten Rahmenbedingungen, sich selbst einmal kraftvoll und beherrschend zu fühlen. Rücksichtslos und grob drückt er mich auf dem OP-Tisch nieder. Jetzt entdeckt er die Handschellen.

»Nein!«, schreie ich. Ich fange an zu zappeln. Aber ich darf es nicht übertreiben, denn ich glaube, dass ich auch körperlich stärker bin als er.

»Doch! Du gehörst mir! Ich bin dein Schöpfer und ich mache mit dir, was ich will!«

Und in Wirklichkeit tust du genau das, was ich will! Siegfried befestigt meine Hände an den Seiten des OP-Tisches.

»Bitte lass mich frei, oh Gott, bitte!«, schreie ich.

»Du hast Recht, ich bin *dein Gott*, aber ich lass dich nicht frei. Du brauchst jetzt die Strafe Gottes!« Wild reißt er mir die Klettverschlüsse meines Mieders auf. Ich fange an zu treten. Aber auch hierbei muss ich vorsichtig sein. Nicht, dass ich ihn noch umstoße. Irgendwann schafft es der kleine Mann, seinen Körper zwischen meine Beine zu drücken. *Oje, ist der tollpatschig. Ich bin fast geneigt, ihm behilflich zu sein.*

Ob Klaus die Show gefällt? Und wie spät mag es jetzt wohl sein? Während ich so meinen Gedanken nachhänge, hat Siegfried anscheinend seinen Weg gefunden. Er fängt an, sich richtig auf mir abzurackern. *Hoffentlich bekommt der keinen Herzinfarkt!* Um wieder etwas Dramatik in das Schauspiel zu bringen, schreie ich ein wenig. Das bestärkt ihn in dem Glauben, alles richtig zu machen. Dann flüstere ich sehr leise, so dass nur er es hören kann: »Du bist der Schöpfer, du bist so gut.« Das bringt ihn noch einmal auf Hochtouren. Er wird laut und schreit: »Ich bin dein Schöpfer! Du gehörst mir! Sag, dass ich dein Gott bin und dass du mich anbetest!« *Er ist besser, als ich dachte!* Und um das Schauspiel auf den Höhepunkt zu treiben, schreie ich laut: »Niemals!«

»Sag es!«, fordert er. Er ohrfeigt mich! Ich stelle mir gerade die fertigen Filmaufnahmen vor und freue mich, wie überzeugend dieser Akt doch ist.

»Niemals!«, schreie ich deshalb noch einmal. Er schlägt noch einmal zu und gerät dabei immer mehr in einen Selbstüberschätzungsrausch. »Sag, dass ich Gott bin!«, schreit er mich an.

Ich quetsche ein paar Tränen heraus und wimmere für die Mikros »Nein, bitte nicht!« Siegfried hauche ich fast unhörbar zu: »Du bist Gott und ich möchte Gott zu tiefster Befriedigung bringen!«

Mit einem lauten Schrei: »Ich bin der Schöpfer!« wird er fertig.

Das OP-Licht flackert auf. Ich bin im ersten Moment total geblendet. Aus dem Duschraum kommen nun etwa 20-30 Leute im Arzt- und Schwesterndress. Christian ist als erstes im Altarraum und greift sich Siegfried. Der ist geistig noch gar nicht wieder ganz da und schaut sich nur verstört um. Lydia kommt herein und klebt ihm, bevor er sich beschweren kann, ein breites Pflaster über den Mund. Ein zweiter OP-Tisch wird hereingeschoben. Christian und zwei andere Männer befestigen Siegfried auf dem Rücken liegend mit vier Handschellen an dem Tisch.

»Mach mich los«, rufe ich Christian zu.

»Nee, tut mir leid, Anna! Lydia möchte dich später noch untersuchen!«, antwortet Christian und wirft mir zwinkernd ein Tuch über den halbnackten Körper.

»Spinnt ihr? Das war nicht verabredet! Wo ist Klaus?« Ich werde wütend und bekomme Angst.

Lydia kommt zu meinem Tisch, beugt sich über mich und küsst mich auf den Mund. Noch bevor ich zubeißen kann, hat sie sich zurückgezogen und zieht mir ebenfalls ein breites Pflaster über den Mund. Dann flüstert sie mir ins Ohr: »Dich zu operieren, Anna, darauf habe ich schon so lange gewartet. Aber das schönste soll man sich bis zum Schluss aufsparen. Du kannst dir derweil ansehen, was wir mit deinem Arzt machen und dich darauf freuen, dass du später Ähnliches erleben darfst!«

Jetzt bekomme ich echte Angst. Ich versuche, unter den zuschauenden Menschen Klaus zu finden. Aber er ist nicht da. *Wo ist er? Wenn er die Irren hier nicht beaufsichtigt, werden die mich umbringen. Hat er das einkalkuliert? Ist er deshalb nicht hier, weil er meine Ermordung angeordnet hat, sie sich aber selbst nicht ansehen will?*

Ich möchte schreien, kann es aber nicht. Ich trete mit den Füßen um mich, so dass der OP-Tisch beinahe umkippt. Lydia kommt, um mir die Beine mit zwei Tüchern am Tisch festzubinden.

»Nicht so stürmisch, Schatz! Ich weiß, dass du es kaum erwarten kannst, aber jetzt musst du dich noch einen Moment gedulden!«

Die ist komplett wahnsinnig im Kopf.

»Du musst dir keine Sorgen machen. Dein Mann wird nicht lange Witwer sein müssen. Ich bin selbst trauernde Witwe, weiß also wie das ist. Ich werde mich um ihn kümmern, ihn trösten und lieben. Wir sind dann endlich frei füreinander!«

Zu meiner Angst gesellt sich nun das Bedürfnis, Lydia so richtig die Fresse zu polieren. Was bildet die sich ein? Klaus ist **mein** *Mann! Nur weil sie ihn ein paar Mal zum Sex genötigt hat, heißt das noch lange nicht, dass er sie liebt! Oder tut er es doch? War Dennis' Tod vielleicht doch nur der erste Akt im Schauspiel »Freiheit für Lydia & Klaus« und heute wird der zweite Akt aufgeführt?* Der Schmerz, von Klaus verraten worden zu sein, ist jetzt fast stärker als meine Angst.

Ich sehe hinüber zu Siegfried. Zwei ältere Damen in Schwesterntracht sind gerade fertig, seinen gesamten Körper zu rasieren. Nun reiben sie ihn komplett mit Povidon-Jod ein. Es macht ihnen sichtlich Spaß, während Siegfrieds weit aufgerissene Augen hinter seinen dicken Brillengläsern keinerlei Freude wiederspiegeln.

Arzt Christian schiebt ein Fettabsaugegerät neben den OP-Tisch und erklärt seinem Patienten: »Wie ich sehe, sind Sie für Ihren ersten Eingriff schon bestens vorbereitet. Ich möchte Ihnen hierzu noch ein wenig erklären: Wir, meine Assistenzärztin Lydia und ich, verzichten heute bei der geplanten Liposuktion auf die örtliche Betäubung, die ja immer auch zeitaufwendig ist, da wir ohne Verzögerung zügig zum Ergebnis kommen wollen. Das liegt schließlich auch in Ihrem Interesse, zumal wir uns anschließend noch der plastischen Schönheitschirurgie sowie der Frenulotomie widmen möchten. Auch diese Eingriffe werden ohne jegliche Narkose durchgeführt. Sie wissen ja selbst, wie schlecht Narkosen für Herz und Kreislauf sind!«

Die Zuschauer klatschen Beifall. Lydia und Christian planen jetzt also, einem wirklich mageren Mann das restliche Fett abzusaugen. *Kann man daran schon sterben? Was passiert, wenn man jemandem das gesamte Fett bis auf die Knochen einfach absaugt?* Falls Siegfried das überlebt, wird er anschließend noch plastisch und frenulotomisch operiert. Ich habe mal gehört, dass es sich bei der Frenulotomie um einen urologischen Eingriff handelt, detaillierter möchte jetzt darüber aber auch nicht nachdenken. Mir wird schlecht. Zum ersten Mal empfinde ich so etwas wie Mitleid mit Siegfried. *Und was werden die anschließend mit **mir** machen?*

Ich frage mich, wie spät es ist und befürchte, dass Tristan meine Nachricht nicht erhalten hat.

Lydia setzt sich auf einen Hocker neben Siegfried,

greift sich ein Skalpell und zieht sich eine Stahlkanüle des Fettabsaugegerätes heran. Vier assistierende Schwestern aus dem Publikum halten nun Siegfrieds Arme und Beine zusätzlich zu den Handschellen fest

»Zur Absaugmethode muss ich Ihnen ja nicht mehr viel erklären, Herr Doktor. Sie sind ja vom Fach!« Lydia lächelt böse. »Nur so viel: Die motorbetriebene Pumpe wird – wie Sie wissen – einen Unterdruck erzeugen, durch den Ihr Fett abgesaugt wird. Normalerweise muss ich die Kanülen hierbei nicht unterstützen, aber durch rhythmisches Drehen der Kanülen in Ihrem Fettgewebe wird der Eingriff vielleicht etwas effizienter. Schließlich benötigen wir eine so große Fettmenge wie möglich von Ihnen, damit die anschließend gewünschte Brustvergrößerung erfolgreich wird und Sie sich dann über richtig runde, schöne Brüste freuen können. Seien Sie ganz unbesorgt: Ihren Wunsch nach mehr Weiblichkeit werden wir Ihnen heute erfüllen. Aber nun gibt es erst einmal einen kleinen Pieks, nicht erschrecken!«

Lydia zieht das Skalpell über Siegfrieds Bauch, um gleich darauf die Stahlkanüle in die Öffnung zu bohren.

Siegfried versucht fortzukommen, er windet sich, hat aber keine Chance. Die vier Schwestern haben ihn im Griff. Ich sehe, dass seine Atmung immer ungleichmäßiger wird, dass er unter dem Pflaster versucht nach Luft zu schnappen. Schweiß läuft ihm von der Stirn über seine riesengroßen, angsterfüllten Augen. Er scheint keine Luft, mehr zu bekommen. Zuerst beginnt sein Brustkorb zu zucken, dann der gesamte Körper. Ich weiß nicht, wie lange.

Zu lange! Lydia schaut sich das fasziniert an und

ruft irgendwann: »Kammerflimmern! Wir verlieren ihn! Defibrillator schnell!«

Siegfrieds Augen sind nun komplett weggerollt, sein starkes Zucken wird nach einer Weile immer schwächer, bis der Körper scheinbar entspannt plötzlich liegenbleibt. Die Augen fallen zu.

Er ist gestorben.

Und trotzdem finden Lydia und Christian kein Ende. Die schieben jetzt tatsächlich einen Defibrillator zum OP-Tisch. Christian platziert die großflächigen Elektroden auf Siegfrieds Brustkorb und setzt den toten Körper unter Strom. Die willkürlich gesteuerten Elektroschocks bewirken nichts mehr. Siegfried ist tot.

Lydia drückt mit den Fingern auf seine Halsschlagader, um seinen Puls zu fühlen, schüttelt dann bedauernd den Kopf und sagt: »Wir haben ihn verloren!«

Das Publikum hält den Atem an. Einen Moment ist alles still. Doch dann beginnen die Zuschauer tosend zu applaudieren. Christian und Lydia verbeugen sich lachend.

»Danke! Danke!«, unterbricht Christian den Beifall. „Kommen wir nun zum zweiten Teil des Operationsabends!« Er wartet, bis wieder Ruhe eingekehrt ist.

»Die gute MV Anna hat sich an uns gewandt, weil sie ihr krankes und triebhaftes Gedankengut immer weniger unter Kontrolle hat. Sie drängt sich sexuell zunehmend ihrem Mann, Bürger Klaus Becker, auf. Der Arme hat aber schon seit vielen Jahren keinerlei Interesse mehr an der MV und würde gern ein freies Leben führen. Nun ist die MV Anna nicht von Grund auf schlecht, sie hat gemerkt, dass sie ihren Mann nicht länger quälen darf. Ihre weibliche Triebhaftigkeit ist aber nicht in den Griff zu bekommen, solange sie eine Frau ist. Deshalb hat sie uns gebeten, sie zum Mann zu machen! ... Applaus für Anna!«

Die Zuschauer klatschen, Christian fährt fort: »Da wir aber heute nicht mehr alle notwendigen Operationen schaffen werden, Anna jedoch sehr unter ihrer Weiblichkeit leidet, beginnen wir heute mit dem, womit sich sittenlose Frauen am meisten identifizieren: mit den Brüsten. Wie der Heiligen Julia von Korsika sollen der MV Anna die Brüste abgeschlagen werden. Da wir uns aber nicht mehr im Jahr 440 befinden und wir keine Unmenschen sind, werden wir sie der MV unter Narkose fachmännisch amputieren. Die MV soll uns ja nicht, wie der liebe Herr Doktor vorhin, einfach wegsterben. Außerdem wollen wir alle schließlich miterleben, wie sehr sie sich beim Erwachen über ihren neuen, dann schon fast männlichen Körper freut. Weitere Operationen folgen in den nächsten Wochen.«

Während die Gäste wieder applaudieren, kommt Lydia zu mir an den Tisch, betastet mit beiden Händen meine Brüste und sagt: »Anna, du bist so tapfer! Ich weiß nicht, ob *ich* zu einem solchen Schritt bereit gewesen wäre. So schöne Dinger, einfach wegmachen zu lassen. Aber da du es unbedingt willst...«

Ich kann keinen klaren Gedanken mehr fassen, stehe völlig unter Schock. Vier Krankenpfleger kommen aus dem Publikum an meinen Tisch und halten mich fest. Ich bin bewegungsunfähig und unfähig, um mein Leben zu schreien. Ich kann nur noch weinen, ich habe entsetzliche Angst... Todesangst.

Christian kommt mit einer riesigen Spritze auf mich zu. »Gib mir noch einen letzten Kuss als Anna, bevor wir dich in wenigen Stunden *Anton* nennen können«, sagt er und zieht mir das Pflaster vom Mund. Ich bin nicht mehr in der Lage zu schreien, ich bettle Christian unter Tränen an: »Bitte Christian, bitte tut das nicht! Bitte tut mir das nicht an! Bitte!« Er presst seinen Mund auf meinen und will mich küssen.

In diesem Moment wird die Desinfektionsraumtür eingetreten. Etwa 20 Polizisten eines Einsatzkommandos stürmen den Raum und verteilen sich sekundenschnell rundherum an den Wänden, ihre Schusswaffen auf die Mitte gerichtet. Einer schreit: »Auf den Boden! Alle auf den Boden und die Hände über den Kopf!«

Christian, Lydia und alle anderen Anwesenden lassen sich zu Boden fallen. Ein Beamter befreit mich von dem Tisch, hüllt mich in eine Polizeidecke und führt mich, nachdem ich im Desinfektionsraum in meine Schuhe geschlüpft bin, nach draußen. Hier sind nun noch viel mehr Polizisten. Und Tristan. Auf wackeligen Beinen laufe ich in seine Richtung, er kommt mir entgegen und nimmt mich in den Arm:

»Es tut mir so leid, Anna, dass es jetzt so spät wurde. Ich habe deine Nachricht erst sehr spät erhalten. Da war die Spezialeinheit schon am Haus deines Mannes gewesen, hatte diesen hier aber nur allein angetroffen, sodass die Polizei den Einsatz abbrach.«

Trotz meiner Erschöpfung und der noch nicht verdauten Todesangst, merke ich, dass Tristan mich plötzlich duzt.

»Das war in letzter Sekunde, Tristan, in allerletzter Sekunde. Ich habe noch nie in meinem Leben eine solche Angst gehabt und noch nie zuvor habe ich dem Tod so direkt ins Gesicht gesehen wie gerade eben da drinnen!«

Christian und Lydia werden in Handschellen abgeführt.

»Was passiert jetzt mit denen?«, frage ich Tristan.

»Die kommen noch heute in eine Obdachlosenklinik. Da ihre Schuld durch die Razzia bewiesen ist, haben sie ab sofort keinen Bürgerstatus mehr«, erklärt Tristan.

»Werden die denn nicht befragt oder ordentlich verurteilt?«, will ich wissen.

»Wozu denn? In Deutschland gibt es nur noch eine einzige Rechtsfrage, entweder man ist ein MV oder man ist ein gesetzestreuer Bürger. Als MV ohne Ehe mit einem Bürger kommt man in eine Obdachlosenklinik, solange bis ein Bürger bereit zu einer Ehe ist. Dann darf der geehelichte MV im Haus des Bürgers wohnen, ansonsten bleibt er in der Klinik und wird dauerhaft ruhig gestellt.«

»Und wenn die Beweislage nicht offensichtlich ist, oder der Täter die Tat abstreitet?«

»So etwas gibt es in Deutschland nicht mehr, Anna. Beim gewöhnlichen Raubüberfall oder auch bei Schmuggeleien an der Grenze sind die Polizeibeamten berechtigt, den Täter direkt auszuschalten. Die größten Delikte: Blasphemie oder auch Mord lassen sich meistens durch Razzien, wie heute, aufklären. Gerichtsverhandlungen sind zudem überflüssig geworden, weil der Staat nicht mehr zwischen schuldig und unschuldig unterscheidet, sondern zwischen krank und gesund«, erläutert Tristan weiter, obwohl ich es nicht mehr hören möchte. »Es gibt keine Strafen mehr, sondern nur noch den Schutz der Gesunden.«

»Tristan, ich möchte eigentlich im Moment gar nicht weiter darüber reden, aber eine Frage habe ich trotzdem noch. Da drinnen ist ein Mord passiert«, ich zeige auf das Haus. »Zwei Personen waren direkt daran beteiligt, aber fast 30 Leute haben zugesehen. Wie unterscheidet der Staat den Krankheitsgrad der Täter und Zuschauer?«

»Gar nicht! Denn jeder Teilnehmer dieser Veranstaltung wird ab heute in einer MV Datei geführt. Früher hätte man gesagt: Zwei sind des Mordes *schuldig* und die anderen nur *mitschuldig* weil sie nicht eingegriffen haben. Heutzutage ist es egal, ob ich einen Mord direkt begehe oder nur zusehe: Die Person, die sich an einem Mord ergötzt ist genauso krank wie diejenige, die ihn ausführt!«

Aus Christians Haus wird jetzt ein weißer Sarg getragen und in einen weißen DDA-Leichenwagen geschoben.

»Tristan, weißt du eigentlich, *wer* das Opfer in dem Haus ist?«, frage ich vorsichtig.

»Nein?«, antwortet er.

»Es tut mir so leid. Es ist dein Kollege Siegfried Sacherung.«

»Das kann nicht sein!«, antwortet Tristan sichtlich erschüttert.

»Ich denke, dass er anfangs sogar freiwillig Teilnehmer der Veranstaltung war, denn bevor die Freunde meines Mannes den Mord ausführten, hat Doktor Sacherung mich vergewaltigt. Es wirkte so, als hätten sie ihn damit geködert!«, lüge ich.

»Wie furchtbar das Ganze auch für dich gewesen sein muss«, Tristan wirkt sehr betroffen.

»Es war schlimm. Aber ich habe es überlebt und dafür bin ich sehr, sehr dankbar!« Das war jetzt sogar ehrlich.

Nach und nach werden immer mehr Menschen aus Christians Haus abgeführt und in bereit stehende DDA-Busse verfrachtet.

»Die kommen jetzt alle in Obdachlosenkliniken? Was passiert denn dann mit all den leer stehenden Häusern?«, frage ich.

»Die Häuser werden bereit gehalten für MV, die wieder zu Bürgern werden. So wie du. Theoretisch könntest du dir schon ein Haus aussuchen«, antwortet Tristan.

»Und praktisch?«, möchte ich es genauer wissen.

»Praktisch musst du bis morgen warten, da erst dann deine MV-Datei gelöscht wird. Hinzu kommt, dass deinem Mann keinerlei Täterschaft nachgewiesen werden konnte, da er zum Tatzeitpunkt zuhause in seinem Haus war. Er wird weiterhin Bürger und vorläufig auch dein Mann bleiben. Zum jetzigen Zeitpunkt bist du noch seine MV, für die er die Vormundschaft hat.«

»Aber er wollte mich umbringen lassen. Was ist, wenn er es heute Nacht nachholt?«, frage ich besorgt.

»Das wird er nicht, denn dann würde er seinen Bürgerstatus verlieren!«

»Und wenn er mich woanders entsorgt, sodass man ihm nichts nachweisen kann?«

»Auch das wird er nicht. Falls er wirklich die Absicht hatte, dich ermorden zu lassen, dann wird er sich jetzt nach der Razzia beobachtet fühlen. Bist du dir denn überhaupt sicher, dass *er* dich umbringen wollte?«

Tristan glaubt mir also nicht. Er kennt Klaus als seriösen guten Bürger, der so etwas nie machen würde.

Ein uniformierter Beamter kommt auf uns zu. »Unser Einsatz ist nun beendet. Insgesamt haben wir 27 Personen in Gewahrsam genommen, die inzwischen zu ihrer Unterkunft transportiert werden. Schmuggelware konnten wir keine sicherstellen. Ich möchte Sie beide bitten, morgen Vormittag noch einmal im Kommissariat vorbeizuschauen, um die Daten abzugleichen«, sagt er.

»Morgen ist Samstag. Ist Ihr Datenerfasser denn auch am Wochenende im Dienst?«, fragt Tristan.

»In diesem Fall ja, da es ja auch um Gefahrenabwehr geht!«, antwortet der Beamte. Er verabschiedet sich und geht.

Es wird ruhig auf der Straße. Alle Autos und Polizisten sind jetzt fort. »Soll ich dich jetzt nach Hause bringen?«, fragt Tristan.

Was bleibt mir anderes übrig? Da Tristan mich nicht mit zu sich nach Hause nimmt und ich anscheinend auch nirgends anders übernachten darf, muss ich wohl zurück.

»Ja, das wäre nett«, antworte ich nur. Mir wird langsam auch kalt, da ich nur das Mieder mit Polizeidecke und Schuhe ohne Strümpfe trage. *Die hätten mich ruhig noch für eine Nacht ins KLFMV schicken können.* Ich fühle mich staatlich schlecht betreut. Aber vielleicht liegt es einfach daran, dass die selbst nicht wissen, was sie mit mir machen sollen, weil ich so ein Zwischending zwischen Bürger und MV bin.

Zu Fuß begleitet Tristan mich die drei Straßen bis

zum 8. Ring. Vor dem Haus nehme ich ihn in den Arm und gebe ihm einen Kuss auf die Wange: »Danke Tristan, für alles!«

»Ich hole dich morgen Früh um 10 Uhr hier ab, dann fahren wir ein letztes Mal zur Polizei. Danach bist du wieder eine Bürgerin!« Er lächelt und geht.

Ich klingle. Es dauert ein wenig, bis die Tür geöffnet wird. Klaus steht da im Seidenpyjama.

»Anna… Gott-sei-Dank!« Er reißt mich an sich und schließt die Tür. Ich schweige. Im Fahrstuhlspiegel sehe ich erst richtig, wie ich friere. Mein ganzer Körper ist am Zittern. Klaus hält mich durchgehend fest.

Er bringt mich zum Sofa, holt mir Socken und deckt mich zu. Dann höre ich, wie er Wasser in seinen Whirlpool einlässt. Er kommt zurück und setzt sich zu mir.

»Du wolltest mich umbringen lassen, Klaus«, flüstere ich aufgewühlt vor mich hin.

»Nein, das stimmt nicht«, antwortet Klaus ruhig.

»Richtig, du wolltest mir nur die Brüste abschneiden lassen!«

»Auch das stimmt nicht«, behauptet er.

Meine Kraft schwindet immer mehr dahin, ich fange an zu weinen und kann nicht mehr aufhören. Klaus hält mich im Arm. Ich habe keine Energie mehr, ihn wegzustoßen.

»Komm Anna, nimm ein heißes Bad, dann wird es dir etwas besser gehen!«

»Womit ist die Wanne gefüllt? Mit Salzsäure? Oder planst du nur, mir einen Fön hinterherzuwerfen?«

»Komm mit!« Er zieht mich hoch und führt mich

in seinen Wellness Tempel. *Es ist so angenehm hier, es riecht so schön und auch das Licht ist beruhigend.* Ich lasse die Polizeidecke von mir fallen und steige, noch mit dem Mieder bekleidet, in den Pool. Klaus setzt sich neben den Pool und sieht mich an.

»Warum ziehst du das Ding nicht aus? Bei dem Wassergeblubber sehe ich doch eh nichts von dir, falls du davor Angst hast.«

Während ich im Wasser das Mieder ausziehe, frage ich: »Warum hast du das alles bloß getan, Klaus?«

»Was habe ich denn getan?«, fragt er zurück.

»Du wolltest mich ermorden lassen.« Klaus sieht mir an, dass das nicht alles ist, was ich sagen will und lächelt.

»Anna, das Schlimmste für dich am heutigen Tag war etwas anderes!«

»Also gibst du es zu?«, frage ich.

»Nein.«

»Was meinst du denn?« Ich kann ihm nicht folgen.

»Der schlimmste Gedanke war für dich nicht, *dass* ich dich eventuell ermorden lassen wollte, sondern *warum* ich es hätte tun wollen!«

»Ich habe keine Ahnung, wovon du redest und welchen Grund du haben könntest, mich zu ermorden«, lüge ich.

»Weil ich dich nie geliebt habe, aber Lydia dafür umso mehr und damit sie endlich den Platz an meiner Seite erhält, der ihr zusteht! Du stehst mir und meiner Liebe im Weg.«

Ich erstarre. Seine Worte treffen mich wie Messer mitten ins Herz. *Das darf er jetzt auf gar keinen Fall mitbekommen.*

»Da hätten sich ja all eure Psycho-Freunde mit euch freuen können: Das Monster und die Geisteskranke endlich glücklich vereint! Passt doch! Und Christian hättet ihr adoptiert, hm? Aber warum hätte mich ausgerechnet *das* aufregen sollen?«

»Weil du mir nicht die Wahrheit sagst, Anna!«

»Inwiefern?«

»Du sagst mir grundsätzlich nicht die Wahrheit, Anna! Aber wenn es um Lydia geht am wenigsten.«

»Du weißt doch, dass ich dieses Miststück hasse!«

»Aber warum?«

»Weil sie eine irre Mörderin ist!«

»Nein! Das ist nicht der Grund!«

»Stimmt. Da kommen noch unzählig viele andere Gründe hinzu: Sie ist primitiv, triebgesteuert, ekelig und sie stinkt!«

»Aber *ich* liebe Lydia!«, sagt Klaus ruhig.

Ich zucke zusammen. Mein Herz krampft sich zusammen.

»Die ist ja auch genau dein Niveau, Klaus. Da kann man dir nur gratulieren!« Ich reiche ihm die Hand: »Glückwunsch!«

Er zieht meinen Arm zu sich heran und beugt sich zu mir vor, sodass sein Gesicht nun direkt vor meinem ist. »Ich denke den ganzen Tag an nichts anderes mehr, als *sie* zu küssen, nur sie… nur ein einziges Mal…in all den Jahren habe ich es nie getan, aber langsam wird es unerträglich«, flüstert er. *Mir wird schwindelig.* Ich versuche, meinen Arm fortzuziehen, aber es gelingt mir nicht. »Du machst dir kein Bild davon, wie sehr ich *sie* liebe und schon immer geliebt habe«, flüstert er weiter. *Sein Mund ist so nah, doch der spricht die falschen Worte.*

Er lässt meinen Arm los und setzt sich wieder zurück. Ich starre ihn an und merke erst jetzt, dass mir Tränen die Wangen hinablaufen. *Was macht der mit mir?*

»Klaus, ich werde dich verlassen und den Platz für Lydia freimachen«, erkläre ich jetzt und hoffe, dass sich meine Stimme fest genug anhört.

Und als ob er längst wusste, dass ich genau so etwas heute noch kundtun werde, sagt er: »Du sprichst wieder nicht die Wahrheit, Anna! Du wirst mich nicht verlassen und schon gar nicht, um für Lydia das Feld zu räumen. Das einzige, was du mit dem heutigen Tag bezwecken wolltest, war eine Art Gleichstellung zu erreichen oder aber selbst die Oberhand zu gewinnen. Das ist dir zum Teil sogar geglückt, aber war es denn den Stress wert?«

»Wie meinst du das?«, frage ich irritiert.

»Denkst du, es war Zufall, dass deine Veranstaltung nicht in diesem Haus stattfinden konnte und dass ich nicht anwesend war? Anna, mir war gleich klar, nachdem du mir zum ersten Mal von der Veranstaltung erzähltest, dass du etwas im Schilde führst, dass du dein Umfeld verraten und zu MV machen willst. Ich wollte sehen, wie weit du gehst und habe dich deshalb unterstützt. Aber ich selbst wollte hierfür nicht die Verantwortung übernehmen, deshalb habe ich die gesamte innere Organisation an Christian und Lydia abgegeben. Ich habe sie bewusst nicht gewarnt, weil ich dein Spiel nicht gefährden wollte.«

»Für mein Spiel hättest du in Kauf genommen, dass die Irren mich umbringen?«

Klaus lacht. »Nein, das war ein anderes paralleles

Spiel. Christian und Lydia hatten von mir den Auftrag, dich ein wenig zu erschrecken. In der Spritze war ein leichtes Narkosemittel. Wenn du eingeschlafen wärst, hätten sie den Gästen gesagt, dass du gestorben bist, damit wär dann die Show zu Ende gewesen. Sie hätten dir natürlich nichts abgeschnitten. Außerdem wusste ich, dass das Schauspiel von der Polizei gestört werden wird, ich wusste nur nicht, wann.«

»Du Schwein! Du wolltest mir Angst machen?«

»Und du, Anna? Du wolltest mich verraten?«

Wir schweigen einen Moment, ich starre vor mich hin.

Dann frage ich ihn: »Du hast für dieses Spiel hingenommen, dass Christian und Lydia und alle anderen jetzt MV sind?«

»Ja, solche Wendungen sind doch spannend, oder nicht?«

Er ist ein Spieler. Für ihn sind alle Menschen nur Spielfiguren auf seinem Spielbrett. *Er* ist der Riese mit dem Würfelglück.

»Ich möchte schlafen gehen, Klaus. Morgen früh holt mich Doktor zu Wollersheim ab, um mit mir zur Polizei zu fahren.«

»*Ich* hätte dich auch zur Polizei bringen können, Anna. Warum lässt du es den Doktor machen? Bist du in ihn verliebt?«, fragt Klaus scheinheilig.

»Ja, bin ich. Sehr sogar. Er ist so sauber, so korrekt, so schön und so hilfsbereit, so unschuldig und anmutig. Eben ganz anders als du, Klaus!«

Klaus lacht wieder: »Und? Wirst du ihn heiraten, wenn wir Zwei geschieden sind?«

»Ja, das werde ich. Er liebt mich sehr!«, behaupte

ich.

»Aber du weißt schon, dass er noch mit einem anderen Mann verheiratet ist? Lässt er sich von ihm für dich scheiden?«

Das hat gesessen! Tristan ist also mit einem Mann verheiratet. Und wieso weiß Klaus schon wieder mehr über Tristan als ich? Aber irgendetwas muss ich jetzt erwidern.

»Mit seinem Mann ist er nur in Freundschaft verheiratet. Das war beiden schnell klar und dann hat er mich kennen gelernt. Er weiß jetzt, was er will.«

»So einfach können die Zwei sich aber nicht trennen. Was soll denn dann mit dem adoptierten Kind passieren?«

»Das ist alles längst geklärt, Klaus, lass das mal meine Sorge sein!«

»Und du liebst ihn?«

»Ja, sehr!«

»Sag es mal im ganzen Satz!« Klaus grinst.

»Was?«

»Dass du ihn liebst!«

»Ich liebe ihn!«

»Wen?«

»Ich liebe… di... den Mann!«

In meinem Kopf dreht sich schon wieder alles. *Warum kann ich nicht ganz einfach sagen, dass ich Tristan liebe?* Klaus lacht.

»Komm, ich bring dich ins Bett, damit du morgen ausgeschlafen bist für *den Mann*!«

Klaus reicht mir ein großes Handtuch und ohne dass er mich beobachtet, kann ich mich abtrocknen. Schweigend bringt er mich in mein Zimmer. Ich hatte sein Haus vermisst, dieses Zimmer. Jetzt möchte ich nur noch schlafen. Diesen furchtbaren Tag habe ich lebend überstanden, ab morgen wird dann alles anders sein.

Klaus lässt mich morgens ausschlafen, ich werde also nicht mit den lieben Sorgen geweckt. Dadurch haben wir aber kaum Gelegenheit, noch über irgendetwas miteinander zu sprechen, bevor Tristan kommt, denn der ist überpünktlich.

Es klingelt um kurz vor Zehn. Ich bin startbereit und will ins Erdgeschoss fahren, da nimmt Klaus meine Hand und sieht mich an: »Ich wünsche dir alles Gute MV Anna!«

Misstrauisch frage ich: »Was heißt das? Darf ich schon direkt nach dem Polizeibesuch dein Haus nicht mehr betreten?«

»Vielleicht wäre ein wenig Abstand ganz gut, damit du dein Bürgerleben regeln kannst«, antwortet er.

Diese Antwort gefällt mir nicht. *Der will mich wegschieben, damit er für Lydia alles schön machen kann. Aber* **noch** *ist er* **mein** *Mann!*

Um die Stiche, die er mir gerade wieder einmal versetzt hat, zu verbergen, reagiere ich verständnisvoll: »Mir ist es auch ganz recht, dass du mir meine Ruhe lässt. Danke Klaus. Schließlich hab ich ja auch noch mit Tristan einige Dinge zu besprechen!«

Klaus lächelt. »Du lügst schon wieder Anna! Du weißt doch selbst, dass du immer wieder zu mir zurückkehren wirst, egal von wo. Und ich werde immer auf dich warten, egal wie lange. Geh jetzt!«

Er schiebt mich in den Fahrstuhl. Völlig verwirrt fahre ich hinunter zur Haustür im Erdgeschoss. *Schade, dass es keine Fenster mehr gibt, so kann Klaus gar nicht sehen, dass ich Tristan zur Begrüßung in den Arm nehme.*

»Guten Morgen Anna, konntest du dich ein wenig erholen?«, fragt der jetzt lächelnd.

»Ja, ein wenig schon. Ich habe gebetet, danach ging es mir besser!« *Warum lüge ich schon wieder? Gerade Tristan hat es nicht verdient, dass man ihn anlügt. Aber ich kann ihm wohl kaum erzählen, dass ich fast die ganze Nacht in Klaus Luxus-Appartement gebadet habe.*

»Freust du dich auf deinen Bürgerstatus?«, fragt Tristan.

»Ja schon, aber ich bin auch ein wenig aufgeregt, weil es etwas ungewohnt ist, selbst wieder die Verantwortung zu übernehmen«, antworte ich.

»Das spielt sich schnell ein. Der Staat gibt dem Bürger Sicherheit und Geborgenheit.«

Manchmal geht er mir schon etwas auf die Nerven mit seinem »Heiliger-Staat-Gerede«, aber ich sage nur lächelnd: »Das weiß ich und dafür bin ich sehr dankbar!«

Nach einer recht schweigsamen Fahrt kommen wir im Kommissariat der Stadt an. Auch heute ist hier nur ein einziger Beamter im Dienst. Tristan begrüßt ihn und erklärt ihm, worum es geht. Dass es also gestern eine Razzia mit zahlreichen Festnahmen gegeben habe, dass ich Opfer und Verräter gleichzeitig sei – natürlich in schöneren Worten – und dass wir nun hier seien, um meine MV Datei löschen zu lassen.

»Ich bin bereits über alles informiert«, antwortet der Polizist und bittet uns durch dieselbe Tür wie beim letzten Mal in sein Büro. Der Beamte setzt sich an seinen Computer und bietet uns an, auf zwei Besucherstühlen Platz zu nehmen.

»Sooo«, fängt er langsam an. »Ich habe nun hier Ihre MV Datei aufgerufen, Frau Becker. Nachdem Sie sich anfangs scheinbar in Ihrem MV Status nicht unwohl fühlten und nichts dafür taten, ein gesunder Mensch zu werden, sieht man seit einiger Zeit jedoch eine deutliche Veränderung. Ich sehe, dass Sie die Gesetze einhalten, regelmäßig beten und sogar pathologische Taten aufdecken. Sie haben sich zurück zu einer vollwertigen Bürgerin entwickelt.«

Ich sage jetzt lieber nicht, dass ich das Wort »zurückentwickelt« als absolut passend empfinde und höre brav weiter zu.

»Ich möchte Ihnen im Namen des Staates dazu gratulieren. Gemeinsam mit Ihrem Staat, dem Sie vertrauen können, haben Sie es geschafft! Herzlichen Glückwunsch Bürgerin Anna Becker.«

»Danke schön.«

»Sie bekommen nun Ihre Papiere, die man Ihnen Anfang 2016 abnehmen musste, zurück, und ich lösche Ihre MV Datei.«

Er reicht mir einen Ausweis, eine Karte mit Zugangsdaten fürs Deutschnet und einen Führerschein. *Ich hoffe, ein DDA fährt sich genauso wie ein Auto von 2013.*

»Ich habe noch eine Frage. Hatte ich vor meiner Entmündigung ein Auto?«, frage ich.

Tristan mischt sich ein: »Sie müssen wissen: Frau Becker leidet an einer Amnesie, falls das nicht sogar in der MV Datei stand.«

Der Beamte lächelt Tristan an. »Ja, das ist bekannt. Also Frau Becker. Es ist nicht erheblich, ob Sie früher

ein Auto hatten, denn das wurde damals sicherge-
stellt. Diese Autos von den MV befinden sich in einer
Lagerhalle, für die MV, die eines Tages wieder zu
Bürgern werden. Und so ist es ja nun auch bei Ihnen:
Sie bekommen einen Wagen aus diesem MV Fuhr-
park. So ähnlich verfahren wir übrigens auch mit den
Wohnhäusern. Theoretisch hätten Sie in Ihr altes
Haus zurückziehen können, das wurde aber bedau-
erlicherweise letztes Jahr an eine andere MV, die
wieder zur Bürgerin wurde, vergeben.«

»Könnte ich mir denn aus den freien Häusern eins
aussuchen, oder wird es mir zugeteilt«, möchte ich
wissen.

»Sie können es sich aussuchen. Denken Sie an ein
bestimmtes?«, fragt der Beamte.

»Ja, ich möchte gerne in der Siedlung bleiben, in
der mein Mann sein Haus hat. Ich dachte an das
Haus von Lydia Hansen im 2. Ring.«

Der Polizist steht auf und holt aus einem Schrank
eine Holzkiste, in der zahlreiche Chipkarten liegen.
»Frau Hansen ist gestern auch in die Obdachlosenklinik umgesiedelt. Hier habe ich sämtliche Schließ-
karten der Beteiligten von gestern.«

Er wühlt in der Kiste und reicht mir dann eine
Karte herüber. »Wünschen Sie vorher eine Säuberung
des Hauses?«, fragt er.

»Nein, nein! Ich habe Respekt vor dem Inventar
und dem Objekt selbst. Ich möchte diesem Haus
meinen Respekt zeigen, indem ich es selbst putze!«,
antworte ich.

Tristan und der Beamte lächeln jetzt beide.

»Ich habe da noch eine Frage: Wie ist denn das
mit Arbeit? Ich muss ja jetzt selbst für meinen Le-

bensunterhalt sorgen«, frage ich wirklich interessiert.

Der Polizist gibt bereitwillig Auskunft: »Eine gewisse Zeit würde Ihr Mann Sie sicherlich noch versorgen. Sollten Sie allerdings die Scheidung wünschen, die unter den gegebenen Umständen möglich wäre, dann wären Sie tatsächlich auf sich allein gestellt. Aber auch hier verhält es sich ähnlich wie bei den Häusern und Autos. Allein gestern haben 27 Personen ihre Arbeit verloren. Vielleicht wäre schon da etwas Passendes dabei, ansonsten haben wir noch eine Sammeldatei mit Arbeitsstellen, die frei sind.«

»Ich bin mir selbst noch nicht ganz sicher, ob ich die Scheidung von meinem Mann möchte. Aber wenn ich selbst für meinen Lebensunterhalt sorgen muss, dann würde gern, wie das Haus, auch die Arbeit von Lydia Hansen übernehmen, sie war Paketfahrerin für die Staatspost.«

Man weiß ja nie, ob man nochmal die DDA-Transporter, die sich Lydia immer zum Schmuggeln geholt hat, gebrauchen kann!

»Lassen Sie es ruhig angehen. Ich kann Ihnen den Posten noch ein paar Tage freihalten und Sie informieren mich dann nur kurz, wie Sie sich entschieden haben«, schlägt mir der Beamte vor. Jetzt wo ich eine Bürgerin bin, werde ich plötzlich richtig freundlich behandelt. Es ist ungewohnt.

»Wenn Sie keine weiteren Fragen haben, würde ich vorschlagen, dass wir rüber zur Lagerhalle gehen und Sie sich ein Auto aussuchen.«

Wonach soll ich bloß ein Auto aussuchen, nach Geruch? Die sehen doch alle gleich aus. Ich schmunzle bei dem Gedanken, dass ich jetzt stundenlang durch eine Halle mit vielleicht 50 gleich aussehenden Autos gehe und mich für keines entscheiden kann.

Wir verlassen das Polizeigebäude und kommen auf der gegenüberliegenden Straßenseite in eine riesige Halle, natürlich ohne Fenster. Ich entscheide mich sofort für eines der Autos, das dem Haupttor am nächsten steht. Wahrscheinlich sind diese Fahrzeuge als letztes hier in die Halle gekommen und stehen deshalb noch nicht so lange Zeit unbenutzt herum. Der Beamte fährt mir den Wagen auf die Straße. Sie scheinen noch genauso zu funktionieren wie vor zehn Jahren.

Der Polizist verabschiedet sich nun, geht zurück in seine Amtsstube und ich stehe mit Tristan allein auf der Straße. Ich nehme ihn noch einmal in den Arm.

»Danke nochmals für alles, Tristan. Ohne dich hätte ich das nie schaffen können.«

»Ich freue mich mit dir. Was hast du denn jetzt vor?«, fragt er.

»Ich werde jetzt in Lydias Haus fahren und anfangen zu putzen«, antworte ich. *Vielleicht mache ich das ja sogar wirklich. Aber in erster Linie interessiert mich natürlich das erste Obergeschoss des Hauses.*

»Sehen wir uns irgendwann wieder, Tristan?«, frage ich.

»Warum denn nicht?«

»Ich weiß nicht. Vielleicht weil du verheiratet bist und es sich vielleicht nicht gehört, wenn du dich mit einer fremden Frau triffst!«

Tristan lächelt. »Ich bin nicht verheiratet. Aber selbst wenn ich es wäre, dürfte ich dich freundschaftlich treffen. Wir leben im Jahr 2023 und nicht im Mittelalter!« *Da bin ich mir nicht so sicher*, denke ich und lache. Im nächsten Moment wird mir bewusst, dass Klaus mir wieder Märchen erzählt hatte und dass er durch meine Reaktion auch ganz genau weiß, dass ich darauf hineingefallen bin.

»Warum bist du nicht verheiratet, Tristan? Magst du keine Frauen?« Ich tue jetzt einfach so, als gäbe es für einen Mann nur die Möglichkeit, eine Frau zu heiraten.

Tristan lächelt traurig: »Meine Frau ist vor zwei Jahren gestorben. Danach kam keine mehr, die sie ersetzen konnte!«

»Oh, das tut mir leid, Tristan, ich wollte da nicht drin rumstochern!« Ich bin jetzt tatsächlich betroffen. Das erklärt mir nun aber auch die ständige Distanz trotz körperlicher Nähe. Er ist kein abgehobener Engel ohne Nerven, sondern ein trauernder Mann mit Schmerz.

»Vielleicht hast du in deinem neuen Haus ein Telefon, meine Nummer findest du im Deutschnet. Wenn nicht, komm doch einfach auf einen Kaffee im KLFMV vorbei«, bietet er mir an.

»Danke Tristan. Ich werde mich bei dir melden! Und nun fahre ich los… ich muss putzen!«, antworte ich ihm lachend. Er nimmt mich kurz in den Arm, steigt in sein Auto und fährt los.

Ich atme tief durch. Erst jetzt wird mir bewusst, dass ich frei bin. Ich bin eine kurzhaarige, schlanke, also sehr moderne Bürgerin und stehe mit meinem Auto auf einer Straße in meiner Stadt. Ich kann fahren, wohin ich will.

Zuerst werde ich nun Lydias Haus aufsuchen, mein neues Zuhause. Mich interessieren brennend die wirklichen Bestände des Schmuggellagers, für deren Verwaltung nun *ich* zuständig bin.

Wenige Minuten später bin ich im 2. Ring. Ich fahre mein Auto in die Tiefgarage und dann mit dem Fahrstuhl zunächst ins Erdgeschoss. Wie erwartet, sieht es so ähnlich aus wie jedes andere Erdgeschoss der Siedlung. Es bietet genauso viel Raum für schmutzige Spiele in steriler Atmosphäre. Da es hier aber ansonsten nicht viel zu gucken gibt, fahre ich hoch in die erste Etage.

Die Raumaufteilung im Obergeschoss ist identisch mit der bei Klaus: Ein sehr großer Raum, den man vom Fahrstuhl aus direkt betritt mit zwei davon abgehenden Zimmern. Lydias Wohnraum ist ähnlich gemütlich eingerichtet wie der von Klaus. Auch sie hat alles, was einem das Leben etwas schöner und bunter macht: Bücher, Bilder, Großbildfernseher, alles rund um eine zentrale Couchlandschaft. In dem rechten größeren Zimmer befindet sich Lydias stilvoller und gepflegter Schlaf- und Badebereich. Ich kann es gar nicht fassen: *Das gehört jetzt alles mir!* Und ich habe schon Ideen, das alles noch zu vervollkommnen. Um Sonnenlicht in die Räume zu bekommen, könnte man sich heimlich Dachfenster in die Würfeldecke brechen. Von außen wären die nicht sichtbar und drinnen wäre es dann schon fast wieder wie früher im Jahr 2013.

Während ich im Kopf schon die gesamte Innenarchitektur plane, begebe ich mich zum wichtigsten Zimmer der Etage: dem Warenlager. Es befindet sich hinter der linken Tür, dort wo in Klaus' Haus mein Schlafzimmer war.

Ich öffne diese Tür und könnte im selben Moment heulen vor Glück. Hier gibt es kartonweise einfach alles an Delikatessen und Luxusartikeln, die man sich vorstellen kann: Zigaretten, Alkohol, Italienische Pasta, Schweizer Schokolade, Dänische Røde Pølser, Französisches Baguette, Holländischen Kakao... *War Lydia an **allen** Borderlinien Deutschlands unterwegs?* Ich fühle mich wie im Schlaraffenland und reiße wahllos Kartons auf, um mich wie eine Raupe durch sämtliche Geschmacksrichtungen durchzufressen. Ich merke, wie sehr ich richtiges Essen in den letzten zwei Wochen vermisst hatte und kann Klaus gerade überhaupt nicht verstehen, warum er den ekeligen Tütenbrei bevorzugt. Aber seinen knackigen BMI von 18,4 könnte er mit all diesen Köstlichkeiten auch nicht halten. Mir ist mein eigener BMI in diesem Augenblick völlig egal. Ich stopfe alles in mich hinein, Schokolade zusammen mit Käse, in Tomatensoße getauchte Kekse belegt mit Würstchen, Pfirsiche aus dem Glas in Pesto mariniert. Es schmeckt alles, bis absolut nichts mehr in mich hineinpasst und mir hundeelend wird. Erschöpft bleibe ich auf dem Boden meines Supermarktes sitzen.

Mein Blick fällt auf mehrere Kartons Wodka. *Ich schulde Klaus noch acht Flaschen, die könnte ich ihm gleich vorbeibringen, auch wenn er mich heute eigentlich nicht mehr sehen will.*

Aber vielleicht ist er durch Lydia eingeweiht in die Borderlinien - Routen und Termine. Die Quellen sollen schließlich in Zukunft nicht versiegen.

Etwas schwerfällig richte ich mich auf und greife mir einen der Kartons. Nachdem ich im Wohnzimmer noch eine Zigarette geraucht habe, fahre ich los zum 8. Ring.

Mit dem Karton unter dem Arm klingle ich bei

Klaus. Nach einiger Zeit öffnet er, gleichzeitig damit beschäftigt, sein T-Shirt in die Hose zu zwängen. Seine Haare sind zerzaust.

»Was willst du hier?«, fragt er unfreundlich.

»Dir deinen Wodka zurückbringen«, antworte ich.

»Danke. Du kannst ihn mir gleich geben.« Klaus will mir den Karton abnehmen und macht keine Anstalten mich hinein zu bitten.

»Was ist hier los?«, will ich wissen, schiebe Klaus zur Seite und laufe Richtung Fahrstuhl.

»Anna, ich hatte dich gebeten, mich in Ruhe zu lassen. Warum respektierst und akzeptierst du das nicht einfach? Ich hatte schon fast befürchtet, dass du dich nicht an Vereinbarungen halten kannst.« Klaus steht nun neben mir vor dem Fahrstuhl.

»Was für Vereinbarungen? Ich habe keine getroffen. Ich will jetzt sehen, was hier los ist!«, fordere ich wütend.

»Also gut, wenn du meinst, dass das gut für dich ist, dann komm mit und sieh es dir an!«

In meinem Kopf rattern die Gedanken. *Wieso gibt der so schnell nach? Was erwartet mich da oben?*

Schweigend fahren wir hoch. Er sieht mich im Fahrstuhlspiegel nicht an. Er ignoriert meine Anwesenheit.

Die Fahrstuhltür öffnet sich.

Ich sehe auf die Sitzecke: Da sitzt es, das Miststück Lydia, in einem weißen Minikleid mit *meiner* Rothaarperücke. Vor Wut bekomme ich fast keine Luft mehr. *Wem soll ich jetzt zuerst eine reinschlagen? Ihm oder ihr?* Aufgebracht wie noch nie in meinem Leben, schreie ich Klaus an: »Was macht dieses Flittchen hier?«

Klaus bleibt ganz ruhig und antwortet: »Lydia darf tagsüber die Klinik verlassen, wenn ein braver Bürger die Verantwortung übernimmt. So kann man ein eventuell späteres Eheleben proben.«

»Du Ungeheuer! Du bist bereits verheiratet!«, brülle ich. Die Tränen kann ich jetzt nicht mehr aufhalten.

»Wir wollten uns doch trennen, Anna!«, antwortet Klaus, immer noch sehr ruhig. Seine Ruhe bringt mich vollends zur Weißglut.

Ich renne zum Sofa, reiße Lydia die Perücke vom Kopf und packe sie am Handgelenk. Diese ist so überrascht, dass sie nicht reagieren kann. Ich ziehe sie vom Sofa hoch, sodass sie einen kurzen Moment vor mir steht, dann hole ich aus... und schlage ihr meine Faust ins Gesicht.

Getroffen! Mit blutender Nase kippt Lydia zurück auf die Couch.

»*Du* fasst meinen Mann niemals mehr an! Ich hoffe für dich, dass du das jetzt endlich verstanden hast!«, schreie ich.

Lydia lacht. »Klaus war doch nie dein Mann. Schlimm, wenn man Wunschdenken und Realität nicht mehr auseinander halten kann!«

Jetzt reicht's! Ich ziehe Lydia noch einmal hoch. Dieses Mal bleibt diese allerdings nicht in der Defensive, sondern versucht mich festzuhalten, um *mir* ins Gesicht zu schlagen. In kürzester Zeit wird aus dem Handgemenge eine anschauliche Prügelei, die nach dem Sturz beider Beteiligten auf dem Fußboden fortgesetzt wird und hier wahrscheinlich an einen richtig guten Wrestlingkampf erinnert. Wir rollen schlagend, tretend und beißend über den Boden. Irgendwann gewinne ich wieder die Oberhand und sitze auf der schon blau geschlagenen Lydia, um sie zu ohrfeigen... rechts... links... rechts... links... rechts... links.

Ich kann nicht mehr aufhören, aber meine Schläge werden gleichzeitig auch immer schwächer.

Klaus greift ein und zieht mich von Lydia herunter. Lydia bleibt am Boden liegen, ich sitze nun neben ihr. »Geht's euch jetzt besser?«, fragt Klaus grinsend.

Sein Grinsen entfacht meine Wut erneut. Ich stehe auf, um jetzt ihm eine zu scheuern. Natürlich bin ich, nachdem ich mich gerade schon an Lydia ausgetobt hatte, viel zu langsam, um mein neues Ziel zu erreichen.

Klaus packt meine Handgelenke, schiebt mich mit dem Rücken gegen die Wand und hält meine Hände mit einer Hand über meinem Kopf zusammen. *Lass mich los! Bitte lass mich los!* Er lacht. »Anna, deine Nase blutet.«

Er steht direkt vor mir. Sein makelloser Bauch berührt den meinen. *Geh weg von mir!*

»Eine gute Bürgerin darf doch nicht so jähzornig sein. Oder wolltest du nur zeigen, dass du bereit bist, für deine Liebe zu kämpfen?«

»Welche *Liebe*?«, frage ich erschöpft.

»Unsere«, antwortet er leise.

»Du verwechselst schon wieder Liebe und Hass«, widerspreche ich.

Er flüstert mir ins Ohr: »Wir wissen beide, dass das nicht stimmt!«

*Warum kann er nicht normal sein? Warum kann **ich** nicht normal sein? Ich möchte, dass er mich jetzt küsst, aber er tut es nicht. Er wird es vielleicht niemals tun. Ich* fange an zu weinen. *Wieso bin ich bloß so dünnhäutig heute?* Vielleicht ist das aber auch nur die Erschöpfung nach dem Kampf.

»Lass mich bitte los, Klaus, ich möchte nach Hause«, sage ich müde.

Klaus lässt mich frei. Ohne Energie und ohne noch irgendetwas zu sagen, steige ich über die noch immer reglose Lydia und gehe zum Fahrstuhl.

Erstklassige Schauspielerin!

Was Klaus und Lydia jetzt machen, ist mir egal. Oft werden sie sich nicht mehr treffen dürfen, dafür werde ich jetzt sorgen.

Die Schlägerei war erst der Anfang, Lydia. Du wirst bald keine andere Position mehr kennen, als die der Bodenkriecherin.

Aber zuerst muss ich mich ein wenig ausruhen.

Ich fahre zurück zu meinem Haus. In Klaus' Fahrstuhl hatte ich schon gesehen, dass auch mein Gesicht einiges abbekommen hat. So wie ich momentan aussehe, kann ich mich nirgends sehen lassen.

Nach einem Bad und einer ordentlichen Schicht Schminke im Gesicht, fühle ich mich wieder halbwegs wie ein Mensch.

Erneut verlasse ich meine neue Bleibe, dieses Mal brauche ich kein Auto, weil mein Ziel, genau wie mein Haus, auch im 2. Ring liegt.

Wenige Minuten später erreiche ich das Haus der Gruber-Brüder.

Auf mein Klingeln öffnet einer der beiden, ich glaube, es ist Walter. Als er mich sieht, jauchzt er blöd und will mir gleich an die Brüste fassen. Ich schiebe ihn ins Haus und schließe die Tür hinter mir.

»Nicht anfassen, Walter. Ich bin jetzt eine brave Bürgerin. Verstehst du?«

Er nickt bekümmert.

»Wo ist denn dein Bruder?«, frage ich.

»O'en.« Ich verstehe ihn schlecht, vielleicht hat er sein Gebiss nicht im Mund, oder aber er kann einfach nicht deutlicher sprechen. Die Talente der Gruber-Brüder liegen ja bekanntlich eher nicht im sprachlichen Bereich.

»Oben?«, frage ich deshalb nach. Er nickt.

»Dann lass uns mal rauffahren. Ich habe eine tolle Nachricht für euch.«

Die Fahrt im Fahrstuhl in die erste Etage kommt mir sehr lang vor. Walter starrt die ganze Zeit auf meine Brüste und gibt ab und zu grunzähnliche Geräusche von sich. Ich tue so, als ob ich es nicht bemerke.

Die Gruber Zwillinge haben sich das Obergeschoss nicht sonderlich gemütlich gemacht. Es stehen lediglich zwei Eisenbetten im Raum. »Wo ist Heinz denn nun?«, frage ich ungeduldig.

Walter zeigt auf die rechte Tür, die anscheinend in noch ein Schlafzimmer führt. »In Bett... mit Isa'ell«, antwortet er.

Isabell! Die hatte ich völlig vergessen.

»Können wir da mal reingehen?«, frage ich. Walter nickt.

Er öffnet die Tür. Auf ungefähr 50 Quadratmetern steht ein Eisenbett in der Mitte des Raumes. Über dem Bett hängt ein riesiger Spiegel. Für so modern hätte ich die Grubers nun wirklich nicht gehalten.

Auf dem Bett liegt, mit Handschellen befestigt,

Isabell. Darüber Heinz, der sich trotz Besuch nicht stören lässt, in rhythmischen Bewegungen ein Kind zu zeugen. Auch Isabell scheint es zu gefallen. Sie lacht und jodelt vor sich hin.

»Hallo Isabell«, versuche ich sie anzusprechen.

»Hallo. Guck mal, wir machen ein Baby«, quiekt sie fröhlich zurück, winkt mit einer der gefesselten Hände, schielt mir mit einem Auge ins Gesicht und mit dem anderen hoch in den Spiegel.

Ich glaube, das arme Mädchen hat den Verstand verloren.

»Sagt mal, Heinz und Walter, wer von euch beiden ist denn nun mehr mit Isabell zusammen?« Gleichzeitig schnellen die rechten Arme beider Brüder nach oben. »Ich«, schreit Walter. »Ich«, schreit auch Heinz.

»Ok. Versuchen wir es mal anders. Wer von euch möchte denn eine richtige Ehefrau bekommen?«

Wieder melden sich beide und schreien: »Ich!«

»Wäre es in Ordnung, wenn Heinz Isabell behält und Walter eine neue Frau bekommt? Wenn die Frau erst einmal im Haus ist, könnt ihr zwischendurch ja auch tauschen, wie ihr wollt.«

Sie verstehen überhaupt nicht, wovon ich rede, nicken aber vorsichtshalber trotzdem. Walter wird sichtlich nervös, weil Heinz seiner Meinung nach schon wieder viel zu lange mit Isabell spielen durfte. Er zieht an seinem Bruder herum. Der hat aber noch keine Lust aufzuhören und schlägt nach Walters Händen.

Isabell jodelt wieder.

»Walter, wie findest du eigentlich Lydia?«, erkundige ich mich spaßeshalber.

Walter läuft Spucke aus dem Mundwinkel, während er »Ly´ia« wiederholt und anfängt, seine Hose zu öffnen.

»Nein warte Walter! Wir müssen Lydia erst bestellen. Sie kann dann erst am späten Abend kommen. Aber möchtest du sie gerne zum Spielen haben ... für immer?«

Walter nickt mehrfach.

»Dann müsstest du mir jetzt einmal eine Verbindung ins Deutschnet machen. Dort bestellen wir sie dann gleich, ok?«

Walter nickt und sagt: »Komm!«

Er geht voraus in das kleinere Zimmer nebenan. Dort steht ein alter Computer, einer den ich schon im Jahr 2013 als alt bezeichnet hätte. *Hoffentlich funktioniert das Teil.*

Walter meldet sich mit seinem Namen an. *Komisch, dass er das kann,* wundere ich mich.

Ich frage: »Darf ich?« und schiebe ihn ein Stück zur Seite, um selbst die MV-Dateien aufzurufen. Walter langweilt sich, deshalb verlässt er den Raum wieder, um zurück zu seinen Spielkameraden zu gehen. Für Lydia Hansen verschicke ich nun einen Vermittlungsantrag. Die Bestätigung erfolgt nach zehn Sekunden. Unter *Bemerkungen* schreibe ich nun:

»Ich, Bürger Walter Gruber, kann Lydia Hansen leider heute Abend nicht persönlich abholen, da ich in wichtigen Termingeschäften stecke. Ich hätte die Möglichkeit, meine Nachbarin, Bürgerin Anna Becker, zu schicken, damit diese Lydia Hansen in Empfang nimmt. Könnten Sie mir die Übergabe an Anna Becker bitte bestätigen?«

Weitere zehn Sekunden später erscheint ein neues

Textfeld: »Übergabe von MV Hansen an Bürgerin Anna Becker heute um 21 Uhr.«

Ich schreibe mir jetzt noch die Adresse des Obdachlosenhauses auf und stelle den Computer dann wieder aus. Alles läuft nach Plan. Ich freue mich. *So einfach kann man einen Menschen in seinen Besitz bringen!*

Walter Gruber hat es inzwischen geschafft, seinen Bruder von Isabell zu schubsen und widmet sich nun selbst der Kindeszeugung. Isabell gackert wie eine Henne und Heinz hüpft unentwegt um das Bett herum.

Ob die das wohl seit letzter Woche ununterbrochen so handhaben?

»So Jungs, ich muss nun gehen. Spielt schön weiter! Später bring ich euch Lydia vorbei!«, rufe ich ihnen zu und fahre wieder nach unten.

Nachdem ich mir in meinem Haus übers Deutschnet die Route zur Obdachlosenklinik anzeigen lassen und mir noch einmal ordentlich das Gesicht geschminkt habe, fahre ich abends gegen halb Neun los in Richtung Innenstadt.

An der Anmeldung der Klinik weise ich mich aus und werde von einer Schwester in eine Sitzecke geführt.

»Bitte warten Sie einen kleinen Moment. Der Klinikleiter, Doktor Stroh, kommt sofort«, sagt sie und verschwindet wieder.

Wenige Minuten später erscheint Doktor Stroh, ein junger Arzt mit freundlichen Augen und einem Notebook unter dem Arm.

Er stellt sich vor und fragt: »Sie sind Frau Becker,

richtig?«

Ich nicke. Doktor Stroh fragt weiter: »Könnten Sie dem Herrn Gruber, der ja nun leider nicht persönlich erscheinen konnte, ein paar Informationen bezüglich der MV-Vermittlung weitergeben?«

»Selbstverständlich«, antworte ich.

Wenn der wüsste, dass mein Interesse an den Informationen weitaus größer ist als das des Herrn Walter Gruber.

Doktor Stroh lächelt. »Lydia Hansen, die zu vermittelnde Person, wurde erst gestern als obdachlose MV aufgegriffen und zu uns gebracht. Da hat sie aber Glück, wenn sie so schnell vermittelt wird.«

Ich nicke und sage: »Ja, das finde ich auch. Vor allem weil sie dann bei Herrn Walter Gruber wirklich die Geborgenheit bekommen kann, die ihre verirrte Seele benötigt. Sie wird es gut haben im Haus der Grubers.«

»Schön, aber Sie wissen, dass eine endgültige Vermittlung mit Ehevertrag erst nach einer zweiwöchigen Probezeit erfolgen kann?«

»Nein, das wusste ich bislang nicht. Wie wird denn da verfahren?«

»Wenn beide Parteien nach zwei Wochen im Hause des Bürgers einer Ehe nicht widersprochen haben, wird die Ehe als gültig erklärt und in den Dateien erfasst.«

Doktor Stroh klappt sein Notebook auf und greift auf Lydias MV Datei zu. »Ich sehe gerade, dass auch *Ihr* Mann, Frau Becker, von dem Sie zurzeit getrennt leben, heute bereits Interesse an einer Vermittlung zeigte.«

Mir wird schlecht. *Dieses Mistschwein! Glaubte ich bis vorhin noch, dass Klaus den Besuch Lydias eigens für mich inszeniert hatte, um mich zu provozieren, dann weiß ich jetzt, dass er tatsächlich Interesse an Lydia als Frau hat.*

Doktor Stroh fährt fort: »Ihr Mann hat die MV Hansen jedoch wieder zurückbringen müssen, da es wohl nicht lösbare Differenzen zwischen beiden gab. Die MV soll Ihren Mann bedroht und tätlich angegriffen haben. Da kann man froh sein, dass beide mit einem blauen Auge davon gekommen sind. Die MV Hansen wird ab sofort als ausgesprochen aggressiv in den Dateien geführt.«

»Aha«, sage ich nur, weil ich nicht ganz verstehe, was eigentlich passiert ist.

»Frau Becker, sind Sie sich denn sicher, dass die MV Hansen die richtige Wahl für Herrn Gruber ist? Ist sich Herr Gruber des Gewaltpotenzials der MV bewusst?«, fragt der Arzt jetzt besorgt.

»Wissen Sie, Herr Doktor. In unserer Siedlung herrschte immer ein großer Zusammenhalt. Auch Lydia Hansen gehörte dieser schönen Gemeinschaft an, bis sie vor wenigen Monaten anfing, krankes Gedankengut in ihrer Seele zu vermehren und auszuleben. Wir kennen Lydia noch als moralisch saubere Person und möchten ihr helfen, zurück auf den richtigen Weg zu kommen, weil sie unsere Freundin war. Deshalb ist uns eine schnelle Vermittlung sehr wichtig. Walter Gruber ist seelisch und auch körperlich stärker als Klaus Becker, deshalb denke ich, dass er eine gute Chance hat, Lydias pathologische Seele wieder gesunden zu lassen.«

Ich lüge wie gedruckt und es macht mir auch noch Spaß. Doktor Stroh imponiert mein Gerede.

»Wir können stolz auf unseren Staat und auf Bürger wie die Ihrer Siedlung sein! So muss humane Ordnung aussehen!«

»Danke, Herr Doktor!«

»Dann würde ich vorschlagen, dass wir Frau Hansen nun holen lassen. Erschrecken Sie bitte nicht. Sie hat Verletzungen im Gesicht und wird aufgrund ihrer Aggressivität in Handschellen hereingeführt. Diese Handschellen sollten Sie ihr aus Sicherheitsgründen auch nicht während der Autofahrt abnehmen!«

»Nein, das mache ich nicht. Das lasse ich Herrn Gruber später machen« … *oder auch nicht.*

Doktor Stroh winkt zwei vorbeilaufenden Pflegern zu: »Würden Sie bitte die MV Lydia Hansen herbringen?«

Die Pfleger nicken und laufen los. Kurze Zeit später erscheinen sie mit Lydia in ihrer Mitte wieder bei der Sitzecke.

Lydias Hände sind auf dem Bauch mit Handschellen zusammengekettet. Sie sieht schlimm aus. Ihre Haare sind zerzaust und ihr Gesicht ist grün und blau geschlagen. *So habe doch nicht ich sie zugerichtet? Ich erschrecke mich über mich selbst. Vielleicht hatte sie aber tatsächlich noch eine weitere Prügelei mit Klaus.*

Lydia sieht mich und fängt an zu schreien. Dann zeigt sie mit den Händen auf mich, lacht wirr. »Nein! Neeeeeeeeeeiiiiin! *Das* ist die MV! Nicht ich. Ich bin Bürgerin Lydia Hansen. BÜRGERIN!«, schreit sie.

Doktor Stroh flüstert mir zu: »Sie ist recht verwirrt. Vielleicht tut ihr die Ruhe in häuslicher Geborgenheit ganz gut. Richten Sie bitte Herrn Gruber aus, dass er die Probezeit jederzeit abbrechen kann, wenn es gar nicht mehr geht.«

»Das werde ich. Aber ich glaube, sobald sie im Haus von Walter Gruber ist, beruhigt sie sich schnell und die Zwei haben eine Chance auf eine glückliche und liebevolle Ehe!«

»Gut, wenn beide die Probezeit ohne Widerspruch überstehen, wird Walter Gruber automatisch zum Vormund der Lydia Hansen erklärt!«

Innerlich führe ich gerade Freudentänze auf. *Endlich! Endlich habe ich Lydia am Boden! Aber es geht noch tiefer! Ich werde dich, Lydia Hansen, so sehr in die Erde treten, dass kein Bagger der Welt dich wieder freischaufeln kann.*

»Haben Sie Ihr Auto vor der Tür?«, unterbricht Doktor Stroh meine Gedanken.

»Ja.«

»Dann werden die Pfleger die MV Hansen nun dort hinbringen und sie dort sichern. Kommen Sie bitte.«

Doktor Stroh erhebt sich und ich folge ihm. Die Pfleger schieben die sich sträubende Lydia vor sich her und hinaus zu meinem Auto. Sie drücken sie auf die Rücksitze, dann lassen sie das Sicherheitsgitter herunter und ketten Lydia mit einer extra Handschelle daran an. Die Schlüssel für die Handschellen händigen sie mir aus.

Lydia schimpft und krakehlt unverständlich herum. Ich bedanke mich bei den Pflegern und verabschiede mich von dem Doktor.

»Vielen Dank, Herr Doktor Stroh. Glauben Sie mir, Frau Hansen war nicht immer so, wie sie sich im Augenblick gebärdet. Ihre Seele ist schlimm infiziert, aber die häusliche Geborgenheit wird das lindern.«

Ich rede wie eine echte Bürgerin und bin stolz auf mich.

»Ich wünsche Ihnen und vor allem auch Herrn Gruber alles Gute. Der Staat kann Ihnen dankbar sein, denn wieder ist ein moralisch verunglücktes Individuum im Sinne der humanen Ordnung in gesunde Obhut gekommen! Danke!«

»Das ist doch selbstverständlich. Wir sind glückliche Bürger dieses wunderbaren Staates und würden alles für eine gesunde Gemeinschaft tun. Auf Wiedersehen Herr Doktor!«

Ich steige in mein Auto, um hier jetzt schnell wegzukommen. Zum einen, weil ich mein Lachen über mein schwulstiges Gerede kaum noch unterdrücken kann, zum anderen wegen der Vorfreude darauf, Walter seine neue Frau zu bringen.

Doktor Stroh winkt noch einmal und wir fahren los.

Lydia tobt, so gut sie kann, auf den Rücksitzen. *Fehlt nur noch, dass ihr Schaum aus dem Mund quillt!*

»Wo fährst du mich hin, Anna?«, schreit sie durch die Gitter.

»MV Lydia, dir ist schon bekannt, dass Kreaturen wie du nicht berechtigt sind, saubere Bürger anzusprechen, oder?«, antworte ich ruhig.

Lydia versucht mich anzuspucken.

»Lydia, bleib ganz ruhig. Ich bin doch auf deiner Seite. Ich bringe dich jetzt zu deinem Mann und dann wird alles gut!« Ich lächle sie mitleidig durch den Rückspiegel an.

»*Du* bringst mich zu Klaus?«, fragt Lydia keifend.

»Lydia, Lydia! Du scheinst verwirrt zu sein. Klaus ist nicht dein Mann! Klaus ist *mein* Mann und so wird es immer bleiben.«

»Wo bringst du falsche Schlange mich hin?«

»Dorthin, wo du dich wohl fühlen wirst. Dort wo du unter deinesgleichen bist. Ich bringe dich zu Walter Gruber. Ich find es so schön, dass sich endlich zwei ähnlich triebgesteuerte Menschen gefunden haben«, sage ich lachend.

Lydia bekommt Panik. *Gut so!* Sie reißt an ihren Handschellen. »Das kannst du nicht machen! Lass mich aussteigen, Anna!«

Ihre Stimme hat nun schon einen Hauch von Verzweiflung.

»Lydia, warte mal ab. Du wirst schnell sehen, wie gut dir deine Ehe tun wird. Du weißt doch: *Die Gruber Brüder sind sehr begehrt und nahezu ausgebucht.* Du hast jetzt die Exklusivrechte naja und –pflichten bei Walter Gruber. Andere träumen davon!«

Lydia merkt, dass ihr die Felle davonschwimmen und versucht es jetzt mit der Betteltour: »Anna, bitte! Bislang war es ja ganz spaßig, aber irgendwann hört der Spaß auch auf! Bitte mach mich los hier!«

»Was war denn so spaßig, Lydia? Die Leben fremder Menschen zu zerstören oder redest du von Dennis' Tod?«

»Dennis lebt doch noch! Er lebt nur jetzt in einer anderen Siedlung. Du dachtest doch nicht wirklich, wir hätten ihn hingerichtet!«, behauptet sie jetzt, um ihren eigenen Kopf zu retten.

»Ach Lydia. Hast du jetzt etwa Angst vor dem Tod? Ich werde dich nicht umbringen, sondern dafür sorgen, dass du ein sehr langes schönes Leben in häuslicher Geborgenheit führen kannst! Eines Tages wirst du mir auf Knien danken, dass ich dich von deiner krankhaften Unmoral befreit habe.«

»Lass mich bitte gehen, Anna. Ich werde auch direkt zur Obdachlosenklinik zurückgehen. Das verspreche ich dir!«

Mich nervt ihr Gerede langsam. »Halt endlich die Klappe, Lydia! Ich kann dein Gejaule nicht mehr hören!«, brülle ich sie an.

Lydia zuckt zusammen.

Noch vor zwei Wochen hätte ich nie gedacht, dass ich zu so viel Hass und Verachtung überhaupt fähig sein könnte. Jemanden anzuschreien, war für mich undenkbar. Ich merke aber jetzt in diesem Moment selbst, dass ich im Begriff bin, eine innerliche Grenze zu überschreiten. Es ist ein Sog, der mich auf die andere Seite zieht. Diese andere Seite ist völlig kalt und unbarmherzig. Mitleidlos sadistisch. *Was passiert mit mir?* Ich habe keine Zeit mehr, über eventuelle Zweifel nachzudenken, denn wir sind am Haus der Grubers angekommen.

Ich steige aus und klingle. Wieder öffnet Walter.

»Walter, ich brauche eure Hilfe. Ihr wollt doch bestimmt Lydia ins Haus helfen. Sie ist ein wenig schwach. Ach, und habt ihr Klebeband oder Pflaster im Haus?«, frage ich.

Walter nickt, flitzt los und kommt kurz darauf mit einer Rolle Klebeband und einer Schere wieder. Ich lächle. Die Gruber-Brüder sind laute Spielgefährten gewöhnt und deshalb gut ausgestattet.

Während Walter seinen Bruder holt, laufe ich mit der Schere und dem Klebeband zum Auto, um Lydia den Mund zuzukleben. Ich öffne die hintere Tür. Lydia sieht mich flehend an: »Bitte Anna! Lass mich gehen!«

Mich macht es wütend, dass sie quatscht, obwohl

ich sagte, sie soll still sein. Also scheuere ich ihr eine. Ihr blaues Gesicht schleudert zur Seite. Ich schneide ein Stück Klebeband ab und klebe es ihr auf den Mund. Endlich muss ich mir ihr Gewimmer nicht mehr anhören.

Lydias Augen zeigen jetzt deutlich Angst. Vielleicht, weil auch sie mich bislang so nicht erlebt hatte. Vielleicht spürt sie, dass der unberechenbare Weg, den ich gerade beschreite, lebensgefährlich für sie ist.

Ich halte Lydia die Schere an den Hals, damit sie nicht unnötig zappelt, solange die Gruber Zwillinge noch nicht bei mir sind. Wenige Minuten später stehen diese wie zwei gehorsame Hunde, die ihre Belohnung nicht mehr abwarten können, neben mir.

Ich schließe die am Autogitter befestigte Handschelle auf und lasse den Jungs den Vortritt: »Bringt die arme, schwache Lydia ins Bettchen!«, sage ich lächelnd.

Sie ziehen Lydia aus dem Auto. Diese wehrt sich nicht mehr. Vielleicht liegt es auch daran, dass ich mit der Schere direkt hinter den Dreien bleibe, während die Grubers sie ins Haus schleifen. Wir fahren mit dem Fahrstuhl in die erste Etage.

»Wollt ihr nun Lydia bettfertig machen?«, frage ich Walter. Er nickt ganz heftig. Hat aber anscheinend irgendetwas missverstanden, denn er fummelt an seiner eigenen Hose herum, um sie auszuziehen.

Ich lache: »Nein Walter, erst Lydia. Die ist doch schon so müde!«

Sofort stürzen sich beide Brüder auf sie, um ihr die Klamotten vom Körper zu reißen. Ich stehe mit verschränkten Armen daneben und grinse. Die Zwillinge schleppen die nackte Lydia nun wie ihre Beute in eines der zwei hässlichen, weißen Eisenbetten. Ich kette sie mit den Handschellen an. Die Schlüssel stecke ich mir in die Hosentasche.

»Sie soll ja nicht rausfallen, die Arme, deshalb binden wir sie lieber an!«, erkläre ich. Die Brüder nicken wieder.

Was Heinz und Walter jetzt im Laufe der Nacht mit Lydia machen, ist mir relativ egal. Hier ist sie in guten Händen und kann sich zumindest nicht mehr an meinem Mann vergreifen, wenn ihre Triebhaftigkeit wieder mit ihr durchgeht.

»Denkt daran, dass Lydia ab und zu was essen und trinken muss. Falls sie nicht möchte, sagt ihr mir bescheid, ja? Dann helfe ich euch! Ich komme dann mit der Spritze.« Walter nickt. Heinz ist schon zu sehr damit beschäftigt, sich nackig zu machen, als dass er mir zuhören könnte. Walter bekommt nun aber auch schon wieder Angst, etwas zu verpassen und entledigt sich leicht knurrend in Rekordgeschwindigkeit seiner Hose.

»Vergesst nicht, dass ihr auch noch Isabell nebenan habt!«, sage ich, aber die hören mich schon nicht mehr.

Heinz klettert auf Lydia, während Walter neben dem Bett stehend, ihre Brüste untersucht. Lydia starrt reglos an die Decke.

Wie schnell und einfach man doch einen Menschen für immer zerstören kann!

Ich verlasse das Haus und fahre nach Hause. Ich bin müde. In den kommenden Tagen werde ich öfters bei den Grubers vorbeischauen. Lydia wird mir dann sicher auch Genaueres über die Borderlinien erzählen und irgendwann sogar als meine MV mit mir dahin fahren. Mal sehen, ob sie Dennis' Zeiten im Schubkarrenlauf noch unterbieten kann. Wenn nicht, dann wird sie es halt trainieren müssen.

Und auch wenn es mir noch nicht gelungen ist, aus meinem Mann, Bürger Klaus Becker, einen MV zu machen, so wird er trotzdem in Zukunft von *mir* abhängig sein, falls er seinen gehobenen Lebensstandard aufrecht erhalten möchte.

Eigentlich könnte ich zufrieden sein. Ich verbringe meine erste Nacht in meinem neuen schönen Haus, Lydia ist außer Gefecht gesetzt und die Borderlinien unterstehen in Zukunft mir. Ich habe alles erreicht, was ich erreichen konnte. Trotzdem bin ich nicht glücklich. Ich fühle mich allein. Jetzt erst merke ich, wie sehr ich Klaus' Gesellschaft vermisse, seine Witze, seine Frechheiten… ich vermisse seine Nähe.

Nach einer unruhigen Nacht wache ich schlecht gelaunt auf. Normalerweise hilft mir Kaffee, um in den Tag zu finden. Aber wo ich auch in Lydias Haus suche, ich finde keinen. Nicht einmal in dem randgefüllten Schmuggellager. *Welch eine Ironie: Ich bin wahrscheinlich eine der am besten ausgestatteten Frauen in der ganzen Siedlung, aber das, was ich wirklich brauche, ist nicht da.*

Es bleibt mir nichts anderes übrig, ich muss Kaffee kaufen gehen, sonst ist der Tag verloren. Geschäfte mit Tütenbrei und anderen Lebensmitteln kenne ich in dieser Stadt noch gar nicht, aber Tristan und Klaus erzählten, dass mein Unfall bei einem Supermarkt im 7. Ring passierte. Das ist nur ein paar Straßen von hier entfernt.

Ich ziehe mich an und gehe missgestimmt los. Mir

ist schwindelig und schlecht, so als hätte ich einen Kater. Gleichzeitig bin ich noch furchtbar müde. *Ob das am Koffeinentzug liegt?*

Nach fünf Minuten Gehweg habe ich den Supermarkt erreicht. Ich stehe vor verschlossenen Türen. Es ist Sonntag, das hatte ich vergessen.

»Anna, was machst du hier?«, tönt plötzlich Klaus' Stimme in meinem Rücken, ich drehe mich um.

»Ich wollte Kaffee kaufen«, antworte ich.

»Aber es ist Sonntag«, Klaus lacht.

»Das weiß ich auch! Und was machst du hier?«, will ich wissen.

»Ich wollte zu dir«, antwortet Klaus.

»Wieso?«

»Weißt du das nicht?«

»Nein.«

»Weil ich es nicht länger aushalte ohne dich!« behauptet er.

»Das ist ja mal was ganz Neues. Hat Lydia heute keine Zeit?«, frage ich bissig. Klaus kommt näher, ich gehe einen Schritt zurück.

»Du weißt genau, dass Lydia Hansen nie von Bedeutung war!«

»Ach ja? Jetzt wo sie nur noch eine MV ist, kannst du sie nicht mehr gebrauchen?«

»Denkst du das wirklich?« Klaus rückt näher.

»Ich weiß nicht mehr, was ich denken soll«, antworte ich.

»Anna, du und ich wir sind die Hauptdarsteller. Alle anderen sind *immer* nur Statisten, egal welchen Bürger-Status sie haben.«

»Du spielst! Menschen sind doch keine Marionetten!«

»Doch! Das weißt du selbst. Auch du spielst mit ihnen.«

Klaus nimmt mich in den Arm. Ich lasse es zu. »Auch ich bin nur eine Marionette auf deiner Bühne, Klaus!«

»Ja, so wie ich eine Marionette auf deiner Bühne bin. Wir sind die Hauptdarsteller. Die Statisten sind austauschbar. Wir beide aber nicht.«

»Und wenn einer der Hauptdarsteller von der Bühne fällt?«

»Dann fällt der andere auch, weil ihre Marionettenbänder untrennbar miteinander verknotet sind.«

»Das Spiel wäre dann vorbei?«

»Vielleicht wäre das Spiel für einen Moment vorbei, aber die zwei Marionetten können sich trotzdem nicht entkommen. Ihre Verknüpfung ist ihre Bestimmung.«

Seine Worte und seine Nähe lullen mich schon wieder ein. Was passiert, wenn ich es zulasse? Ich habe Angst. Nicht vor seinem Spiel, denn das habe ich selbst beständig aufrecht gehalten. Ich habe Angst vor der Nähe, deren Ehrlichkeit die Liebe vielleicht erdrücken könnte. *Was ist, wenn wir nicht mehr miteinander kämpfen?* Ich habe Angst vor dem, was für andere Menschen ganz einfach Liebe bedeutet.

»Ist unser Spiel jetzt vorbei, Klaus?«

»Nein!«

»Aber wir haben alle Statisten verbraucht!«

»Nur in diesem Moment. Es werden neue kommen.«

»Wie meinst du das?«

Klaus sieht mich ernst an. »Wir spielen längst das

nächste Spiel, Anna. Der kurze Augenblick der ruhigen Phase ist im Hinblick auf das Ganze bedeutungslos. Unsere Liebe bleibt eine beständig fließende Unvermeidlichkeit in Raum und Zeit.«

Mir wird das zu viel, ich möchte nicht, dass das alte Spiel zu Ende ist. Ich will kein neues Spiel. Es soll alles bleiben, wie es ist.

»Ich kann das nicht, Klaus«, sage ich, befreie mich aus seiner Umarmung und renne los, ohne wirklich noch etwas wahrzunehmen. Ich renne auf die Straße.

Klaus schreit: »ANNA NEIN! Das Auto!«

Im linken Augenwinkel sehe ich das Auto, nur einen Bruchteil von Sekunden.

Es knallt.

Mein linkes Knie tut weh.

Es knallt noch einmal. Glassplitter fliegen um mich herum. Lichtblitze zucken auf.

Mein Kopf tut weh.

Ich sehe Klaus im Rokoko-Kostüm, danach beim Whiskytrinken und ich sehe mich, wie ich die Schere auf Klaus' nackten, makellosen Bauch richte... ich sehe sein Gesicht dicht vor meinem... ich sehe Liebe.

Mein Kopf tut weh.

Dunkelheit.

7 – Böses Erwachen

Die Übelkeit schlich sich langsam immer tiefer in meinen Schlaf. In meinem Körper tobt ein Kampf zwischen dem Wunsch, weiter zu schlafen und dem Verlangen, mich zu übergeben. Es ist ein Gefühl von äußerster Leichtigkeit, denn ich bin nur Zuschauer dieser Zerrissenheit, habe selbst nicht mehr die Kraft, meinem Geist Befehle zu geben. Mein Kopf weiß nicht einmal mehr, ob er nun wach ist oder nicht.

In einer Sekunde sehe ich zwei Polizisten in meiner Wohnung und einen Arzt, der mich in eine Decke wickelt. Im nächsten greifbaren Moment sehe ich meine Eltern und meine Tochter in einem weißen Zimmer. Dann wieder absolute Dunkelheit. *Was ist das? Ein Traum?* Mir ist so verdammt schlecht, aber es stört mich nicht, solange ich nur weiter schlafen darf.

Die Nacht vergeht wie in Zeitlupe. Mein Kopf schreibt kein Protokoll von dem Geschehen, nur surreale Bruchstücke bleiben haften: Ich sehe weiße Abwasserrohre in einer weißen Wand, ich sehe ein Gitterbett neben meinem Bett, mein T- Shirt ist schmutzig ... *ich muss es ausziehen.* Aber mir ist so schlecht und ich bin so müde.

Warum kann ich denn nicht ganz einfach nur schlafen? Es wird immer deutlicher, wer der Sieger meines inneren Kampfes sein wird und dann holt sich der Brechreiz nach scheinbar endlosem Vorspiel mit vielen kleinen Ejakulationen gegen Morgen endlich seine absolute Befriedigung.

Bei vollem Bewusstsein, hellwach in diesem Moment und trotzdem mit geschlossenen Augen, spucke ich alles Schmerzende und Böse aus... hinein in dieses weiße, jungfräuliche Bett.

Ich bin wieder wach. Meine Augen öffne ich jetzt trotzdem nicht. Anscheinend habe ich den Autounfall überlebt. Es ist früher Morgen, alles ist noch ganz still. *Bevor Klaus gleich kommt, muss ich unbedingt das Bett abziehen. Er soll den Schmutz nicht sehen.* Ich versuche mich aufzurichten, aber mir ist schwindelig. Und es ist nicht nur so, dass jede Bewegung weh tut, sondern dass auch das Öffnen der Augen Schmerzen verursachen würde. *Ich möchte zurück in die Dunkelheit der Nacht.*

»Anna, bist du wach?« Eine Frauenstimme. Ich kenne diese Stimme von früher. Jetzt öffne ich doch meine schmerzenden Augen.

»Marie! Was machst du denn hier?« Marie war meine Freundin in der Zeit bis zum Jahr 2013.

»Ich habe heute Dienst unten in der Gyn. Da habe ich gehört, dass du letzte Nacht eingeliefert wurdest und bin gleich hochgekommen.« *Stimmt, Marie war Krankenschwester und ist es anscheinend auch heute noch.* Ich freue mich, dass sie da ist.

»Ich bin also in einem richtigen Krankenhaus?«, frage ich sie.

»Wo denn sonst? Gibt's auch falsche?«, lacht sie.

»Nein, ich meine… ich bin nicht im KLFMV, oder?«, verdeutliche ich meine Frage.

»Im *was*? Was soll das sein?« Sie scheint mich nicht verstanden zu haben. Ich bin zu müde, um noch einmal zu fragen. Ich blicke mich im Zimmer um. Im Gegensatz zu den Zimmern im KLFMV wirkt der Raum dieses Krankenhauses richtig gemütlich. Als guter Bürger wird man eben First Class behandelt. Die haben hier hinter den zugezogenen Gardinen sogar Lampen eingebaut mit dem Effekt, es würde Tageslicht durch den Stoff ins Zimmer kommen. Ich lächle. *Das könnte ich eigentlich in meinem Haus auch machen, sobald ich hier entlassen bin.*

»Wie fühlst du dich denn jetzt, Anna?«, fragt Marie, während sie anfängt mein Bett neu zu beziehen.

»Jetzt eigentlich ganz gut, mir war schlecht, aber jetzt bin ich nur noch unendlich müde und ich habe Kopfschmerzen.«

»Ja, das ist normal. Dir wurde übrigens nicht der Magen ausgepumpt.«

Ich lache. »Hat es sich etwa schon rumgesprochen, dass ich Tristan nach dem Erwachen aus der Gehirnerschütterung fragte, ob mir der Magen ausgepumpt wurde?«

Marie sieht mich fragend an, sagt aber nichts dazu. Sie setzt sich wieder zu mir.

»Anna, mach bitte so einen Scheiß nie wieder, hörst du? Du hast ja keine Ahnung, wie geschockt wir alle sind! Warum hast du das bloß gemacht? Du hast doch keinen Grund gehabt!«

»Hast du mit Klaus geredet? Wie hat er denn das dargestellt? Es war doch keine Absicht! Ich hatte nur plötzlich Angst, dass nichts mehr ist wie es ist!«, verteidige ich mich.

»Ich kenne keinen Klaus! Ruh dich jetzt am besten noch etwas aus. Später kommt noch die Ärztin und sieht nach dir.«

»Kommen vorher auch die Gebetsschwestern? Oder darfst *du* mit mir beten, Marie?«, frage ich, um zu zeigen, dass ich eine erstklassige Bürgerin geworden bin.

»Anna, ist wirklich alles in Ordnung mit dir? Von

welchen Gebetsschwestern sprichst du? Dies ist kein katholisches Krankenhaus, sondern ein städtisches. Das weißt du doch! Außerdem bist du doch auch gar nicht katholisch!«

Sie hat Recht. Die Gebetsschwestern gibt es nur im KLFMV, da sie ja das pathologische Gedankengut wegbeten sollen zum Schutz für die Ärzte. In einem normalen Krankenhaus gibt es nur moralisch gesunde Bürger, von denen keine Ansteckungsgefahr ausgeht.

»Marie, du hast Klaus also noch nicht kennengelernt. Hat er sich denn überhaupt nicht nach mir erkundigt? Er muss doch wissen wollen, wie es mir geht.« Ich bin ein wenig enttäuscht, dass Klaus nicht hier ist. Vielleicht hat er aber auch nur ein neues Spiel mit mir angefangen. Er zeigt sich wieder bewusst interesselos.

»Anna, ich weiß nicht, wo du diesen Klaus so plötzlich her hast, aber der scheint dir ganz und gar nicht gut zu tun. Dieser Klaus ist jedenfalls nicht hier und hat meines Wissens auch nicht angerufen. Johann war die ganze Nacht hier. Er ist jetzt unten und raucht eine Zigarette.«

»Johann??? Der darf doch gar nicht mehr ins Land! Das kann nicht sein! Und wieso raucht der??? Das ist doch verboten!«

»Ich glaube, Anna, ich schick dir die Ärztin *sofort* nochmal rein. Du bist echt seltsam. Johann hat den Notarzt gerufen, nachdem du vor ihm zusammengebrochen bist.«

Mir wird in diesem Augenblick speiübel und ich übergebe mich... in das gerade frisch bezogene Bett. »Tut mir leid, Marie! Das wollte ich nicht. Ich helfe dir beim Beziehen!«, versuche ich mich zu entschuldigen.

Marie lächelt. »Das wird heute wohl noch öfter passieren bis alles wieder raus ist!«

»Was ist denn bloß mit mir passiert?« Ich ahne Böses, will es aber nicht selbst zu Ende denken.

»Das weißt du nicht? Du hast gestern Abend zu zwei Flaschen Wein den Inhalt einer Dose *Tavor* geschluckt!«, bekomme ich gesagt, was ich nicht hören will.

»Welches Datum haben wir, Marie?«

»Es ist Sonntag, der 24. Februar 2013.«

»Das kann nicht sein, ich war doch schon viel weiter!«, murmle ich vor mich hin.

»Was meinst du?«, will Marie jetzt wissen.

»Ich komme aus der Zukunft, genauer gesagt: aus dem Jahr 2023, mein Selbstmordversuch liegt eigentlich mehr als zehn Jahre zurück«, antworte ich.

Marie sieht mich beunruhigt an. »Anna, ich hole die Ärztin gleich. Du bist total durcheinander. Ich kenne mich nicht genug mit den Wechselwirkungen von Alkohol und Tabletten aus. Ich komme gleich wieder, ja?«

Marie steht auf und will gehen. Ich halte sie am Arm fest und bitte sie: »Warte einen Moment, Marie. Kannst du mir mal kurz einen Spiegel geben?«

Marie holt mir aus dem Duschbereich einen Handspiegel. Ich sehe hinein. *Jetzt nicht schreien!*

Ich bin wieder jung und habe lange Haare. Ich sehe zwar furchtbar mitgenommen aus, aber es ist ein *junges* mitgenommenes Gesicht. Es ist das letzte Gesicht, das ich in Erinnerung hatte. Danach kam die Amnesie und ich hatte ein anderes Gesicht.

»Marie! Was ist das da?« Ich zeige auf die Gardinen.

»Gardinen würde ich sagen«, antwortet Marie lächelnd.

»Nein, dahinter!«, frage ich genauer.

»Das nennt sich Fenster.«

»Aus Glas?«

»Nee, aus Beton«, sagt Marie. Es hört sich ironisch an.

»Sag mal bitte ernsthaft! Aus Glas oder aus Beton?«, will ich nun nahezu verzweifelt wissen.

»Anna! Mir reicht es jetzt, ich hole die Ärztin!« Marie läuft aus dem Zimmer.

Wenige Minuten später kommt sie in Begleitung einer Ärztin zurück. Diese reicht mir die Hand.

»Mein Name ist Sabine Stolte, ich bin die Stationsärztin. Guten Tag Frau Hauke.«

»Guten Tag, Frau Stolte. Ich heiße aber nicht mehr *Hauke*, ich heiße *Becker*.«

Nachdenklich zieht sich die Ärztin einen Hocker heran und setzt sich. Marie verlässt vorsichtshalber den Raum. Ich glaube, ihr wird das alles zu viel.

»Wollen wir uns auf *Anna* einigen?«, fragt die Ärztin. Ich nicke.

»Warum, Anna, glauben Sie, dass Sie mit Nachnamen *Becker* heißen?« Sie fragt mit so einem verständnisvollen Unterton, den ich gar nicht leiden kann.

»Weil ich im Jahr 2016 einen Mann namens Klaus Becker geheiratet habe. Ich *musste* seinen Namen annehmen, weil ich zu der Zeit noch eine MV war. Inzwischen trage ich diesen Namen aber sehr gerne!«

»Sie wissen schon, dass das Jahr 2016 nicht in der

Vergangenheit, sondern drei Jahre in der Zukunft liegt, oder?«, fragt die Ärztin vorsichtig.

»Für *Sie* ist das vielleicht so, Frau Doktor. Ich aber habe das alles längst hinter mir«, entgegne ich.

»In welchem Jahr meinen *Sie* zu leben, Anna?«

»Ich kann Ihnen sogar das genaue Datum sagen: Heute ist Montag, der 13. März 2023.«

Die Ärztin macht sich Notizen auf einem Block. »Erinnern Sie sich noch an das Jahr 2013, Anna?«, fragt sie.

»Natürlich. Ich weiß auch, dass ich damals versucht habe, mir das Leben zu nehmen. Aber das ist, wie gesagt, so lange her. Inzwischen lebe ich richtig gerne. Ich bin glücklich verheiratet und ich führe ein sauberes Bürgerleben.«

»Was ist direkt nach Ihrem Selbstmordversuch geschehen?«, bohrt die Ärztin weiter.

»Das weiß ich persönlich nicht genau, da ich durch einen Unfall an einer Amnesie leide. Aber es muss eine turbulente Zeit gewesen sein, da ich mich viel zu lange gegen das neue System gesträubt hatte.«

»Für wie realistisch halten Sie es, dass Ihre Reise in die Zukunft nur ein Traum, eine halluzinatorische Erzählung unter Alkohol- und Tabletteneinfluss war, Anna?«

So etwas musste ja nun kommen. Im Jahr 2013 kann man sich anscheinend noch nicht vorstellen, dass man in Raum und Zeit umherfließen kann, wie man will. Tristan und Klaus. Das war kein Traum! So intensiv kann kein Mensch träumen.

»Möchten Sie denn nicht wissen, wo Ihr Baby jetzt ist?«, fragt die Ärztin weiter.

»Mein Kind ist in guten Händen«, antworte ich nur. Langsam werde ich ungeduldig. Mir gefällt dieses Gespräch nicht. *Die soll aufhören, mir Fragen zu stellen.*

»Ich bin müde«, füge ich deshalb hinzu.

»Gut. Ich erkläre Ihnen nur noch kurz die weitere Vorgehensweise. Nachdem Sie heute lediglich somatisch betreut werden, haben Sie morgen um 10 Uhr einen Termin bei unserem Konsiliarpsychiater Doktor Ambrosius. Er wird sich dann näher mit der psychiatrisch-psychosozialen Problematik Ihres Falls befassen und durch ein erstes Gespräch feststellen, wie hoch das Risiko einer Wiederholung ist und wann Sie frühestens entlassen werden können. Das Sorgerecht für Ihre Tochter haben noch Sie, es wäre aber vielleicht zu überlegen, es langfristig dem Kindesvater zu übertragen, da eventuell der Zustand der Überforderung bei Ihnen eingetreten ist. Das können Sie morgen mit Doktor Ambrosius besprechen, der Ihnen auch Adressen zur psychotherapeutischen Nachbetreuung geben wird.« Frau Stolte unterbricht sich und sieht mich fragend an, ob ich ihr folgen konnte. Ich nicke.

»Des Weiteren wurden zu Ihrer eigenen Sicherheit in allen oberen Etagen die Fenster und Balkontüren abgeschlossen. Wenn Sie also zwischendurch mal eine Zigarette rauchen möchten, geht das nicht auf dem Balkon, sondern Sie müssten sich bei den Schwestern abmelden und dann in den Garten gehen. Auch Besuch sollten Sie bis morgen nicht empfangen. Ruhen Sie sich aus!«

»Ich habe jetzt doch noch eine Frage«, fällt mir ein.

»Ja?«

»Warum wurde mir denn nicht der Magen ausgepumpt, obwohl ich -wie Sie sagen- aufgrund einer
Tablettenüberdosis hier bin?«

»Eine Magenspülung birgt zahlreiche Risiken und
wird deshalb meist nur noch durchgeführt, wenn die
Intoxikation nicht länger als eine Stunde zurückliegt
und die Giftmenge toxisch relevant ist«, antwortet
die Ärztin.

Ich frage mich, ob zwei Liter Wein und fast 50 Be-
ruhigungspillen tatsächlich keine toxische Relevanz
haben. Wenn doch schon auf Beipackzetteln bei Ein-
nahme von nur einer Tablette in Verbindung mit
Alkohol von Atemdepression oder Herzstillstand,
also Lebensgefahr, geschrieben wird.

Da ich aber möchte, dass die Ärztin jetzt möglichst schnell wieder geht, stelle ich hierzu keine weiteren Fragen mehr.

»Finden Sie sich also morgen bitte in Raum 207
bei Herrn Doktor Ambrosius zum Gespräch ein. Auf
Wiedersehen, Frau Hauke«, verabschiedet sie sich
jetzt.

Ich reagiere nicht mit Widerworten auf die mir
völlig falsch erscheinende Anrede und verabschiede
mich auch.

Marie wackelt noch ein paar Mal in mein Zimmer,
einmal um mir zu sagen, dass sie Johann nach Hause
geschickt hat, ein anderes Mal, um mein Bett neu zu
beziehen.

Ich selbst befinde mich den ganzen Tag und auch
in der folgenden Nacht in einem milden Dämmerzu-
stand. Im Halbschlaf denke ich immer wieder an
Klaus, höre seine Stimme.

Ich möchte nach Hause, in seinen Würfel.

Am nächsten Morgen werde ich durch das unglaubliche Licht geweckt, das durch die Gardinen ins Zimmer fällt. Da hier im Haus scheinbar alle der Meinung sind, wir befänden uns im Jahr 2013, muss ich wohl eine Zeitreise gemacht haben. Also sind hinter den Gardinen keine Lampen, sondern es kommt tatsächlich echtes Sonnenlicht herein. Aber ich habe nicht das Bedürfnis, das zu überprüfen und lasse deshalb die Gardinen zugezogen.

Eine Krankenschwester kommt in den Raum und stellt mir ein Tablett mit einem richtig großen Frühstück auf den Tisch in einer Besuchersitzgruppe.

»Guten Morgen. Sie dürfen gerne aufstehen zum Frühstück, wenn Sie möchten. Oder wollen Sie Ihr Frühstück lieber ans Bett bekommen?«, fragt sie freundlich.

»Guten Morgen. Nein, ich möchte aufstehen. Vielen Dank.«

Die Krankenschwester huscht wieder aus dem Zimmer und ich gehe in den Duschbereich. Hier ist kein Ganzkörperspiegel, der mich in Angst und Schrecken versetzt. Ich denke an die Spiegelscherben und dass ich Klaus damit ermorden wollte, ich denke an den ersten gemeinsamen Abend im Würfel, die Feier«, bei der er mich betrunken gemacht hat. Es fühlt sich an, als läge es um viele Jahre zurück, dabei ist es nur eine Vergangenheit innerhalb der Zukunft. Eine ganz kurze Vergangenheit in *meiner* Gegenwart. Eine Vergangenheit in der zukünftigen Gegenwart der anderen.

Klaus, wie soll ich dich bloß wiederfinden? Er hatte

vorgestern Recht, als er sagte, dass das neue Spiel bereits begonnen hat. Verschwiegen hat er mir allerdings, dass er den Schwierigkeitsgrad erheblich gesteigert hat. Wir spielen jetzt nicht mehr gegen menschliche Statisten, sondern gegen die Zeit.

Um mir einen Überblick verschaffen zu können, wie ich aus diesem zeitlichen Dilemma wieder herauskommen kann, muss ich mich in diesem Krankenhaus tunlichst unauffällig verhalten. Es nützt mir nichts, wenn die mich hier länger als nötig festhalten. Solange die allerdings glauben, dass durch den Alkohol- und Medikamentenmissbrauch in meinem Kopf etwas nicht stimmt, werden sie mich nicht gehen lassen. Also werde ich dem Psychiater gleich nur die Dinge erzählen, die er hören möchte.

Pünktlich um 10 Uhr klopfe ich geduscht und hübsch zurechtgemacht an seiner Tür.

»Ja, bitte?«, kommt als Antwort. Ich trete ein und bin erstaunt über sein angenehmes Sprechzimmer. Es hat natürlich, wie es im Jahr 2013 üblich war, ein Fenster. Ansonsten ist es in Vanillegelb gestrichen mit Bildern aus dem Surrealismus an den Wänden. Vor dem Fenster steht ein kastanienfarbiger Schreibtisch. An dem sitzt der Arzt mit dem Gesicht zur Tür.

Er sieht ganz nett aus, ich schätze ihn auf Mitte 40.

Doktor Ambrosius steht auf und kommt mir entgegen: »Guten Tag, Frau Hauke.« Er gibt mir die Hand und bietet mir einen Platz vor seinem Schreibtisch an.

Ich erwidere die Begrüßung, setze mich und warte, was jetzt wohl kommen mag.

Nachdem er sich selbst wieder hingesetzt hat, fängt er an: »Frau Hauke, bevor wir uns ein wenig unterhalten, möchte ich mich Ihnen vorstellen: Mein Name ist Torsten Ambrosius, ich bin 47 Jahre alt und seit fünf Jahren Psychiater für Erstgespräche nach Suizidversuchen in diesem Krankenhaus. Möchten Sie mir auch etwas von sich erzählen?«

Das geht ja gut los. Er bringt mich gerade so durcheinander, dass ich fast nicht mehr weiß, wie alt ich im Jahr 2013 war.

»Ja, also mein Name ist Anna Hauke, wie Sie ja wissen, ich bin 35 Jahre alt, unverheiratet und habe eine sechs Monate alte Tochter.«

»Das ist schön. Haben Sie Lust, mir zu erzählen, was vorgestern Abend passiert ist und wie es dazu Ihrer Meinung nach gekommen ist? Warum wollten Sie nicht mehr leben, Frau Hauke?«, fragt er jetzt.

Ok, ein schneller Einstieg, ich bin darauf vorbereitet.

»Es ist alles ganz anders, Herr Doktor. Ich habe in keinem Moment ernsthaft daran gedacht, nicht mehr leben zu wollen. Ich wollte nur eine Art Zeichen setzen«, antworte ich.

»Können Sie mir das näher erklären, ich verstehe das nämlich nicht so genau!«, behauptet er.

Es läuft wie am Schnürchen, denn ich sehe, dass er sich jetzt bewusst als der »Dümmeren« von uns beiden darstellen will, um mein Vertrauen damit zu bekommen.

»Wissen Sie, ich hatte an diesem Abend einen heftigen Streit mit dem Kindesvater, sodass er mich aus dem Kinderzimmer in *meiner* eigenen Wohnung rausschickte!«

»Und was ist dann passiert?«

»Ich war wütend und ich hatte Wein getrunken. Um nicht im Kinderzimmer auszuflippen, habe ich mich zurückgezogen. Ich wollte *ihn*, den Kindesvater, zur Verantwortung bringen.«

»Wie meinen Sie das?«

»Er hatte sich in den vergangenen Wochen in keiner Weise verantwortlich gezeigt für mein Baby. An diesem Abend wollte ich ihm für mein Baby *und* für mich die Verantwortung übertragen. Irgendwie wollte ich sehen, ob er dem gewachsen ist.«

Gut, das sieht jetzt nicht mehr nach echten Selbstmordgelüsten aus, sondern eher nach ein klein wenig Überforderung.

»Um noch einmal auf den Wein zu kommen, den Sie getrunken haben. Trinken Sie oft?«, fängt der Arzt wieder an.

»Nein, eigentlich nie! Deshalb war vielleicht meine Reaktion auch so heftig«, lüge ich.

»Möglich. Ein dissoziativer Ausnahmezustand. Frau Hauke, ich möchte Ihnen noch ein paar Adressen zur psychotherapeutischen Weiterbehandlung mitgeben, falls Sie sich dazu entschließen können. Hier im Krankenhaus haben wir leider nicht die Möglichkeit für eine langfristige Betreuung.«

»Ja, das ist gut«, antworte ich.

»Dann habe ich nur noch eine Frage, Frau Hauke. Nachdem Sie gestern aufgewacht sind, waren Sie etwas verwirrt und behaupteten, Sie hätten einen anderen Namen und Sie kämen aus der Zukunft. Ich hatte ein kurzes Gespräch mit Frau Doktor Stolte, deshalb bin ich darüber informiert. Wie ist das heute, Frau Hauke? Wie nehmen Sie heute Ihr Umfeld wahr?«

Ich lache. »Ich war gestern noch etwas durcheinander. Hatte einen intensiven Traum, aus dem ich nur schwer zurück gefunden habe. Mir ist jetzt natürlich klar, dass ich mich im Jahr 2013 befinde.«

»Es ist möglich, dass es zu einer paradoxen Wechselwirkung der von Ihnen eingenommenen Substanzen kam. Die Wirkung des Lorazepam, das ist der Wirkstoff in Tavor, kann sich in unvorhersehbarer Weise verändern, wenn man ihn mit Alkohol kombiniert. Aber auch ohne Alkohol können Benzodiazepine paradoxe Reaktionen, wie Alpträume, Halluzinationen oder Psychosen hervorrufen. Ich freue mich, dass es Ihnen nun wieder besser geht. Aber sagen Sie mir bitte noch eines: Warum wurden Ihnen überhaupt die Tavor verschrieben?«

»Ich leide gelegentlich unter Panikattacken«, antworte ich zum ersten Mal ehrlich.

»Sie wissen, dass Sie mit diesen Tabletten nicht die Ursachen, sondern nur die Symptome behandeln. Deshalb würde ich mich freuen, wenn Sie sich zu einer psychotherapeutischen Behandlung entschließen könnten.«

»Das werde ich auf jeden Fall!«, lüge ich

»Dann können wir das Gespräch eigentlich beenden, wenn *Sie* keine Fragen mehr haben. Ich werde die Entlassung aus dem Krankenhaus für morgen empfehlen, vorausgesetzt, dass Sie sich auch körperlich wieder gut fühlen.«

Doktor Ambrosius steht auf und reicht mir zum Abschied die Hand. Ich bin froh, das Gespräch hinter mich gebracht zu haben, bedanke mich und verlasse den Raum.

Die Ärzte habe ich somit erst einmal ruhig gestellt. Aber wie gehe ich jetzt weiter vor? Ich muss den Zugang zu meiner Gegenwart wiederfinden, die Gegenwart im Jahr 2023.

Die Michaeliskirche! Vielleicht finde ich an der Kirche, die die Zeiten miteinander verbindet, eine Antwort.

Bei den Krankenschwestern auf meiner Station melde ich mich gleich darauf ab. Ich sage Ihnen, dass ich bis zum Nachmittag die frische Luft draußen im Garten genießen will.

Niemand hält mich auf.

Draußen vor der Tür fühle ich mich zunächst wie erschlagen von all den Farben, die es gibt, obwohl der Februar ja nun eigentlich nicht der farbenfroheste Monat des Jahres ist. Ich schleiche mich durch den Garten bis hin zur Hauptstraße. Wie ich es von mir gewöhnt bin, habe ich Geld in der Jackentasche. Ich zähle es nach. Es sind 92,10 Euro. Das müsste reichen. Bis zur Michaeliskirche sind es etwa 20 Kilometer und ich habe keine Lust, mit einem Bus zu fahren, also steige ich auf der Straße in ein Taxi.

Eine Viertelstunde später stehe ich am Kummerberg. Auch wenn die Kirche jetzt noch im Ganzen da steht, so kann ich genau erkennen, wo ich mit Klaus und mit Tristan gewesen bin. In meinem Magen kribbelt es. Ich gehe die kleine Anhöhe hinauf. Es ist alles etwas gepflegter als beim letzten Mal. Der Rasen wirkt grüner und die alte Parkbank erscheint mir ganz neu. Ich setze mich. Hier kann ich durchatmen und die Nähe meiner zwei Männer spüren.

Mein Blick ist genau auf die große massive Kirchentür gerichtet. *Ob ich zum Beten hineingehen sollte?* In diesem Moment öffnet sich die Tür. Ein Pastor und drei Männer kommen aus dem spätbarocken Gebäude. Ich lasse meinen Blick über die Männergruppe schweifen... und erstarre. Einer von ihnen ist Klaus.

Das kann nicht sein! Er sieht jünger aus, aber es ist Klaus, ich bin mir ganz sicher. Mir bleibt das Herz fast stehen. Ich starre die Männer an. Diese verabschieden sich gerade von dem Pfarrer. Der wählt den Weg, der an meiner Bank vorbeiführt, die anderen drei gehen in die entgegengesetzte Richtung. Der vermeintliche Klaus dreht sich noch einmal zu dem Pastor um. Sein Blick fällt auf mich. Er lächelt. Er dreht sich wieder um und ist dann schnell aus meinem Sichtbereich. Ich bin dermaßen geschockt, dass ich nicht reagieren kann. Ich hätte ihm hinterherlaufen müssen, aber ich bleibe wie angewurzelt sitzen.

Als der Pastor direkt an meiner Bank vorbeikommt, nickt er mir zu. Ich frage ihn: »Entschuldigung Herr Pastor. Wer waren die drei Herren, mit denen Sie sich gerade unterhalten haben? Ich glaube, ich kenne einen von ihnen von früher!«

»Oh, es tut mir leid, ich habe die Namen nicht im Kopf, aber es sind drei Kirchenarchitekten eines Architekturbüros in der Stadt. Wir planen, unser schönes Gotteshaus zu restaurieren!«

Das lohnt sich nicht, das wird in ein paar Jahren abgefackelt.

Erst im nächsten Moment wird mir bewusst, was der Pfarrer gesagt hat: Kirchenarchitekten. Klaus ist Staatskirchenarchitekt. *War das gerade wirklich Klaus als junger Architekt oder war es eine Halluzination?*

Der Pastor geht weiter und ich bin allein auf dem Kummerberg.

Mir fällt ein, dass ich beim letzten Mal, als ich hier war, die Dose Tavor rechts neben der Bank eingegraben hatte. Nach den Gesetzen der Logik dürfte sie jetzt eigentlich nicht hier sein, aber es interessiert mich trotzdem. Ich fange an, ein Loch mit den Händen zu graben, genau an der Stelle, wo ich sie verbuddelt hatte. Natürlich ist die Dose tatsächlich nicht da.

Tavor! Das könnte trotzdem die Lösung sein! Aber wie komme ich an welche heran? Kein Arzt der Welt würde mir nach einem Suizidversuch die Pillen aushändigen. Aber *eine* Möglichkeit besteht vielleicht: Ich täusche eine Panikattacke vor. Ich muss es darauf ankommen lassen. Entweder ich werde sofort weggesperrt oder aber ich bekomme die Tabletten für meinen Plan.

Ich muss zurück zum Krankenhaus. Am Bürgerhaus, das nur eine Straße entfernt ist, stehen mehrere Taxis. Ich steige in das vorderste der geparkten Autos und fahre zurück zur Klinik. Durch den Garten und die Flure schleiche ich mich in mein Zimmer. Niemand hat gemerkt, dass ich außerhalb des Krankenhausgeländes war.

Irgendjemand hat mir ein Nachthemd auf das Bett gelegt. Es ist eines meiner eigenen, wahrscheinlich hat Johann das hier hergebracht. Ich ziehe es an und lege mich hin.

Wie gehe ich jetzt weiter vor? Es ist Nachmittag, ich muss handeln, solange der Psycho-Doc noch im Haus ist. Sonst müsste ich bis morgen warten, aber ich will mich nicht noch eine weitere Nacht in dieser Einsamkeit quälen. Ich will so schnell wie möglich nach Hause.

*Ich **muss** schnell wieder nach Hause! Was würde sonst mit Lydia passieren, wenn die Gruber Brüder vergessen, ihr zu essen zu geben? Ich bin für sie verantwortlich. Und auch Christian muss möglichst schnell wieder aus der*

Obdachlosenklinik herausgeholt werden, bevor er von einer fremden Bürgerin geheiratet wird. Dann sind da noch die Borderlinien: Ich weiß nicht, ob ich schon Termine mit den Lieferanten verpasst habe, das wäre sehr ärgerlich. Klaus kommt ein paar Tage ohne mich zurecht, aber was ist mit Tristan? Denkt er jetzt, nachdem er mir so sehr geholfen hat, dass ich ihn nur ausgenutzt habe, weil ich mich gar nicht mehr bei ihm melde?

Mir fährt ein Gedanke durch den Kopf, der mich in Angst und Schrecken versetzt: *Was ist, wenn die mich vorgestern nach meinem Autounfall für tot erklärt haben, obwohl ich noch lebe?*

Ich darf keine Zeit mehr verlieren, ich muss schnellstens zurück.

Um eine Panikattacke vorzutäuschen, beschließe ich, zunächst meinen Blutdruck in die Höhe zu treiben. Dafür mache ich jetzt unzählige Situps und Liegestützen, bis mir der Schweiß herunterläuft. Ich habe keine Ahnung, ob Ärzte eine kurzfristige Belastungshypertonie von einem erhöhten Blutdruck bei Panikattacken unterscheiden können. Wahrscheinlich nicht, weil Angstanfälle ja irgendwie auch eine Form von Belastung sind.

Ich lege mich zurück ins Bett und klingle nach der Schwester.

Wenige Sekunden später ist eine da.

»Bitte Schwester, ich habe das Gefühl, keine Luft mehr zu bekommen. Bitte können Sie Doktor Ambrosius holen. Ich glaube, ich stehe kurz vor einem Panikanfall.«

»Sie sehen in der Tat nicht sehr gut aus, Frau Hauke. Ihr Gesicht ist ganz rot. Ich hole den Arzt.«

Die Schwester verschwindet und ich stehe wieder auf. Laufe hektisch auf und ab, versuche mich selbst hineinzusteigern in eine Angst, die ich nicht habe. Das Hineinsteigern funktioniert nicht. Wenn man keine Angst hat, hat man eben keine Angst. Das Angstzentrum im Gehirn scheint nicht steuerbar zu sein.

Kurze Zeit später ist die Schwester in Begleitung von Doktor Ambrosius wieder da. Ich laufe weiter hektisch herum.

»Herr Doktor, ich kriege keine Luft mehr. Dieses Mal ist es keine Panikattacke. Es ist ernst. Ich brauche Sauerstoff!« Während ich das sage, fasse ich mir immer wieder an den Hals, um zu demonstrieren, dass die Luftzufuhr hier irgendwo gekappt wurde.

»Ich ersticke. Bitte tun Sie etwas. Ich will nicht sterben!«

»Atmen Sie ganz ruhig, Frau Hauke.« Doktor Ambrosius lächelt. »Sie haben sehr wohl einen Angstanfall. Würden Sie wirklich ersticken, sähen Sie ganz anders aus!«

Gut! Das sagen Ärzte immer bei Panikattacken, ich bin also glaubhaft und überzeugend.

Ich halte Doktor Ambrosius jetzt am Arm fest und sehe ihn flehend an, während ich ein paar Tränen herausquetsche.

»Bitte, Sie müssen etwas tun! Ich bin im Begriff zu sterben. Machen Sie mir einen Luftröhrenschnitt, damit ich wieder Luft bekomme oder holen Sie ein Beatmungsgerät! Bitte! Schnell!«

»Nein, das ist nicht nötig.« Er lächelt wieder.

»Ich gebe Ihnen jetzt eine halbe Beruhigungstablette. Eine halbe! Mehr nicht! Dass Sie jetzt eine Panikattacke bekommen haben, ist nach dem, was vorgefallen ist, nicht ungewöhnlich. Nehmen Sie die halbe

Tablette, dann geht es gleich wieder.«

Er zieht eine Dose Tavor aus seiner Kitteltasche, öffnet sie und bricht mir eine halbe Tablette ab. Die Dose lässt er wieder in der Kitteltasche verschwinden. Er gibt mir die Tablette, ich schlucke sie ohne Wasser.

»Die Tablette nützt nichts! Ich habe keine Panikattacke. Ich ersticke, ich werde sterben, wenn Sie mir nicht richtig helfen! Jetzt steckt auch noch die Tablette in meinem Hals fest!« Ich reiße jetzt mit beiden Armen verzweifelt an dem Arzt herum.

Dann täusche ich ein halbes Zusammenbrechen vor, wobei meine Arme noch Halt am Kittel des Arztes suchen, bis meine rechte Hand unbemerkt in seiner Kitteltasche landet, ich die kleine Dose greife und unsichtbar in meiner Faust verstecke.

Doktor Ambrosius hat bei meiner Rangelei nicht bemerkt, dass ich ihm soeben die Tablettendose gestohlen habe.

»Beruhigen Sie sich, Frau Hauke. Die Tablette wird gleich wirken!«

Sein Pieper geht. *Gott-sei-Dank. Er wird nicht so schnell darüber nachdenken, dass er die Pillendose zurück in seinen Schrank stellen muss.*

Der Arzt entschuldigt sich und verlässt das Zimmer. Die Schwester fragt: »Möchten Sie, dass ich einen Moment bei Ihnen bleibe, bis die Tablette richtig wirkt?«

Ich antworte: »Nein, das brauchen Sie nicht. Ich spüre, wie ich ruhiger werde! Ich danke Ihnen vielmals. Sie und der Doktor haben mir gerade das Leben gerettet!« Die Krankenschwester lächelt und verlässt ebenfalls den Raum.

Ich verstaue die Tabletten in meiner Jackentasche und ziehe mich schnell an. Bevor der Arzt merkt, dass seine Pillendose weg ist, muss ich hier verschwunden sein. Ich gehe leise auf den Flur.

Im Schwesternzimmer sitzt eine andere Krankenschwester, als die, die vorhin bei mir war. *Das ist gut.* Ich melde mich bei ihr ab, mit der Begründung, dass ich draußen noch eine letzte Zigarette rauchen möchte. Sie nickt mir zu.

Wieder schleiche ich durch die Parkanlagen bis zur Straße. Da ich heute Nachmittag für die Taxifahrten 70 Euro hinlegen musste, habe ich jetzt nicht mehr genügend Geld, um erneut Taxi zu fahren. Ich gehe bis zur nächsten Bushaltestelle.

Vielleicht ist es ganz gut, jetzt Bus zu fahren. Wenn die im Krankenhaus mein Verschwinden bemerken, werden sie die Polizei auf mich hetzen. Wer weiß, ob so eine Vermisstensuche auch über den Taxifunk weiter gegeben wird. In einem Bus bin ich weitaus anonymer. Wer käme auch darauf, dass eine suizidale Person mit einem Bus fährt?

Nach zehn Minuten kommt ein Bus, der zur Michaeliskirche fährt. Er braucht länger als eine halbe Stunde, um sein Ziel zu erreichen. Das ist nicht schlimm, denn ich merke während der Busfahrt, dass ich immer ruhiger werde. Der Stress fällt langsam von mir ab. Ich bin auf dem Weg nach Hause.

An einem Kiosk bei der Michaeliskirche kaufe ich mir von meinem letzten Geld zwei Flaschen Wodka und eine Schachtel Zigaretten. Dann gehe ich hinauf zu meiner Parkbank auf dem Kummerberg.

8 - Unvermeidbares

Zum ersten Mal seit einigen Tagen fühle ich mich wieder richtig glücklich. Ich spüre die Nähe zu Klaus und Tristan.

Es wird Abend und das Licht dämmerig. Keine anderen Menschen stören mich. Ich öffne die erste Flasche Wodka und trinke. Meine Gedanken sind jetzt ganz bei Klaus. *Nein, ich brauche kein Glas.* Ich trinke so, wie ich es immer mit ihm tat und sogar schon einmal hier an der Kirche.

Trinkend gehe ich zu einem Baum und ritze mit dem Flaschendeckel ein Herz in die Rinde. In dieses Herz kerbe ich *A+K*, danach laufe ich weiter auf dem Gelände herum.

Ob es Zufall war, dass ich heute Nachmittag glaubte, Klaus hier gesehen zu haben? Oder ob es ganz einfach eine logische Konsequenz ist: Wenn die eine Marionette von der Bühne fällt, dann fällt die andere mit, weil beide un-lösbar miteinander verknotet sind.

Die erste Flasche ist jetzt leer.

Ich küsse die Rückenlehne der Parkbank und sage: »Bis gleich Tristan! Es dauert nicht mehr lange!«

Dann setze ich mich neben die Kirchentür in die Erde eines Beetes. Näher komme ich an den Platz, an dem ich mit Klaus im Sand saß, nicht heran, denn die Kirchentür ist abgeschlossen.

Zügig trinke ich jetzt an der zweiten Flasche.

»Unsere Liebe ist eine beständig fließende Un-vermeidlichkeit in Raum und Zeit«, flüstere ich und drücke den Sand neben mir mit meinen Händen eben. Darauf kippe ich die Tabletten aus der Dose. Ich weiß nicht, ob es auch dieses Mal genau 42 sind, ich weiß auch nicht, ob das wichtig ist. Ich schiebe sie sie mit den Fingern zusammen, bis sie Linien bilden.

Das sind *meine* Borderlinien, denke ich. Nur über diese Grenze komme ich nach Hause.

Ich sammle die erste Linie, die aus ungefähr zehn Tabletten besteht, auf und spüle sie mit einem großen Schluck Wodka hinunter.

»Du wirst immer wieder zu mir zurückkehren, egal von wo. Und ich werde immer auf dich warten, egal wie lange«, hatte Klaus einmal zu mir gesagt.

Ich nehme die restlichen Tabletten aus dem Sand und trinke sie mit dem letzten Wodka. Ich schließe glücklich die Augen.

»Unsere Liebe ist eine beständig fließende Unvermeidlichkeit in Raum und Zeit. Klaus ... ich komme jetzt nach Hause.«

Langsam schwindet das Licht.